포로병의
막냇사위

포로병의 막냇사위

발행일   2022년 12월 30일

지은이   최영만
펴낸이   손형국
펴낸곳   (주)북랩
편집인   선일영   편집   정두철, 배진용, 김현아, 류휘석, 김가람
디자인   이현수, 김민하, 김영주, 안유경, 신혜림   제작   박기성, 황동현, 구성우, 권태련
마케팅   김회란, 박진관
출판등록 2004. 12. 1(제2012-000051호)
주소   서울특별시 금천구 가산디지털 1로 168, 우림라이온스밸리 B동 B113~114호, C동 B101호
홈페이지 www.book.co.kr
전화번호 (02)2026-5777   팩스   (02)3159-9637

ISBN   979-11-6836-663-3 03810 (종이책)   979-11-6836-664-0 05810 (전자책)

최영만 장편소설

포로병의
막냇사위

무엇으로도 갈라놓을 수 없는 부부의 인연

북랩

머리말

:

　『포로병의 막냇사위』에서 소개될 주인공은 지리산 자락 구례군 백씨 집안 작은아들로 태어나 나이가 같은 친구들보다 먼저 군 복무까지 마치게 된다. 시골 출신이기는 해도 죽어도 지게만은 지기 싫다는 심산이었겠지만, 고등학교 졸업을 앞두고 해병대 지원까지 한다. 그랬던 주인공은 집에 있을 필요도 없는 작은아들인데 집에서 나와 충청남도 아산에 있는 선진기업이라는 공장에 취업하게 된다. 그동안 걱정도 했던 취직은 어렵지 않게 됐으나 회사에서 받게 되는 월급만으로는 수년을 모아도 전셋집 마련조차도 못 할 것 같다는 생각이 들 때 현대그룹 정주영 회장이 서산 앞바다를 막은 간척지에다 비행기 공장을 세우게 될 것이라는 소문을 듣게 된다. 비행기 공장이 세워지게 될 거라는 소문은 헛소문이 되고 말았으나 주인공은 사실일 것으로 굳게 믿고, 대기업 특성상 사원 채용은 거주민을 우선으로 할 것이라는 생각에 주소지를 비행기 공장이 세워질 근처에다 옮기기까지 한다. 주인공이 주소지를 옮기려면 거주

증명이 필요해 고깃배 선원 생활로부터 처가의 도움으로 고깃배 운영도 하게 된다. 그러나 고깃배 운영도 하지 말라는 삶의 악재인지 고기잡이 마당인 태안 앞바다가 기름 범벅이 되고 만다. 태안 앞바다 기름 범벅은 고기잡이 왕초보이기는 해도 상상도 못 할 날벼락이다.

그렇지만 주인공은 좌절하지 말라는 신의 은덕인지 우연이기는 하나 총각 시절 공장 건물이 세워지게 될 터파기 작업에 투입된 중장비운전 기술자로부터 익혀둔 운전 기술로 리비아 대수로 공사를 수주한 동아건설에 입사하게 됐고, 그리해서 그동안 구상했던 괜찮은 과일 가게 자리 하나쯤은 마련할 만큼의 돈까지 벌어 아내에게 열심히도 송금한다. 주인공은 그리해서 그만한 돈도 벌었다는 뿌듯한 맘으로 김포공항 입국장에 내리게 되는데 마중 나온 아내는 어찌 된 셈인지 "여보, 그동안 고생 많았지? 나 당신이 얼마나 보고 싶었는지 몰라. 사랑해" 하며 입맞춤 흉내라도 낼 줄 알았는데 그게 아니라 거의 목석 수준의 아내다. 아내가 목석 수준이기까지는 생각하기도 싫은 그동안 다른 남자와 놀아났을 뿐만 아니라 열심히 송금해준 돈까지 날렸기 때문이다.

그렇지만 주인공은 아내가 빌려주었다는 돈을 남편으로서는 상상도 못 할 아내의 불륜 현장을 덮치는 연극까지 해서 되돌려받게 된다. 되돌려받기까지는 아내의 솔직한 고백에다 처형의 덕분이라 하겠으나 상대의 직위가 날아가게 될 것은 물론이고 영창 신세까지도 지게 될 거라는 약점을 노린 겁박 수준으로 받아낸 돈이다. 그러나 아내는 씻을 수 없는 죄인이라는 미안함에 사로잡혀 있다는데 남편으로서 걱정이다. 어느 가정이든 아닐 수 있겠는가마는 아내는 한 이불 속에서 살을 맞대고 살아가야 할 부부라는데 안타깝다. 안타깝지만 안타까움으로 방치했다가는 훗날 감당 못 할 무서운 일까지 벌어지게 될지도 모른다는 불안감이다.

그러기에 주인공은 그동안의 잘못 때문에 힘들어하는 아내를 보호해주어야 할 남편이라는 데 신경을 쓴다. 그렇게까지 주인공은 이 같은 일에 누구는 이혼감이라 할지 몰라도 부부는 죽으나 사나 세상 끝나는 날까지는 함께 살아가야 할 아내이기 때문이다. 그래서 생각하건대, 신변 위험만 아니면 이혼은 인생 최악임을 젊은 세대들은 무시 말기다. 지금까지의 내용을 독자들은 소설로만 볼지 몰라도 이혼은 개인의 삶이 무너짐은 물론, 그동안 친인척 같던 이런저런 관계들조차도 와르르 무너질 것임을 참고로 하라. 이혼 숙려 기간이 무엇인지도 알아둘 필요도 있고 말이다.

아무튼 지금까지의 사연은 어디까지나 남의 일이고, 주인공은 포로병이기도 한 이씨 집안을 부드럽게 해드려야 할 사위라는 것이 중요하다. 막냇사위이지만 아들 노릇도 하면서 살아갈 각오다.

저자 최영만

7

"아니, 자기 잠도 안 자고 왜 뒤척이는 거야?"

잠 못 드는 남편을 본 아내 이남순 말이다.

"잠이 잘 안 오네."

"잠이 안 오면 걱정거리라도 있는 거여?"

"탓할 수는 없어도 이젠 고깃배 운영도 못 하게 돼서야."

"그렇다 해도 잠은 자야지, 뭔 소리여."

"자야지, 그런데 우리가 앞으로 살아가려면 고생 좀 해야겠지?"

고생 좀 해야겠지? 말은 당분간이기는 해도 나 없이 못 살 아내를 생과부로 만들 수밖에 없는 미안함에서 나오는 말이다. 그러니까 아내는 아이도 펑펑 낳아야 할, 젊디젊은 나이다. 그동안 품은 맘 아직이나 중동에 안 가면 직장이 없다는 게 문제다. 나는 젊은 나이로서 고깃배 운영도 했다. 그래서 백 사장이라는 대접도 받았다. 생각해보면 시골 촌놈으로서 희망이기도 했던 그동안의 태안 앞바다. 그러나 이젠 아무것도 아니게 되어버렸으니 어쩌겠는가. 그래서 살길을 찾자는 게 중동 길인 것이다.

"'우리가 앞으로 살아가려면 고생 좀 해야겠지?'가 뭐야."

자다 말고 '우리가 앞으로 살아가려면 고생 좀 해야겠지?' 남편의 말은 느닷없다. 그렇기는 하나 그만한 이유가 있어 하는 말일 게다. 그러니까 아직 초보 수준이기는 해도 희망이었던 그동안의 고깃배 운영도 못 하게 되어서 하는 말일 게다. 그렇지만 한참 젊은 사람이 너무 심각해서는 안 되는데 한다. 그러니까 하고 싶은 말 거침없이 하는 내 성격과는 다름을 연애 시절부터 알기는 했지만 앞으로 살아가려면 말까지는 아니다.

"그러니까 고깃배 운영도 할 수 없게 됐잖아."

"그래서…?"

"그래서가 아니라. 말을 들으면 동아건설에서 중장비운전자를 모집한다고 하더라고. 그래서 생각인데 나 거기 취직할까 봐."

리비아 대수로 건설 공사를 수주한 동아건설이 중장비운전자를 모집 중이라는 말을 들어서다. 그래, 사실로 될지는 몰라도 중장비 운전 기술자로 합격만 된다면 고생 한번 할 각오다.

"그러면 우리나라가 아닌 곳으로 가겠다는 거잖아."

"그렇지, 중동이지."

"중동까지? 그러니까 자기는 중장비운전 기술자로 가겠다는 거 아냐."

"이젠 자기야 하지 말어. 당신은 딸까지 둔 아줌마잖아."

"그러기는 해도 '여보'라고 고쳐 부르기는 너무도 어려울 것 같아서야."

"그래도 '여보'라는 말로 고쳐 불러봐. 그러니까 '여… 봉…' 얼마나 좋아."

"여… 봉… 말은 몸뚱이로 하는 거지, 어디 말로야."

"난 얼마나 듣고 싶은 말인데 아끼는 거야, 뭐야."

"아끼기는, 나는 할머니가 돼도 자기야 할 거니 자기는 그리 알아."

"야! 말도 고쳐, 정순이가 들으면 뭐라고 하겠어."

"뭐라고 하긴, 우리 엄마 아빠는 좋게도 산다, 그러겠지. 안 그래?"

"진짜 그럴까?"

"아닐 것 같으면 그러냐고 물어보든지. 그리고 난 할머니가 돼도 자기야 할 거야."

"할머니라니, 당신은 예쁜 모습대로 살아야 해, 알겠어?"

"대답하라고?"

"대답까지는 아니나 당신이 너무도 예뻐서 하는 말이야. 근데 내가 중장비운전 기술자인 것을 당신은 어떻게 알고?"

"어떻게 알기는, 언니가 말해서 알지."

"그렇구먼."

"그러면 외국에 가게 되는 거잖아."

"그렇지. 그러니까 리비아."

"리비아까지?"

"그렇지. 리비아"

남편 백군남은 아내의 눈치를 본다.

"리비아가 어디쯤이야?"

"리비아는 중동이잖아. 당신도 알고 있을 텐데."

"그거야 언니가 말해서 알고는 있지. 그렇지만 중동이라 엄청 더울 거잖아."

"그러니까 동아건설 취직은 취소하라고?"

"그렇지."

"리비아 날씨가 얼마나 더울지는 몰라도 건설을 할 정도의 기온이면 우리나라 한여름보다 더 덥겠어?"

"생각해보니 덥고, 안 덥고 그게 문제가 아닌 것 같다."

"덥고, 안 덥고 문제가 아니면 무슨 문제?"

"대답하라고? 근데 중장비운전 기술은 언제 배운 거야?"

"배우기는… 그러니까 스물두 살 때."

"스물두 살이면 군대에 들어가기 전에?"

"그렇지, 스물두 살에 그러니까 회사에 취직할 때야. 근무 회사 옆에다도 공장 건물을 세울 터를 닦는데 산을 깎아야만 하는 공사라 일이 많은 편인 거야. 그걸 구경하는데 부르더라고."

"그래서 배운 거라고?"

"나로서는 운이라고 할까. 굴착기 기술자는 보조 기술자가 필요한 거야. 마침 연휴 기간이기도 하고."

"그런 일에다 운까지 말은 아니다."

"운이라고 말하는 건 중장비 기술자 할머니가 초상을 당하신 거야. 그러니까 손주로서 일만 할 수는 없잖아. 그래서 나는 기회다 싶어 열심히 해낸 거야. 그랬더니 공사 일을 차질 없이 했다고 맛난 것도 사주고 중장비 기술자로서 알아두어야 할 상식도 잘 말해주더라고. 그러니까 일은 맘에 들게 하되 잘한 공은 다른 사람에게 돌리라는 거야. 그래서 중장비조작 기술만으로는 안 되겠다 싶어 책도 봤던 거야."

"그건 소설이다. 내가 듣기엔."

"소설이 아니야. 진짜야."

"진짜든 아니든 중장비운전 기술은 처음부터 중동에 가려고?"

"처음부터는 말도 안 된다. 상황이 그리 된 거지. 아무튼 망할 짓 말고는 배워서 남 주겠어. 안 그래?"

"그렇기는 해도 중장비 기술자가 그렇게까지면 사람을 볼 줄 안 거잖아."

"사람 볼 줄 아는 건 당신도 마찬가지 아니야."

"무슨 소리야. 나는 아니야. 언니가 몰아붙인 바람에 어쩔 수 없어서지."

"진짜 무슨 소리야. 몰아붙인 건 당신 언니가 이 백군남을 몰아붙인 거지."

"아닌 것 같은데…."

중동에 가겠다는 남편의 맘은 변함이 없나 보다. 그렇지만 나는 간단한 문제가 아니다. 당분간일 테지만 남편도 없이 살아가기는 너무도 무서울 것 같아서다. 부부란 뭔가. 늙어 죽을 때까지 붙어 살라는 게 아닌가. 그런 내용이 내게는 이론만이 아니게 될 텐데 야단이다. 남편의 맘은 누구처럼 한번 살아볼 맘으로 중동에 가겠다는데 못 가게 할 수도 없고 말이다.

"그래, 힘이야 들겠지만 앞으로 살아가려면 더한 어려움도 싫다 못 할 것 같아서야."

"그렇기는 해도 한 달도 아니고 오래일 거면 그만둬!"

"그만두라니… 전쟁터인 월남 파병도 아닌데."

"그러지 말고, 일자리는 국내에서 찾아봐! 당신이 큰돈 안 벌어도 나 말 안 할 거니."

느닷없는 기름 유출 사고이기는 하나 고깃배로 밥 벌어 먹고살기는 이제 그만인 태안 앞바다. 그러기에 건설 회사에 취직하겠다고 하는 것 같다. 그렇다고 국내도 아닌데다 덥기가 40도를 넘는다는 외국으로 보내기는 정말 아니다. 뿐만이 아니다. 달랑 하나뿐인 딸내미만 쳐다보고 살아가기는 너무도 무서울 것 같아서다. 그러니까 치마를 두른 젊은 여자라면 사족을 못 쓰다시피 하는 늑대들에겐 생과부 말이다. 동네 젊은이들은 형수님이라고 깍듯이 해도 속맘들은 그게 아닐 건데 말이다. 그래, 돈이란 대관절 뭐길래 생각을 이리도 복잡하게 하냐. 외국에 가지 말라고만 할 수도 없고. 얼마 전까지만 해도 생각할 필요조차 없던 돈. 그러니까 큰돈은 아니어도 고깃배가 늘 실어다주던 그동안의 돈.

"고생할 거면 돈도 좀 버는 길을 찾아야 할 거잖아. 그래서야."

"그렇기는 해도 당신 없이는 안 될 것 같다. 무섭기도 하고."

그동안의 삶은 문을 열어놔도 상관없었는데 남편이 없다면 무서울 건 말해 뭘 하겠는가. 그래서 언제부터인지는 몰라도 일부일처제 제도하에서 남편 사랑을 대신할 그 무엇도 세상엔 존재하질 않는다. 그러니까 부모가 맺어준 부부로서 따뜻한 남편의 품 말이다.

"무섭기는 뭐가 무서워, 좀 떨어져 살기는 해도 친정도 있고, 당신 언니도 있는데."

"그렇기는 해도 자기 없이는 모두가 남이야."

"그래, 당신 말대로 내가 없는 상황에서 모두가 남일 수 있지. 그렇지만 이렇게까지는 내일을 위해서니 어렵더라도 조금만 참아내자고."

말이야 참아내자고 했으나 남편인 내가 없는 상황에서 어려움을 참아내기란 말처럼 쉬울 수 있겠는가. 우리는 초등학교에 갓 들어간 딸 하나뿐이라 젊은 아내로서는 무섭기도 할 것은 말할 필요도 없다. 그러나 어려운 고비를 극복하지 않고는 내일을 기대조차할 수 없다. 그러니까 돈 많이 벌어 떵떵거림이 아니라 누워 잘 만한 집이 있고, 애들 학비 걱정할 필요도 없고, 자동차 기름값 걱정도 안 할 정도는 돼야 할 게 아닌가 말이다.

"조금만 참아내자 말은 나는 아니다."

"당신이야 아닐지 몰라도 대충 살아서는 안 된다는 생각이야. 그러니까 내가 말했는지는 몰라도 현대그룹 정주영 회장이 막은 서산 간척지에 비행기 공장이 세워지게 될 거라는 소문이 있어 취직 기대를 했는데 누가 한번 해본 말을 사실일 것으로 믿게 된 거야. 바보같이."

"서산 간척지에 비행기 공장 세울 거라는 말은 처음 듣는다."

"처음이라고?"

"그래, 처음."

"비행기 공장에 취직을 기대했는데 헛소문이라 내일이 안 보여 중동으로 가서 돈을 벌자는 거야."

"우리가 살아가는데 중동으로 가는 길밖에 없을까?"

"당신은 여자니까 모르겠지만 중동에들 가려고 중장비 기술 양성 학원은 성수기야."

"성수기까지?"

"그래서 말인데 우리 같은 형편들도 있지 않겠어. 확인까지는 못 했지만."

"우리 형편까지는 아닐 거야."

"아닐 수는 있겠으나 당신은 용기를 내보라는 거지."

"용기를 내보라고?"

"그래, 용기."

"용기까지는 생각해볼 일이고, 서산 간척지에다 비행기 공장을 세웠다면 나를 만나기나 했을까?"

"이남순이가 누군데 아닐 수가 있겠어."

"우리의 만남은 운명일까? 물론 언니가 서둘러서 된 일이기는 해도."

"운명은 나아가는 길이 막혀 답답할 때 써먹는 말이야."

무슨 일이든 한번 해보겠다는 용기가 필요함에도 그러기는커녕 누구의 도움이라도 받고 싶은 엉터리 생각을 말함이다. 그러니까 로또복권 당첨이나 꿈꾸는 자들이 써먹는 게 운명이다. 그런 운명은 하루속히 타파해야 할 일로, 무당집 찾아가는 사람들에게 험한 말일지 몰라도 그대들 발길은 망하자는 태도임을 자각하길 바란다. 그러니까 바람대로 잘 안되면 능력 말이다.

"그런 점은 나도 인정해. 그렇지만 자기는 아닌 점도 있어."

"아닌 점이 뭔데?"

"아닌 점은 자기 고집대로 하려고 해서지."

"그래, 중동에 가겠다는 건 고집이기는 하지. 따지고 보면 고기잡이 터전이 느닷없는 기름 유출 사고 때문이기도 하고 말이여. 그렇지만 그동안 맘먹었던 일이야."

"맘먹은 일 취소는 안 될까?"

"취소는 말도 안 돼. 어떻게 얻은 취직인데 취소야."

"취소 안 하면 나는 죽으라고?"

"죽기는 왜 죽어. 살자고 하는 일인데. 그래, 힘이야 들겠지. 그렇지만 이런 고비를 넘지 않고는 희망이 없어."

"우리 언니는 왜 이리도 고집이 센 백군남을 만나게 해주었을까 모르겠네."

"나 당신한테 고집이 세다는 말 들어도 소용없어. 아무튼 당신 언니는 고마운 분이야. 물론 당신도 고맙지만."

남편 백군남은 아내의 동의를 얻어내기 위해 무던히 애를 쓴다.

"난 아니었는데 언니 때문에 할 수 없이…"

"그러면 당신은 그동안 눈여겨뒀던 녀석이 있었다는 거여?"

"눈여겨보기까지는 아니어도 괜찮은 거 사주려던 녀석도 있었어."

"생기기는…?"

"잘생겼다고 하면 질투할 테니 그만두겠지만 우리의 만남은 운명일까?"

'잘생겼다고 하면 질투일 테니 그만두겠지만 우리의 만남은 운명일까?' 했지만 지금의 남편은 언니가 연결해주었다. 그래서든 앞으로 잘살아보려는 꿈만이라 더없는 남편이다. 그걸 아내로서 고마워해야 할 것이 당연하지만 말은 아니라고 한다. 아니라고 해서는 굴러온 복 내치는 꼴이라고 누구는 그렇게 말할지는 몰라도.

"질투까지는 아니어도 만나자고 하면 얼마든지 만날 수 있지."

"자기는 나를 어떻게 보고."

"어떻게 보기는… 당신은 너무도 예쁘잖아."

여자의 눈은 돈 많은 남자를 보고, 남자의 눈은 아름다운 여자를 보는 건 상식 아닌가. 남편 백군남은 그런 눈으로 아내를 본다.

"예쁘다는 말은 입에 침이나 발라."

"그러면 안 예뻐. 아무튼 비행기 공장은 헛소문이고 말았잖아."

"기대했던 비행기 공장은 헛소문이라 실망이 너무도 컸겠다."

"말해 뭘 해. 주소까지 옮겼는데."

헛소문이 되고 말기는 했으나 정주영 회장은 누군가? 세계가 인정하는 기업인이 아닌가. 그래서 정주영 회장은 선박 회사, 건설 회사, 자동차 회사만으로 만족할 그런 회장이 아니라 기술력 집합체라고 말하는 비행기까지 만들고 말겠다는 야심찬 꿈도 꾸었을 것이다. 다만 발표가 없어서 그렇지, 설계 도면까지도 만들어놓고 적당한 날 기공식만 기다리지 않았을까. 어쨌든 정주영 회장은 대한민국을 위해 태어난 인물이라고 말해도 될 것이다.

"그래서 자기는 여기까지 온 거네?"

"어디 그것만인가."

"그것만이 아니면…?"

"당신과 결혼도 해야만 해서이지."

"그런 말은 좀 웃기는 말이다."

"웃기다니, 이렇게 만나 당신을 닮은 예쁜 딸도 낳았는데."

"우리의 만남은 언니가 주선한 일이잖아. 그런 말 하자면 자기는 나 업어주어야 할 얘기도 있어."

"무슨 얘긴데."

"그러니까 자기를 만났다면서 네 신랑감 찾아놨으니 딴 년한테 빼앗기기 전에 얼른 챙겨라. 그러더라고."

"만든 말은 아니고?"

"만든 말이라니, 아니야. 진짜야."

"진짜로 믿자. 그렇다고 얘기 몇 마디 하자마자 곧바로 덮치려는 태도는 뭐야. 난 죽는 줄 알았구먼."

"죽는 줄 알다니… 그런 일은 남자가 먼저 해야지, 안 그래?"

"아무튼 처형은 별나기는 하지. 덮치기도 하라고 했을 거야. 그런 말까지는 안 했어도."

"그러니까 분명히 해두는 인감도장처럼…?"

"그렇지. 움직일 수 없게 말이야."

"우리 언니는 한번 물면 놓치지 않으려는 성격이라고 해도 될까. 아무튼 그런 언니야. 물론 소개하는 사람마다는 성사가 목적이겠지만."

"이젠 추억으로 간직해야겠지만 그때를 평생 잊을 수 없는 게, 당신은 대뜸 군대도 갔다 왔다면서 남자는 맞느냐고 할 땐 진짜 놀랐어."

"좋지는 않았고…?"

아내 이남순 말이다.

"좋기보다는 싫지만 않았을 뿐이야."

"지금 생각해보면 그때가 추억 아니야?"

"추억이고 아니고는 모르겠고 처형은 나를 어떻게 보고 부부가 되게 했을까 몰라. 고맙기는 해도."

"지금 고맙다고 했어?"

"그러면 안 고마워? 당신은 이렇게도 예쁜데."

남편 백군남은 아내 얼굴을 두 손으로 감싸려 한다.

"지금 무슨 짓 하려고."

그래, 언제라고 무시를 했는가마는 남편은 따뜻하게도 해준다. 이것이 부부일 것이지만 말이다.

"내가 잘못 생각하는 건 아니지?"

"잘못 생각하는 게 아니라니… 그게 무슨 말이야?"

아내 이남순은 남편을 쳐다본다. 남편을 쳐다보는 건 아무리 봐도 돈 벌러 중동에 가겠다는 게 각오인 듯하다. 그래, 가장이면 가장으로서 돈을 벌어다주는 건 당연하지. 그렇다 해도 부르면 곧 달려올 수 있는 국내가 아니라 타국이라지 않은가. 돈이야 없어 한이지만 그렇다고 가정과 떨어져서까지는 생각해볼 일이다.

"무슨 말이 아니라 정주영 회장이 비행기 공장을 세운다는 소식은 감감무소식이라 다른 길을 찾자는 거여."

그래, 아내는 뜨내기 같은 처지를 어떻게 봤을지 몰라도 처형의 소개로 이남순에게 장가를 들어 예쁜 딸까지 두었다. 어쨌든 가족

을 위해 이 한 몸 던질 각오다. 아니, 내가 살기다. 내 고향은 전라
남도 구례다. 형제들 차례로는 형, 그리고 나다. 물론 아래로 여동
생들이 있기는 해도 말이다. 아무튼 생활이 형편이 부족해 대학은
꿈도 꿀 수 없어 고등학교뿐이기는 해도. 돈이 되는 일이라면 못
할 일이 없을 것 같아 반월공단에 공장이 많아 취직이 잘된다고 해
서 말만 듣고 왔다. 그러나 취직이 되더라도 누워 잘 데가 있어야
할 게 아닌가. 그래서 기숙사가 있는 공장을 찾으니 신기기업에 취
직을 했다. 그랬지만 전망이 별로라는 생각이 들어 충청남도 태안
으로 온 것이다. 정주영 회장이 서산 간척에다 비행기 공장을 세울
거라는 얘기가 있어서였다. 비행기 공장이라면 월급도 많을 게 아
닌가.

"그렇게 보면 자기는 나를 만날 운이 있었네."

"그러니까 이남순에게 장가들 운…?"

"그렇게 생각할 수도 있지."

"그렇게 생각할 수도 있지가 뭐야. 자기 말이 좀 이상하다."

"말이 잘못 나갔다면 취소하겠지만 생각할 수도 있는 게 아니라
사실이잖아."

"사실이고 아니고. 굶어 죽기야 하겠어."

"그러면 당신 생각은 남들처럼 잘살 필요도 없다는 건가?"

"잘살 필요가 없다는 게 아니야."

"굶어 죽기야 하겠어. 말이 무슨 말이야. 당신은 주어진 대로 살자, 그거잖아. 나는 누가 뭐래도 부자로 살아갈 거니 그런 줄 알어!"

"부자로까지?"

"그러니까 나는 생각도 없이 세상 돌아가는 대로 느슨하게 살아서는 아무것도 아니라는 거야."

"그런 말 안 해도 세상을 느슨하게 살 수는 없지."

남편 말 들으면 굶지는 않을 것 같다. 그렇지만 돈 벌러 외국까지는 아닌 것 같다. 단기간이 아닐 것이기 때문이다.

"당신도 알고 있겠지만 김명기 아버지 있잖어."

"그러니까 김천식 씨?"

"그렇지, 그분도 사우디에서 번 돈으로 고깃배 샀다고 하더라고."

"그런 얘긴 나도 들어 알고 있어."

아내 이남순 말이다.

"그러면 윤범식 씨 자식들 대학까지 보낸 것도 알겠네?"

"윤범식 씨 자식들 대학까지는 몰라."

"그래서 말인데, 고깃배를 가졌기에 가능했겠으나 그분도 고깃배 접었다는 것 같더라고. 윤범식 씨 말로는…."

"자기는 그래서…?"

"그래서가 아니라 태안 앞바다가 이렇게까지 될 줄도 모르기는 했으나 생각 없이 살아서는 안 되잖아. 그래서야."

"생각 없이 살 수는 없지. 그러면 장래성이 있는 기발한 아이디 어라도 있다는 건가?"

'생각 없이 살아서는 안 되잖아' 말은 태안 앞바다가 내려다보이 는 뒷산에 올라 나름의 생각을 정리했다는 건가? 그래, 남편은 발 걸음도 용감성이 있어 믿음직스럽기는 하다. 그동안 보면 늦잠도 안 자려는 성격이기도 하고. 비 오는 날은 쉬는 날임에도 어디에 가 야 할 급한 사람처럼 해서 때로는 밉기도 하지만 말이다.

"기발한 아이디어가 아니야."

"그러면?"

"김명기 아버지 김천식 씨 얘기 다시 하게 되는데, 고기가 잘 잡 혀 목돈까지면 또 모를까 아니면 정리가 맞잖아."

남편 백군남의 말이다.

"그렇기는 하겠지."

"그렇기는 하겠지가 아니라 가르쳐야 할 자식이 있다면 돈 모을 수 있는 방법을 찾아야 할 게 아니야."

"그래서?"

"그동안 모아둔 돈도 없다면 걱정이 많으실 거야. 남의 사정을 모르기는 해도."

"남의 일까지 신경 쓰지 말어. 머리 아파."

아내 이남순은 복잡한 생각까지 할 필요가 있겠는가 하는 것이다.

"그렇기는 해도 태안 앞바다가 살 만한 곳이라고 사람들이 몰려

들었으나 이젠 살 곳이 못 되고 말았잖아. 그래서 생각인데 그동안
의 데모꾼들은 어디들 간 거야."

"아니, 뜬금없이 무슨 전문 데모꾼들 얘기까지야."

"뜬금없는 말이기는 하나 다른 데는 도시락 싸 들고 야단들이면
서 태안 앞바다 기름 유출 사고를 일으킨 회사에는 조용해서 하는
말이야."

"기름 유출 문제는 어쩌면 개인 문제 아니야?"

"개인 문제…?"

"그래, 개인 문제."

"그럴지는 몰라도 보도에 의하면 기름 유출 사고를 일으킨 삼성
중공업은 법대로 하자고 하는 것 같아서야."

원유 유출 선박 사고 사건은 지금부터다. 보이는 기름띠 제거는
했으나 바닥에 가라앉은 기름은 날씨가 따뜻해지면 곪아터진 상처
에서 고름이 흐르듯 조금씩 조금씩 새어나올 것이다. 태안 바다 생
태계가 회복되려면 앞으로 이십 년 정도는 걸린다는 설과, 그 이상
이 걸릴 거라는 설도 있는 것을 보면 초대형 사고임이 분명하다. 기
름 유출 선박 사고가 난 해역 회복까지는 아득해서 기름 유출 제
거 작업을 한다 해도 앞으로 십여 년이 지나도 회복이 되지 않을
것 같다는 말이 나온다. 그러기에 어민들은 떠날 기미다. 그렇게 보
면 태안 앞바다 어민들 생계는 끝장이 났다고 봐야겠다. 이런 비참
한 현실은 몇 명의 지역 주민을 죽음으로까지 몰고 가기도 했다.

"실수이기는 해도(예인선 줄이 끊어질 위험성은 항상 존재한다) 이것이 가진 자와 못 가진 자의 간극 아니야?"

남편 백군남 말이다.

"그렇기는 해도 가진 자와 못 가진 자의 간극 얘기는 왜 나와."

"그건 아닌가?"

"가진 자와 못 가진 자의 간극의 논리가 교과서에도 없지 아마?"

"교과서에는 없는 것 같아."

"그러면 회사 정규직, 비정규직은?"

아내 이남순 말이다.

"그것도 없는 것 같고."

"근로자로서 회사 정규직 비정규직이 노동법에 해당은 되겠지만 우격다짐으로든 철폐가 맞지 않아?"

"우격다짐으로 철폐?"

"그러니까 나 같은 처지도 취직이 되게 말이야."

"에이… 그건 말이 안 된다."

"말이 안 되긴, 말이 되지."

"정규직 철폐로 취직되면 세상이 뒤집힐 거다."

아내 이남순 말이다.

"그러면 내가 가치 없는 말을 했다는 건가?"

"가치 없는 말이기는 해도 잘해볼 생각에서 나온 말이라 듣기 싫지는 않다."

"내 마누라 머리 잘 돌아간다."

"자기 사랑해!"

"말로만?"

"그러면…."

"입술이라도 내주어야 하는 거 아녀?"

"그러면 입술보다 더 찐하게 해줄까?"

"지금?"

"지금은 말고 저녁에."

"그런 말 하고 보니 맘이 이상해진다."

"자기, 이상해져도 지금은 소용없어."

"알았어."

그렇지만 대기업 정규직은 신의 직장이라고 하지 않은가. 그래, 비행기 공장이면 더할 것이지만 지방민이라야 취직이 확실하지 않겠나. 현대자동차 공장을 아산에다 세웠는데 사원을 뽑을 때다. 지방민을 우선으로 뽑았는데 지방민으로 얼마나 오래 살았냐가 있었다. 그러니까 뜨내기로는 취직이 어려울 수도 있을 테니 터를 미리 잡는 것이다. 사무직이 아닌 이상 학교 성적을 따지지는 않을 것이니. 그런 말은 아내도 알고 있을 것이다. 알기도 하겠지만 아내로서 어느 때고 맘에 들게 해주어 여간 고마운 것이 아니었다.

돈 벌어 오겠다고 외국으로까지 가는 건 많이 힘들 테니 돈을 적게 벌더라도 오순도순 살자는 건 고마운 말이나 그만한 돈도 없이 오순도순 살 수는 없다. 그것을 아내라고 모를 리 있겠는가. 아내도 돈 벌러 나갈 테니 외국까지 나갈 생각 말라고 하지만 말이다. 그렇지만 외국으로 가기로 굳어진 맘을 되돌릴 수는 없다. 외국에서 몇 년만 고생하면 평생을 잘살 수 있어서다. 리비아 대수로 공사, 그런 공사는 힘든 삽질이 아니지 않은가. 중장비운전, 그러니까 그동안 배워둔 중장비운전 조작 기술로 할 일이지, 그런 일은 맘만 먹으면 될 일이다.

리비아 대수로 공사 현장은 동남부 및 서남부 사막 지대다. 내륙으로부터 35조 톤(나일강 물을 200년 동안 공급할 수 있는 양)에 이르는 물을 지중해 연안으로 송수, 지중해 연안의 3억 6천 8백만여 평(한반도 면적의 약 여섯 배에 해당하는 면적)에 이르는 사막을 옥토화시켜 후손들에게 물려줄 야심찬 국책사업이란다.

"그러니까 자기 돈 벌러 외국에 가겠다는 말 한번 해본 말 아니네?"

"한번 해본 말이 아니야. 얼마 전부터 생각해봤는데 원양어선도 생각해봤어."

"원양어선은 생명을 담보로 해야 한다는 것 같던데."

"그래서 중동 건설로 생각한 거야."

"아니, 우리 로또복권 한번 사볼까?"

"뭐…?"

"로또복권 우리라고 당첨되지 말라는 법 없잖아!"

"아이고… 로또복권이 일등으로 당첨되면 난리다."

"난리는 무슨 난리야. 부자 되는 거지. 안 그래?"

"마누라님, 꿈 좀 깨시우…"

"로또복권 당첨으로 고급 아파트도 사고, 괜찮은 차도 몰고 다니고 얼마나 멋져."

"그래, 로또복권 당첨으로 고급 아파트도 사고, 괜찮은 차도 뽑는다고 하자. 그것으로 그만이 아닐 거란 생각은 해보고 하는 말이야?"

"생각은 안 해봤지만 뭐가 문젠데."

"자본주의 사회에서 말할 사람 누구도 없겠지만 로또복권 당첨으로 신세가 확 펴진 사람은 없다고 하잖아."

"그러니까 로또복권 생각은 하지 말라고?"

"로또복권 말 내 앞에서 다시는 꺼내지 말어."

로또복권 당첨은 인생을 망치게 된다는 것을 알아야 할 것이다. 그것은 로또복권 당첨은 공돈이라는 생각에 돈을 허투루 쓰기도 하지만 손 벌리는 곳이 수도 없을 것이기 때문이다. 로또복권 당첨이 알려지기라도 하면 축하 반대의 눈들이 떼거지로 몰려들 것은 상식에 속한다. 인간 세계에서 떠나면 또 모를까 맘 놓고 살아가기는 사실상 불가능하다. 뿐만이 아니다. 참 못 쓸 사람으로 낙인찍힐 것은 불을 보듯 뻔하다. 그러니 로또복권 당첨 꿈일랑 접으라 말하고 싶다.

"알았어. 그런 일로 화까지는 아니다."

"화는 무슨 화야. 잘되고 싶은 생각에서 나온 말인데."

내 말이 틀리고 맞고는 상관없이 자기 고집을 내세울 그런 아내는 아니다. 아내는 그래서도 좋다. 물론 친구들 모임에 같이 가주었으면 싶은 미모이기도 하고 말이다.

"남순이가 당신 마누라가 맞기는 하는 거지?"

아내 이남순은 실없는 말까지 했다는 건지 남편을 물끄러미 쳐다본다.

"마누라가 맞는 거지라니…?"

"자기한테 항상 내가 지고 살아서야."

"그건 말도 안 된다."

"지금도 봐. 자기 고집대로 하겠다잖아!"

"돈 벌어 오겠다는 게 고집이라니… 말도 안 되게."

"말이 안 되기는, 말이 되지."

그래, 돈 벌어 오겠다는 게 어디 고집이겠는가. 팔다리 멀쩡한 남편이 마누라 덕 보려는 게 문제지.

"당신 말 물고 늘어지는 것 같아 앞으로는 모두가 인정하는 말 말고는 말 안 해야겠다."

남편 백군남 말이다.

"모두가 인정하는 말 말고는 말 안 하겠다고?"

"그게 아니라 로또복권 생각 말자는 거야."

그래, 로또복권에 당첨되지 말라는 법은 없다. 그렇지만 돈 관리는 외국으로 도망가지 않는 이상 친인척이고 뭐고 없다. 그들에게 골고루 다 나눠줘버리면 또 모를까. 그렇지 않아서는 눈치가 보일 것은 당연하지 않겠는가. 그래서 친인척이지만 얼마든지 남보다 더 못할 수도 있다. 소문이라도 나는 날엔 공짜 돈이니 혼자만 쓰지 말고 나눠 쓰자고 이름 모를 단체들까지 벌떼처럼 몰려들 것은 불을 보듯 뻔하다. 그래서 로또복권 당첨 생각만 해도 무섭다. 그래서든 중고 고깃배이기는 하나 4천 7백만 원을 주고(처가의 도움으로) 사서 고기잡이 11개월도 못 된 시점에서 기름 유출 사고 때문에 고깃배 운영을 못 하게 됐다면 로또복권 생각을 할 수도 있다.

"로또복권 얘기 다시는 안 할게. 물론 사지도 않겠지만…"

"그건 당근이지. 그건 그렇고, 지금 사정으로는 고깃배가 필요 없게 되었는데 고깃배도 내놔야겠다."

"내놓으면 팔리기는 할까?"

아내 이남순 말이다.

"얼마에 내놓느냐에 따라 팔리고 안 팔리고 그러겠지만 일단은 내놓자고."

"너무 헐값으로 팔지는 말어."

"그게 문제야. 본전도 못 뽑고 그냥 버리기는 아직 멀쩡한 배라서."

"멀쩡한 배면 뭘 해."

"실수이기는 해도 이 사람들이 멍청하게 바보짓을 해버리다니…"

후회는 나중에 나타나는 현상을 두고 하는 말일 테지만 기름 유출 사고를 일으킨 일을 생각해보면 사각 예인선이면 대형 폐타이어를 매달았어야 했을 것은 지극히 상식 아닌가. 그러니까 유비무환 말이다.

"기름 유출 사고로 죽어버린 지금의 바다 상황에서 태안 사람은 아니겠지만 중고 배 찾는 사람도 있을 거야. 그러니 일단은 내놔보자고."

"알았어."

아내 말이다.

"내가 보기엔 아직 괜찮은 배지만 두 번에 걸친 중고라, 제 가격은 못 받겠지?"

"그렇겠지, 아파트도 아니고 말이야."

"그나저나 한번 알아봐야지 않겠어."

"부동산중개업소에다?"

"그래, 부동산중개업소에다."

"일단은 그렇게 해봐."

부동산중개업자 말이 나온 김에 당장 나가볼 생각이겠지만 남편은 상의만 다른 걸로 갈아입는다.

"어디 가려고?"

"어디는 어디야, 부동산중개업소지."

중고 배이기는 해도 물고기도 생각보다 잘 잡혀 재미가 있었다. 그러기에 처가도 한시름 놓았겠지만 백 서방이라는 대접이었는데 이젠 아니게 되고 말아 슬프다. 그래, 앞일이 어떻게 펼쳐질지 누군들 예상이나 할 수 있겠는가마는 이렇게 된 것이 고향의 부모님도 실망이 크실 것이다.

고깃배로 해서 살아야 할 사정들에겐 바다를 망친 기름 유출은 생계를 망치는 일이 아닐 수 없다. 말도 없이 나가더니 장가도 스스로 들고, 예쁜 손녀도 낳고 그래서 다행이다 하셨을 것인데 말이다. 장가도 못 간 친구들도 있는데 말이다.

설명까지 필요하겠는가마는 여자는 예쁘기만 해도 시집가기는 지장이 없겠으나 장가들어야 할 남자들은 어디 그런가. 괜찮은 집이며 보장된 직장이며 남자로서 키는 그만큼 커야 하고 잘생겨야 하고 등등 장가들기 어려운 오늘날에는 더욱 그렇다.

그렇지만 이 백군남은 남자로서 괜찮게 생겼다는 이유 하나만으로 지금의 아내와 결혼을 해 맛나게 살아가고 있는 편이다. 예쁜 딸까지 두고 말이다. 그래서 부모님은 멀리 떨어져 살아가기에 알 수는 없으나 작은아들 자랑도 하지 않으실까. 비록 고깃배를 운영하는 뱃사람이기는 해도 말이다. 그러니까 우리 작은아들 정도만도 괜찮은 거야 그런 자랑 말이다. 내 잘못이 아니라 태안 앞바다 기름 유출로 인한 일이기는 하나 부모님께 실망을 안겨드려 죄송하다.

어느 부모든 자식 자랑이 최고일 테지만 느닷없는 기름 유출 사고로 인해 희망이 한순간에 날아가버리다니… "아버지, 어머니 죄송합니다. 비록 중고 고깃배이기는 해도 어부들끼리는 백 사장 말을 듣기도 했습니다. 그렇지만 그런 호칭도 이제는 아니게 되고 말았습니다. 그렇다고 주저앉을 수는 없습니다. 무엇을 하든 다시 일어서고 말 것입니다. 아버지, 제가 누굽니까. 아버지 어머니도 인정하시는 용감한 둘째 아들이잖아요. 그래서 저는 오뚝이처럼 벌떡 일어설 겁니다. 지금이야 어렵지만 말이요. 기름 유출 사고는 어쩌면 더 좋은 일이 있으라고 있게 된 일인지도 모릅니다. 그러니 아버지 어머니는 너무 염려 마시고 건강이나 하십시오." 나의 이런 심정을 아내야 모르겠지만 외출할 때나 신던 신발을 신고 다녀올게 하고 나간다.

"너무 늦지는 말어."

"알았어."

그래, 부동산중개업소에만 다녀올 건데 늦을 이유야 없겠지만 백군남은 그렇게 해서 고깃배는 팔아버리고 중동 건설 현장으로 갈 것이다. 중동 건설 현장에서도 일을 열심히 잘한다는 이유로 월급을 더 받을 각오다.

"그런데 당신이 무슨 기술자로? 언니가 말해주어 알고는 있지만."

아내 이남순은 이미 했던 말이지만 또 한다.

"중장비운전 기술자로 가는 거야."

"일을 중장비운전 기술자로 하자면 위험할 거잖아."

"위험할 필요도 없어. 신사적으로 하는 일이니까."

"그러면 모를까."

"암튼 이런 기회도 나는 천운이라고 생각해."

남편 백군남은 동아건설 회사에 입사원서를 냈다.

"천운 말까지는 아니다."

"내가 중장비운전 기술자라는 얘기는 안 했나?"

"중장비 기술자란 말 한 적 없어."

"당신은 결혼하기 전 밥 벌어먹을 기술이라도 있냐고 물어야지, 잘생긴 얼굴만 봤어."

아내의 걱정을 조금이라도 들어주기 위한 너스레 말이다.

"스스로 잘생겼다는 말은 아니다."

"내가 할 말은 못 되나 이만하면 영화 주연배우 같잖아."

"아이고 맙소사⋯. 아무튼 첫 만남에서 기술이 있냐고 묻는 사람 누가 있겠어."

"그렇기는 하겠지."

"직접 말해주든지, 아니면 다른 사람이 말해주면 또 모를까?"

"일단은 돈 벌어 올 테니 그런 줄 알아."

"돈 벌어 올 테니 말까지는 아니다. 아무튼 알겠는데 그러면 중장비 기술자가 그동안은 뱃사람이 된 건가?"

"이건 일본말이기는 한데 당신 데마찌라는 말 들어봤어?"

"못 들어봤는데. 데마찌라는 말이 무슨 말이야?"

"일이 없어 놀게 될 날이라는 말인데 중장비 기술은 그런 안 좋은 면이 있어."

"그렇구면."

"그래서 말인데 중장비 기술자라고 해서 밥벌이 보장은 없다는 거야. 중장비 기술자 일당은 괜찮아. 그렇지만 일감이 늘 있어야 할 건데 그렇지를 못해 그동안은 뱃사람이 된 거야."

"뱃사람?"

"그러니까 뱃사람이 된 건 이리도 예쁜 당신을 만나려고."

예쁜 건 사실이다.

"예쁘다는 말 입에 침이나 발라."

"그러면 안 예뻐. 그래서 웬만하면 중동에 안 가려고 했는데 우리가 오늘만 있는 게 아니잖아. 그래서야."

"그러지 말고 다른 일 찾아봐!"

"내가 할 수 있는 일이 우리나라엔 없어."

아내는 그러지 말고 다른 일 찾아보라고 하지만 기회는 아무 때나 있는 게 아니지 않은가.

"그래도 일감은 국내에서 찾아봐."

"당신 혼자만 두고 돈 벌러 중동까지 가기는 싫지만 그래도 참고 기다려줘, 나 열심히 할게."

"…"

고생스러워도 돈을 벌겠다는 생각이 분명한 남편에게 고맙다고 해야겠지만 대답까지는 아무래도 아닌지 그동안 밝은 모습이 걱정스러운 표정으로 바뀐다. 아내의 그런 모습을 남편인 백군남도 알아본다.

"나도 없이 당신 혼자 지내기는 쉽지 않겠지만 잘 갔다 오라는 말 한 번 해주면 안 될까?"

남편 백군남은 너무도 미안해서다.

"알았어. 잘 갔다 와. 몸조심하고…"

그렇지만 남편 없이 지내기는 너무 어려울 것 같다. 남편 말대로 건설 붐이 한창일 때는 중장비 기술자가 부족할 때도 있었다지 않은가. 한때는 그랬지만 요즘은 중장비 기술자도 실업자로 전락하고 말지 않겠는가. 남편은 그래서 뱃사람이 되겠다고 태안으로 왔을 테고, 고깃배 운영도 했다. 고깃배로 해서 얻은 소득은 얼마일지 한 그물이냐, 아니냐에 따라 삶의 넉넉함이 달라 가늠할 수는 없겠지만 고깃배를 운영하는 사람치고 밥 굶는다는 사람 없고, 돈 없어 자식들 대학 못 보낸다는 사람 없다지 않은가. 남편이야 그런 점을 염두에 둔 고깃배 운영은 아니었을 것이나 돈 벌자는데 이것저것 따지지 않겠다는 일등 남편이다. 남편은 그래서 든든하다. 그렇지만 돈 벌어 오라고 외국으로까지 보내기는 동네 젊은이들이 나를 어떻게 할지가 두렵다. 그러니까 늑대들 말이다. 때문이라고 해야겠지만 생과부로 살아가기는 너무 어려울 것 같다. 물론 몇 년만이기는 해도.

"알았으면 됐고, 나 당신 사랑해."

남편 백군남은 아내 이남순을 끌어안는다.

"뭐야!"

"다시 말이지만 중장비운전 기술자가 되기는 했으나 일감이 늘 있는 것도 아니고 그래서 배 타는 쪽으로 가게 된 건데, 이것도 운일지 몰라도 지금은 그것도 아니잖아."

"그러니까 그냥?"

"그냥은 아니야. 당장 갈 데도 없는데 그냥일 수 있겠어."

"나 술 한 병 사 올게, 어디 가지 말고 있어."

남편은 고깃배로 살기는 사실상 실업자가 되어버린 것이다. 그래서 남편은 우울해할 수도 있다. 그런 맘을 달래야만 해서 좋아하지도 않을 술이지만 사 오겠다고 한 것이다.

"가기는 어딜 가. 갈 곳도 없어."

"알았어. 금방 올게."

아내 이남순은 작은 술병 두 병과 마른오징어를 사 온다.

"무슨 술을 두 병이나 사 오는 거야."

"술은 오래 두어도 썩지 않잖아. 그래서야."

"두고두고 먹으려고?"

"그래. 자기 돈 벌러 멀리 가버리고 없으면 내가 무엇으로 살겠어. 술에 취하기라도 해야지. 안 그래?"

술은 본인 건강을 해치기도 하고 상대를 어렵게도 하지만 상대와 대화의 자리를 만들기도, 잠이 들게도 하는 어쩌면 요술 같은 물질이다. 아내 이남순은 그런 생각까지는 아닐 것이지만 말이다.

"미안해."

"미안해할 것 없어. 자기는 잘살아보자고 하는 건데."

"그렇기는 해도. 그리고 먹다 남은 생선찌개도 있잖아. 술과 함께 오징어는 속을 상하게 한다잖아."

"속이 상한다는 말은 늘 마시는 사람이나 하는 말이지. 우리처럼 어쩌다가 마시는 사람은 아닐 거야."

"그런 말 당신은 어디서 들었어."

"어디서 듣기는, 어른들이 그러던데. 아무튼 이렇게는 오랜만에 마시는 술이니 너무 따지지 말자고."

아내 이남순 말이다.

"알았어."

너무 따지지 말자는 아내가 좋다. 이렇게는 처음이기는 하나 부부만이다. 그래, 자식이 부모님 얘기를 해서는 불효자라는 호된 말을 들을 수도 있다. 그렇지만 우리 아버지는 농사일에 적극적이지 못하나 어머니에게 고약한 말씀 단 한 차례도 없으셨다. 그런 부모에게서 성장한 사람이 아내의 의견을 아니라고 딱 잘라 말하겠는가. 아버지께서는 한문 공부를 어떻게 하셨는지 그런 말씀이 없으셔서 알 수는 없으나 상량에다 붓글씨도 그렇지만 혼서지(혼인할 때 신랑 집에서 예단과 함께 보내는 편지. 두꺼운 종이를 말아 간지簡紙 모양으로 접어서 쓴다) 등 아버지는 그런 일로는 동네에서는 어른 대접이었다. 그러신 아버지가 지게도 져야 할 농촌 사람으로는 격에 맞지 않게 사신 것이다.

아버지는 그러시기에 우리 집은 농사라야 고작 논 십여 마지기 뿐이지만 그러셨다. 그러기는 해도 자식들이 일할 만큼 커서 도와드리기 전에는 어머니가 그 일을 다 감당하셨다. 아버지는 농촌 분으로 당연한 지게도 안 지고 선비처럼 사셨기 때문이다. 선비처럼 사시는 게 싫어서가 아니다. 나는 아버지처럼 살지 않을 것이다. 아버지처럼 살지 않겠다는 건 돈도 좀 벌어보겠다는 생각이다.

그래서든 어느 날인지 기억까지는 희미하나 내 생김새를 보고 맘에 들었는지 처형이 다가와 "맘에 들지는 몰라도 괜찮은 내 동생이 있는데 말해도 될까요?" 그렇게 해서 지금의 아내가 된 것이다. 그렇지만 훤한 인품만 가지고 살아서는 안 된다는 것이 지금의 각오다. 물론 각오만으로 세상 풍파를 이겨낼 수는 없는 일이지만 말이다.

"자기 고깃배 팔아버리기는 아쉽지 않아?"

"아쉽기는 하지. 그렇지만 고깃배 운영은 못 하게 생겼는데 어쩌겠어."

"고깃배 운영자들마다는 우리 맘 같을까?"

"그러냐고 묻지 않아 모르겠지만 그동안의 고깃배 운영을 못 하게 생겼다면 밖으로 나갈 생각도 하지들 않겠어."

"그러니까 밖으로 나갈 생각이란 취직 같은 거 말인가?"

"그러지 않겠어. 생각해보면 억울한 일이라 다른 사람 걱정할 때가 아니기는 해도 고깃배 운영들도 먹고살자고 한 일인데 말이여."

"바다를 망친 삼성을 어떻게 할 수도 없고 정말 밉다."

"미운 거야 한없지만 고깃배 운영으로 살아가기는 이젠 글렀으니 앞으로 살아갈 방법은 없는지 당신도 한번 찾아봐."

"미안하지만 자기도 보다시피 나는 입만 살아 있잖아."

"앞으로 살아갈 일 너무 난감해하지는 말어. 그리고 먹는 것도 줄이지는 말어."

"알았어."

"알았으면 됐어."

짧은 경험이지만 주어진 삶을 어떻게 살아갈지의 지혜는 지식보다 몇 배 더 중요하다는 것을 깨달았다고나 할까. 그래서 고깃배가 필요 없게 됐으니 미련 두지 않고 팔아버린 것이다. 기대한 값 다 못 받기는 했으나 중고 배이기는 해도 많은 값을 주고 샀던 고깃배다. 그런 고깃배이지만 운영을 일 년도 채 못 해보고 팔아버리기는 너무도 아깝고도 아쉽다. 아깝고 아쉽지만 기름 유출 사고로 고기를 잡을 수 없을 만큼 바다가 오염되어버렸는데 어쩌겠는가. 사겠다고 나설 사람이 있으면 좋겠다.

고깃배를 팔아버리고 중동을 가게 될 때까지 그동안은 다른 일 찾아 나설 계획이기 때문이다. 그러나 취직 길이 보이질 않아 걱정이다. 걱정만 해서는 아무것도 안 되지 않는가. 그러니 내일부터 일터를 찾아나서자. 아내도 일터를 찾아나서기를 바랄 것이지만 말이다. 그래, 맘에 드는 일터 찾기는 어렵겠지만 일꾼을 찾는 일터는 있지 않을까. 일터를 찾다 보면 생각지도 못한 좋은 일터를 만나게 될지도 모른다. 나는 비록 고졸 출신이기는 해도 무슨 일이든 잘할 수 있다. 힘자랑도 할 만큼의 삼십 대 중반 나이다. 이렇게 젊은 나이를 어디다 써먹겠는가. 하늘이 무너져도 가정을 위해 써먹어야지.

　"자기 중장비운전 기술은 능숙하다고 했던가?"

　"능숙하지. 자격증까지는 아니어도."

　"자기 중장비 기술은 어떻게 배운 거야?"

　"그런 얘기 들으려면 값나갈 얘기니 마실 거가 있어야지 않겠어.
간단하게나마."

　"값나갈 얘기라?"

　"그건 아니고 회사 생활할 땐데 공사판 중장비기사가 좋게 보이
더라고."

　"그래서 배우게 된 거라고?"

　"그러니까 힘도 필요 없이 중장비조작 기술만으로 돈 버는 걸 보
니 배우고 싶더라고."

　"남자는 돈 버는데 생각을 두기는 해야지."

　"그러니까 기사에게 다가가 나도 배우고 싶다고 말했지."

　"배우고 싶다고만 말해서는 안 되잖아."

　"그렇지, 그런데 중장비기사는 마침 보조 일꾼이 필요해서 그 기
사를 돕는 일을 했지."

　"중장비 기술 배울, 그러니까 말하자면 운?"

　"운이라고 해도 될지 몰라도 중장비기사 눈에 들게 했어."

　"중장비기사 눈에 들게 했다면 속이 빤히 보였겠다."

"속이 보이고가 어디 있어. 중장비 기술자가 되고자 마음을 먹었는데."

"그랬구면."

"그러니까 설명하자면 중장비기사 할머니가 돌아가시고 휴가를 내는 바람에 중장비 일을 내가 하게 된 거야."

"그러면 얼마간?"

"삼일장이니까 그동안이지."

"수고했다는 말은 듣고?"

"수고했다는 말 더한 대접도 받았어."

"대접을 받았다면 무슨 대접?"

대접이라면 혹 여자? 아니야. 남편은 그럴 리 없어. 오직 나뿐이야. 남자라는 동물은 나이 백 세가 넘어서까지도 여자가 보인다고는 해도.

"대접이랄 수는 없어도 중장비 기술자 눈에는 좋게 보였다는 거지."

"사실이면 자기는 역시다."

"사실이면이라니… 당신 말 가시가 있는 거 아냐?"

"한번 해본 말이니 오해는 말어."

"그러면 다행이지만 나는 오로지 이남순뿐이니 그런 줄 알아. 그러니까 중장비기사 할머니 장례식 일에 적극적일 뿐이었다는 거야."

"적극적으로 도왔더니…?"

"중장비 기술만으로 일하기는 선배들이 있잖아."

"어느 직장이든지 그런 게 있기는 하겠지."

"중장비기사는 그동안의 경험도 말해주더라고."

"경험 말은 뭐라고?"

"들은 대로 말하면 사회란 공동체를 말함 아닌가. 공동체라고 해서 다 같이 행동할 수는 없다 해도 어느 직장이든 선후배가 있다. 그래서 후배는 선배에게 잘 보이려고 할 것이다. 만약 선배 눈에 거슬리게 되면 선배가 될 때까지 버티기는 사실상 어려울 수도 있다. 그런 조직에서 살아남으려면 선배에게 알랑거릴 생각 말고 괜찮은 사람으로 보이라는 것이다. 그러니까 상대의 맘을 사라는 것이다. 성격에 따라 다를 수는 있겠으나 돈이라는 물질은 절대 금물이니 지혜롭게는 물론이다. 누구보다 잘할 수 있어도 한번 해보라고 기회가 주어질 때까지는 뒤에서 관망하는 자세가 필요하다. 움직임이 어떤지를 말이다, 그러더라고."

"자기는 그래서 고마웠겠다."

"그러니까 중장비 기술 전망까지도 말해주더라고. 그래서 더 잘했지."

"그때가 몇 살 때야?"

"이십 대 초반이야."

"이십 대 초반이라고?"

"그래."

"그러면 고등학교 졸업하고 곧바로 집을 나오게 된 건가?"

"그런 셈이지. 고등학교 졸업과 동시에 군대 갔으니 말이야. 그렇기도 하지만 어차피 집을 나오게 될 나는 작은아들이잖아."

"군대는 성인이 돼야 가는 거 아녀?"

"그러니까 스무 살?"

"그렇지, 스무 살."

"그게 아니여. 체격이 되고, 군인이 되겠다는 용감이면 나이를 안 따져."

"그렇기는 해도 부모님은 많이도 걱정하셨겠다."

"부모님이 걱정했겠다고?"

"그러면 아닌 건가?"

"그래, 어머니께서는 걱정하셨겠지."

"지금이야 열한 살짜리 딸까지 둔 아저씨지만 말이여."

딱 믿기까지는 아직이나 믿음이 가는 남편이다. 그러니 아내인 나만 잘하면 앞으로는 괜찮게 살게 될 것 같은 믿음이기는 하다.

"술 한잔 더 할 거여?"

아내 이남순 말이다.

"아니야."

"술 그만할 거면 상 치울까?"

"치워. 그런데 여보, 나 동아건설 회사에 중장비운전기사 이력서를 냈어."

"뭐…?"

"놀랄 거 없어."

"사전 얘기도 없이 그게 뭐야. 나는 자기 마누라 아니야?"

"듣고 보니 미안은 하나 이력서를 이미 냈으니 합격이라는 기분 좋은 소식이 올 것으로 믿기나 해."

전날 중장비기사가 열심히 가르쳐주기도 했지만 웬만한 일은 내가 다 했기에 중장비조작 기술은 능숙하다. 그렇지만 그것만으로는 중장비조작 기술 자격증이 필요해 중장비 기술 학원까지 다녀 이력서에다 중장비조작 기술 자격증 첨부도 했다. 그러기는 했으나 반가운 소식이 있을 것인지는 모르고, 아내도 내 맘과 같을 것이다.

"각오한 일일 테니 가지 말라고는 못 하겠으나 중동에 안 갈 수는 없을까?"

"그러면 보내기가 싫어서?"

"그게 아니라 돈 벌어 오라고 보내는 마누라 같아서야."

"당신 말에 맘이 흔들린다. 그렇지만 그동안 생각했던 일이니 보내줘."

"그러니까 굳어진 생각?"

"그래, 굳어진 생각."

"굳어진 생각은 인정하나 외국에 나가게 되면 수년 걸릴 거잖아."

"아니야, 곧 오게 될 거야."

"말이야 그렇지만 돈이 눈에 보이는데 곧 와지겠어."

"돈…?"

그래, 당신 말대로 돈이지. 우리가 행복하게 살아가려면 돈이 없어서는 안 되잖아. 그런 생각은 오래전부터야. 사실까지는 이렇게가 어디 우리만이겠어. 돈 벌어 오겠다고 나설 사람들이 많을 거잖아. 물론 짐작이기는 해도. 당신은 여자라 아니라고 말할지 몰라도 돈 노예가 될 수밖에 없는 나는 남자야. 그러니까 옛날 사냥 시대로 보면 노루를 사냥해 와야 할 남편 말이야.

"삼성은 기름 유출 사고를 왜 미리 대비 못 했을까."

아내 이남순은 혼잣말처럼 한다.

"그래서 당신에게는 미안하나 결심한 거니 이해해. 물론 이해가 쉽지는 않겠지만."

"아니, 결심까지?"

"그래, 결심까지."

"자기 생각 막자는 것은 아니나 혼자 있기는 너무도 무서울 것 같다."

아내 혼자 있기가 너무도 무서울 것 같다는 말은 다른 설명이 필요하겠는가. 남편이 없어서는 잠 못 들 젊은 여자인데. 그러니까 솔직하게 말하면 이남순은 남편 없이 윤리만 지키기엔 자신이 없어서 하는 말일 게다. 이런 문제에 있어 누구는 아니라 할지 몰라도 인간은 종족 번식이면 그만이 아니다. 부부는 살 만한 사회를 지탱

해야 할 가정과, 인류 평화를 유지하는 보편적 상식이 존재하기 때문이다.

"고깃배로 밥 벌어먹고 살아가기는 이미 글렀으니 장사를 해야겠다는 생각이야."

"그러니까 중동으로 가겠다는 건 장사 밑천?"

"그렇지, 장사 밑천…."

"장사 밑천 누구에게 빌릴 수는 없을까?"

"장사 밑천 빌릴 수는 있겠지. 그렇지만 괜찮은 자리 얻으려면 보증금만도 억대 이상의 돈이 필요할 거잖아."

"그렇기는 할 거야. 맘에 드는 가게라면."

지금까지의 남편 말을 들으면 돈 벌러 중동으로 갈 각오가 분명하다. 이런 각오를 가로막아서도 안 되겠지만 남편은 물러서지도 않을 기세다.

"암튼 그런 줄 알고 당신도 고생을 좀 해주어야겠어. 부탁해."

남편 백군남은 그렇게 해서 열사의 나라인 리비아로 가게 됐고, 돈도 생각만큼 벌어 월급의 거의 전부를 아내에게 송금한다. 그러기를 계약 기간을 연장해 3년 7개월까지다. 송금해준 내역도 있다. 그동안 은행 이자는 얼마나 붙었는지는 몰라도 보낸 금액만도 3억 원 가까이다. 그걸 가지고 그동안 구상했던 과일 가게를 차릴 계획이다. 장사를 어떻게 해야 할지까지는 아직이기는 해도.

　과일 가게는 사과가 생명이다. 그래서 진짜 사과 맛을 내는 사과여야 한다. 그러니까 달기도 하지만 이것이 사과 맛이라는 그런 맛 말이다. 그런 사과를 도매시장에서 찾기는 사실상 어렵다. 도매시장에서 찾는다 해도 일회성이다. 그래서 사과 재배 밭을 찾아야 한다. 그러면 기대한 사과밭은 어떻게 찾을 것인가가 문제다.

　다른 과일도 마찬가지겠지만 사과 맛은 품종도 있지만 어떤 토질이냐에 따라 맛이 다르다. 그러기에 비싸고 상품만 좋아서는 사과 맛이 아니기에 멀리라도 가서 찾아야 한다. 소비자가 누구의 가게로 가면 맛있는 사과를 맛볼 수 있다는 소문이 나게 말이다.

　그러니까 사과 맛은 품종에 있지 않다. 토질이다. 그래서 아무리 싸도 맛이 별로인 사과는 단 한 개도 없이 하자는 게 그동안의 구상이다. 좋은 소문이든 나쁜 소문이든 소문은 날개를 달게 되어 있기 때문이다.

　아무튼 장사 목적이 무엇인가. 말할 것도 없이 이문이다. 그렇지만 장사로 돈만 벌자는 것은 상인 정신이 아니다. 소비자를 위한 중개업이라는 생각으로 장사를 하는 것이다.

　이것은 누구로부터 배운 게 아니다. 물론 그렇게 하라는 길잡이 서적도 없다. 그렇지만 장사 생각을 하다 보니 그런 생각이 든 것이다. "여보, 나 없이 그동안 많이 힘들 텐데 그런 보상이라고 할까. 아무튼 곧 행복하게 해줄 테니 기대를 해도 돼."남편 백군남은 그러면서 출국을 했고, 귀국하게 된다. 귀국 선물은 행복하게 해주는 것으로 대신할 테다 하는 생각이었겠지만 비싼 것은 아니나 아내가 좋아할 선물 몇 가지가 든 가방을 들고 김포공항 개찰구를 빠져나오게 된다.

그런데 왠지 반가워해야 할 아내가 반가워하지 않는 표정이라니…. 아니야, 내가 잘못 본 걸 거야. 그렇게 해서 택시비가 많이도 나올 것 같은 먼 길이지만 택시를 타고 집에까지 온 것이다. 그런데 어찌된 셈인지 아내도 처형도 반갑게 맞이하는 게 아니라 어두운 표정들이다. 그렇게 어두운 표정인 것은 그동안 송금한 돈이 사달이 난 탓일 게다. 사달이 난 사실을 펼쳐보자면 다음과 같다.

"언니, 근데 백 서방이 이달 말에 귀국하게 된다고 편지가 왔어."

"그래? 그러면 잘됐다."

"그런데 언니, 어쩌지?"

"아니, 백 서방이 귀국한다는데 어쩌지라니, 그게 무슨 소리야?"

"그게 아니라…."

언니는 나이가 나보다 일곱 살이나 많다. 그러기에 언니이기는 해도 심적으로는 어머니 같기도 하다. 친정 부모님은 가까운 곳이 아니라 좀 멀리 떨어져 살고 계시기에 자주 찾아뵙기까지는 못 하지만 언니와는 드물지 않게 만나는 편이다. 언니 집은 한동네는 아니나 버스 길로 이십여 분 거리라 비교적 가까운 거리다.

그동안 그랬으나 시청 과장과 불륜을 저지르고부터는 언니를 만나는 것이 두려워 상당 기간 못 만났다. 솔직히 피하고 싶었다. 그래, 언니를 만나기가 두려웠다면 불륜을 실수로 보고 끊으면 될 일이지만 처음부터 잘못이기는 해도 그러지를 못했다. 그러니까 잘못인 줄도 모르면서 불륜을 계속 저지른 게 아니다. 남편이 돈 벌러 열사의 나라로 갔다 해도 자식까지 둔 엄연한 유부녀로서 시청 과장과 만나고 집에 돌아와서는 다시는 만나지 말아야지, 다짐은 하나 그렇게 안 된 것이 지금까지다. 대놓고 말할 수는 없어도 시청 과장에게서 빠져나올 수도 없게 걸려들었기 때문이다. 물론 자초한 일이지만 말이다.

　그렇기도 하지만 귀신의 장난일까? 그 시청 과장을 만나는 것이 너무도 좋기만 해서 불륜은 남편이 중동에서 귀국할 때까지 이어져 온 것이다. 초등학생 딸까지 둔 여편네로서 말이다. 말도 안 될 불륜의 사실을 누구한테 말하겠는가. 말할 수도 없었지만 밀어닥친 상황이 상황인 만큼 어쩌겠는가. 그래도 언니에게만은 말해야지. 그래, 짐작까지 할 필요 없이 남편이 귀국해서 그동안 송금해준 돈 얘기를 꺼낼 건데 아니게 된 상황 설명을 어떻게 할 건가. 남편이 그동안 송금해준 돈 얘기를 남편이 말 안 해도 아내인 내가 말해야 할 건데 말이다. 그것도 입금된 통장을 보여주면서 말이다. 그래, 그동안의 이자까지 보여준다면 남편은 얼마나 고마워할까. 그렇지만 아니게 된 상황을 알게 되면 허탈해할 건 짐작이 필요 없다.

남편은 앞으로 잘살아보겠다는 각오로 견디기 어려울 열사의 나라에서 4년 가까이 고생했는데 말이다. 어쨌든 이보다 더한 말도 할 수 있는 엄마 같은 친언니, 그렇지만 남편이 없는 사이 말도 안 되게 다른 남자와 불륜을 저지른 일이라 말이 입에서 잘 떨어지지 않는다.

"아니, 너 혹 엉뚱한 짓 저지른 건 아니겠지?"
그렇지 않아도 엄마가 아니게 보이더라고 하셨기 때문이다.
"아니야."
말이야 아니라고 했으나 잘못인 줄 알면서까지 그랬어. 이남순은 눈물까지 흘린다.
"아니, 너 우는 거야?"
"언니, 미안해."
"뭐가 미안한데…?"
올 것이 오고야 말았구나. 이남순 언니는 그런 눈으로 동생을 본다.
"언니가 들으면 실망할 일이라 그래."
사실대로 말한다고 해도 언니가 해결해줄 수 있는 그런 문제가 아니다. 우리의 결혼도 언니가 주선해준 것이지만 그렇다. 때문에 이 일을 말하면 실망이 배가 될 것은 두말이 필요 없다. 자매뿐인 방 안은 바늘 하나 떨어져도 큰소리로 들릴 만큼 조용하다. 침묵만 흐른다. 언니의 심장 박동 소리와 내 심장 박동 소리만 방 안에 가득하다고 해야 할지 그렇다. 이런 일만 아니면 언니는 호통만이신 아버지 앞에서도 내 편일뿐더러 맛난 거 있기라도 하면 부르곤 했던 언니, 그러니까 시청 뒤편 식당 카운터로 근무할 때 늘 부르던 언니.

"실망할 일이 무엇인지는 몰라도 이 언니에게도 말 못 할 일까지면 큰일이다."

"그게 아니라 백 서방이 보내준 돈 얼마 안 남았어."

"뭐…?"

"백 서방에게 통장도 보여주어야 할 건데 그래서야."

"그러면 송금해준 돈 없어졌다는 거 아냐."

"조금밖에 안 남았어."

동생 이남순은 언니에게 다 기어들어가는 소리로 고백한다.

"아이고… 이게 무슨 일이야."

남순이 네 남편이 송금해준 돈이 어떤 돈인데 조금밖에 안 남았다니… 너 미쳤구나. 미쳤어… 이 일을 어쩌면 좋냐… 모자란 돈 내 돈이라도 채워주면 좋겠지만 그만한 돈도 없고… 아무튼 다른 사람은 못 믿어도 남순이 너만은 믿었는데 어쩌면 좋냐.

"언니, 어떻게 해?"

"어떻게는 어떻게야, 진짜 큰일이다."

똑똑한 네가 어쩌다가 그렇게까지 해버렸냐? 너를 보호해주어야 할 언니지만 밉다.

"언니, 나 죽어버릴까?"

"뭐, 죽어버려? 그걸 말이라고 하냐. 이것아!"

"그건 아니야."

그건 아니야 했지만 백 서방 보기가 너무 무서울 것 같아서다. 백 서방은 참 좋은 사람이다. 좋은 사람이지만 아무 때나 좋은 사람일 수 있겠는가. 백 서방은 잘살아보겠다는 맘으로 열사의 나라까지 가서 그만한 돈 열심히도 보내주었는데 이게 뭐야. 시청 과장이 빌려간 돈 되돌려주기만 했으면… 아니, 로또복권만 당첨됐어도 그동안 놀아난 일도 없었던 일로 할 건데 말이다.

"아니라니 다행이나 죽어버린다고 못 찾을 돈 찾을 수 있겠냐, 이 바보야. 그건 그렇고 돈을 빌려주고도 못 받은 놈이 군청 과장이라고?"

"군청 과장이 아니고 시청 과장이여."

"군청 과장이든 시청 과장이든 지금 그게 문제가 아니잖아, 이 것아!"

이남순 언니는 부아가 잔뜩 난 말이다.

"그렇기는 해."

"아무튼 말이 나왔으니 하나도 빼지 말고 그대로 말해봐. 그래야 없어진 돈 되찾을 방법이라도 있지."

그리도 야무진 내 동생이라 제부가 송금해주는 돈을 잘 지켰을 것이라는 믿음이었는데 그게 아니라니… 언니는 고개를 푹 숙인 동생을 물끄러미 본다.

"언니는 나를 용서해줄 수 있겠지?"

"용서라니… 그런 소리 듣고 싶지도 않으니 솔직한 말이나 해, 이것아!"

"말도 안 될 짓이라 그래."

"저질렀다는 게 뭔데?"

"그러니까 시청 과장을 너무도 좋아한 게 그리 됐어."

"아이고…"

"생각해보니 귀신에게 홀린 것 같아."

동생 이남순은 남편이 없는 동안 시청 과장과 불륜을 저질렀다는 얘기를 언니에게 털어놓는다. 이렇게 된 이상 도망갈 방법은 없다. 용서를 비는 수밖에. 잘못했다고 빌면 용서해줄지는 몰라도. 그래 용서를 빌 자신도 없지만 말이다.

"귀신에게 홀린 것 같다니, 너는 그걸 말이라고 하냐."

"언니, 미안해."

"그러면 없어졌다는 돈은 얼마인 거야?"

없어졌다는 돈 시청 과장에게 사기를 당했을 것이다. 그렇지만 물어는 본다.

"많아."

"많으면 얼만데?"

"2억이 넘어."

"2억이 넘으면 그동안 보내준 돈 몽땅일 거잖아."

"다는 아니어도 그래. 그런데 사실대로 말하면 언니도 알겠지만 인진쑥 때문이라고 말할 수도 있어."

"뭐… 인진쑥?"

인진쑥, 말은 들었어도 아직 본 적은 없다. 아무튼 그렇다 해도 내가 잘못한 탓 원인을 인진쑥에 둔다는 건 말도 안 된다는 듯 이남순 언니는 고개를 내젓는다.

"일이 잘못되려고 그랬는지 집 앞에 민들레꽃이 피어 있는 걸 보니 저수지 둑 인진쑥 생각나더라고."

"저수지 둑에 인진쑥이 있다는 걸 너는 어떻게 알고?"

"아는 게 아니라 동네 분들이 말하더라고."

"그래서 인진쑥 캐러 가서 그 남자를 만난 거라고?"

"그러니까 심심도 해서 인진쑥 캐러 건너편 저수지 둑에 가게 된 건데 이렇게까지여."

시청 과장과 부적절한 관계는 덮어두더라도 되돌려받아야 할 돈

문제다. 그러기에 언니에게만이라도 말을 하게 되나 내 편인 사람
은 언니밖에 없다.

"아이고…."

인진쑥 캐러 갔다가 벌어진 일이라는 얘기를 듣고 있자니 궁금
증이 더해져 계속 묻게 된다. 들으면 제부가 귀국할 날이 얼마 안
남았지 않은가. 동생은 제부와 그동안 편지도 여러 차례 주고받았
을 것이다. "잘 있으니 집 걱정은 말고 몸조심이나 해." 그런 내용의
편지를 주고받았을 것이지만 귀국해서 그동안 송금한 돈이 없어졌
다는 사실이 들통나는 날엔 상황이 어떻게 전개될지 상상도 못 할
일이다(송금해준 돈이 없어졌으니 들통이 날 수밖에 더 있겠는가). 동생과
제부는 내가 주선해서 맺어진, 맘속으로 괜찮은 부부다. 그렇지만
재산 전부일 수도 있는 돈을 시청 과장에게 주고 말았으니 버림을
받게 될지도 모를 일이라 불안하다.

그동안 겪어본 제부의 심성으로 봐 거기까지는 아닐 것으로 믿
지만 동생이 저지른 불륜 때문에 더는 못 살겠다고 해도 바짓가랑
이 붙들지 못할 것 같다. 소개해서 잘살기라도 하면 그러려니 하지
만 잘못 살고 헤어지기라도 하면 그 화살은 어디로 가겠는가. 그래
서 소개를 꺼리게 된다는 말도 듣는데 말이다.

어떻든 신의 도움으로든 전화위복이길 바라나 그럴 가능성은 전
혀 없어 보여 이 일을 어떻게 수습할지가 걱정이다. 동생 얘기를 더
들어볼 필요도 없다. 그렇지만 기왕에 나온 말이니 그동안의 얘기

를 들으면 다음과 같다.

"붕어는 몇 수나 낚으셨나요?"

"몇 수 말은 낚시를 즐기는 사람들이나 하는 말인데요."

"낚시 즐기는 사람이 아니어도 알 수 있어요."

"얘기를 들으니 낚시도 알고 계시네요. 아가씬지, 아줌마인지 몰라도."

"아저씨가 보시기엔 제가 아가씨로 보이세요?"

"여간 아름다운 분이 아니라서요."

시청 과장은 건져올린 낚시에 미끼를 갈아 끼우면서 말했다.

"그런데 낚시만 보고 말씀을 하세요. 서운합니다."

"서운하게 했다면 미안하나 쑥 캐러 오셨으면 쑥이나 많이 캐십시오."

시청 과장은 던져진 낚시찌 보느라 처다볼 정신이 없었는지 슬쩍 보면서 말했다.

"붕어 몇 마리나 낚았는지 궁금해서 가까이 가게 되더라고."

"아니, 멋지게 생긴 사람이 낚시질하는 걸 보니 맘이 이상해진 것은 아니고?"

거기까지 말할 필요도 없는데 말하게 된다. 그렇다. 누구든지 라고 말할 수는 없겠지만 삼십 대 중반 나이 젊은 여자가 남의 남자지만 멋진 남자를 보고 맘이 이상해지지 않을 수가 있겠는가. 그런 점은 인정 못 할 이유는 없다 해도 돈까지는 아니다.

"그건 아니지만 점잖고 세련된 말솜씨라는 생각이 들더라고."

"아이고… 이것아!"

더 말할 것 없다. 그 사람한테 반해버렸구나. 그것도 완전히. 그래, 네 남편이 돈 벌러 열사의 나라로 가기는 했으나 사실상 과부다. 그러니까 남편 없이 잠 못 이룰 홀어미 상황에서 점잖고 멋지게 생겼다면 남자로 보이지 않을 수가 있겠냐. 시청 과장이 멋진 남자로 보일 것은 이해 못 할 이유는 없겠으나 찾지 못할 수도 있는 돈인데 어떻게 할 거냐. 그러니까 그동안 저지른 불륜 문제가 아니라는 것이다, 이것아. 불륜이야 눈 한번 감으면 그만일 수도 있겠지만 말이다. 아무튼 다른 이유 댈 것 없다. 무슨 수를 써서라도 돈만큼은 돌려받아야 할 테니 말이다.

"그렇기는 해도 언니는 내 편이잖아."

"네 편이면 뭘 해, 네 잘못을 막지도 못했는데, 이것아!"

"…"

언니에게 고백한 대로 그렇게까지 잘못하게 된 데는 인진쑥도 한몫했다. 핑계라면 핑계지만 말이다. 그동안 각오한 일이기는 하나 남편이 중동으로 가는 데 배웅이라도 해야만 해서 출국장으로 가보니 복잡한 건 내 사정만이 아니었다. 어디서들 왔는지 삼십여 명이나 되는 근로자들이 탑승을 기다리는가 하면 배웅하러 나온

가족들은 서운한 눈물까지 흘린다. 남편은 잘 다녀오겠다면서 비행기 트랩에 오르고, 백군남 아내인 나는 멍청이 사람처럼 그걸 보고만 있었다. 멍청이처럼은 돈이란 대관절 무엇이기에 이렇게까지 해야 하는 건가 해서다. 내 남편이 탄 비행기는 목적지를 향해 저만치 날고 있다. 그래서 잘 갔다 오라고 손을 흔들어주고 나니 허전한 맘 그 자체였다. 당장 생과부가 된 것 말이다.

"어디 안 가고 집에 있네."

암보험 하나 들어달라고 권유했던, 엄마뻘 되는 건너편 마을 신선숙 아줌마가 찾아와서다.

"가기는 어딜 가요. 갈 곳도 없어요."

사실이다. 중동에 가는 남편을 배웅하러 공항에 가보니 남편만이 아니었다. 남편과 함께 가게 되는 사람들이 많았다. 그 사람들 사정들이야 생과부가 되는 나처럼일 수는 없겠지만 눈물을 흘리는 가족들도 있었다. 그런 얘기를 좀 하자면 리비아에 가게 될 자들 예비 소집으로 다녀왔다는 남편의 말을 들으면 다음과 같다.

"여러분은 근로자로 가기는 하나 타국이기에 미리 알아둘 게 있는데 먼저 현지인들에게 좋은 인상을 보여주는 것이고 제일은 안전입니다. 물론 안전 문제는 사고가 나지 않도록 감독자가 감독을 철저히 해야겠지만 그렇습니다. 그리고 공항에 나오시기는 아무리 늦어도 3시간 전에는 나오셔야 합니다. 비행기에 탑승하실 인원 착오도 있어서는 안 되기 때문입니다." 남편은 그렇게 해서 출국을 해버리고 집에 돌아와보니 집 안은 휑하니 낙엽만 날리는 바람뿐이다. 이렇게까지일 줄 미리라도 알았다면 말렸을 건데 후회다.

"그러면 말이야. 자네 나 좀 도와줄 수 있을까요?"

"저번 말씀하셨던 보험이요?"

신선숙 아줌마는 다가와 암보험 하나 가입해달라고 해서 이렇게 젊은 사람한테 암보험 말은 아니지요, 했었다.

"보험이 아니고 시간만 한번 내주면 해서야. 시간이 안 되면 어쩔 수 없지만."

"집에 있는데 시간이야 되지요. 그렇지만…."

'시간이야 되지요. 그렇지만' 하고 말한 것은 계획한 일이기는 하나 남편이 중동으로 가버려 허전한 맘 달랠 곳이 있다면 마다하지 않겠다는 이남순의 의사 표시다.

"많은 시간도 필요치 않아. 한나절이면 될 일이야."

"한나절이면 따라가겠는데 그러면 저는 어떻게 하면 돼요?"

"어떻게가 아니라 점심 먹는 자리뿐이야."

"점심 먹는 자리뿐이면 저는 믿기가 어려운데요."

"점심 먹는 자리라고 말은 그렇게 했지만 사실은 보험설계사 시험 보는 자리이기도 해. 그것도 어디까지나 형식이지만."

"그래요? 그러면 언제요?"

"나도 그렇지만 오늘은 시간이 안 될 테니 내일 나랑 같이 가자고."

"준비물은 없어도 돼요?"

"준비물이야 자네는 젊으면서 누구보다 예쁘니까 세수만 하면 되겠다."

이남순에게 젊고 예쁘니까 세수만 하면 되겠다는 말은 싫지 않은 칭찬일 것이다. 그렇지만 학벌이 고졸인 이남순은 그런 말을 어떻게 들었을까? 말하지만 칭찬의 말 싫다 할 사람 누구도 없기는 해도 말이다. 그렇기도 하지만 젊고 예쁘면 보험설계사로는 적합해서 보험 회사 사무장은 반가워해줄 것은 분명하다.

오늘은 삼성보험 회사에 아주 귀한 설계사님들이 오신 것 같습니다. 보험 회사 사무장으로서 반갑고, 고맙고, 환영합니다. 꼭 그래서는 아니나 오늘 점심은 제가 대접해드리겠으니 그리 아십시오. 그러나 점심시간은 아직이니 보험설계사란 어떤 직업인지 처음이신 분들에게 우선 말씀부터 드려야 할 것 같습니다. 그렇습니다. 보험이 무엇인지 설명부터 드리자면, 모두가 아시는 대로 오늘의 사회는 산업사회로 불안 요소가 여기저기에 널려 있습니다. 그렇지만 보험설계사님들의 설명 없이는 관심조차 없이들 살아가는 게 사실입니다.

그런 사실을 바라보는 보험 회사 사무장으로서 답답하기도 합니다. 그런 점에서 해결 방법이 없어 보험이라는 제도가 만들어진 것임을 우리는 우선 알아둘 필요가 있습니다. 그러니까 운전자보험이 바로 그것으로, 보험제도가 만들어지기까지는 자동차 사고는 곧 삶 자체가 회복 불가능할 만큼 큰일이었습니다. 그러니까 이 때문에 보험제도가 있게 된 것이고, 여기엔 봉사자인 보험설계사님들이 계시는 겁니다. 그렇다고 봉사만이 아님을 비디오를 통해 말씀드릴 건데, 관심 있게 보십시오(보험설계사로서 직원까지 두었을뿐더러 고급 아파트까지 소개된다).

소개된 내용을 보시고 느끼셨겠지만 어떻습니까, 그렇습니다. 노력이 얼마냐에 따라 다르겠으나 설계사님들도 얼마든지일 겁니다. 보험 성격에 있어 생각되기는 기업들마다 보험은 반드시 필요하면서 개인 보험에 대한 부정적 태도는 이해가 안 됩니다.

그런 점을 설계사님들은 적극 말씀하십시오. 보험 회사가 잘 되길 바라기 때문만이 아닙니다. 밝은 사회가 되기를 바라기 때문입니다. 그래서 느끼고 계실지 몰라도 보험을 많이 든 분들을 보면 자신감이 보입니다. 그런 자신감은 어디서 나오겠습니까. 설명까지 할 필요 없이, 안정감일 겁니다.

이런 보험에 대해 말한다면, 개인연금은 없고 공적연금만 있는 국가도 있나 봅니다. 사실인지까지는 몰라도요. 그러나 생각을 해보면 공적연금은 여행비용 등의 자율성이 없다는 게 맹점일 수도 있으나 우리나라는 재산 손해인 화재보험 등 다양성 보험을 팔고 있습니다. 문제는 헛돈만 내게 될 수도 있다는 게 문제이기는 합니다. 그러니까 타고난 건강인지는 몰라도 병원에 가본 일도 없을뿐더러 돈이 화수분처럼 생기다 보니 보험금 납부는 잘못이라는 게 보험 가입 기피증입니다.

그래서 더욱 보험설계사직은 날로 고급인력들로 채워질 것은 분명합니다. 그래서 말이지만 여러분들은 사회불안 요소들을 해소시켜주셔야 할 전사들이라는 것입니다. 그러기에 보험설계사로서 자부심도 가질 필요가 있습니다. 그러나 사회는 아직도 보험 인식이 턱없이 부족해서 장점을 설명해도 먹혀들지 않을 수 있습니다. 보험 가입자들에게 하는 말이지만 보험금을 내실 때 내 돈이 빠져나간다는 아까운 생각일 뿐 느닷없는 상해나 재난에서 되돌려받게 된다는 생각은 전혀 하지 않으려는 것 같아 안타깝습니다. 이런 문제에 있어 미안은 하나, 보험설계사님들조차도 보험 성격을 잘 모르지 않나 싶습니다. 그렇게 말하기는 안전보장이 못된 부동산투자나 주식투자에 몰입해서라고 말하면 아니라고 할 건가요. 그래서 말인데 만약 큰돈이 내 지갑에 있다고 해서 로또복권 당첨이나 꿈꾸는 사람들은 태생적으로 후각에 민감한 파리떼들처럼 달라붙어 빨아먹으려 할 것은 불 보듯 뻔합니다.

그런 점에서 여담으로 새겨들으셔도 손해가 안 될 사례 한 가지를 말씀드린다면, 투자가 무슨 말인지도 모르던 간호사인 아내와 대형 건설사 남편이 저축한 돈이 많아지게 됩니다. 그것도 돈을 모으고자 맘먹은 게 아니라 돈은 마땅히 쓸 만한 곳도 없어 통장에 쌓이기만 한 돈이 무려 4억 원이나 됩니다. 그래서 그동안 친인척처럼 알고 지내는 부동산중개업자로부터 괜찮은 부동산 물건을 소개받게 됩니다. 부동산 물건 소개를 받기는 했으나 관심까지 두지는 않았는데 어느 날은 투자금액 무려 여덟 배를 주겠다는 사람이 나타나 팔게 됩니다. 투자금액 여덟 배까지는 부동산중개업자 공로가 절대적으로, 설명하자면 투자 당시의 토지는 아무리 봐도 가치 없는 토지입니다. 그러니까 부동산용어로 맹지나 다름없는 산이기 때문입니다. 그렇기는 해도 부동산중개업자나 매입코자 하는 사람 시각으로는 산을 없애고 평지로 만들면 가치가 있는 토지가 되겠다 싶었을 것입니다.

어쨌든 투자금액 무려 여덟 배면 얼맙니까? 말할 것도 없이 로또복권 당첨이나 다름없지 않습니까. 아무튼 그렇게 많은 돈을 받게 된 간호사 부부는 너무 큰돈이라 놀랍기도 하지만 마땅히 쓸 곳도 고민입니다. 그러니까 행복한 고민 말입니다. 빌딩에다 투자할까 생각도 했다가 생각을 바꿔 조카들에게까지 연금보험을 가입시켜줍니다. 그러니까 돈 안 벌어도 자동차 정도는 자신 있게 굴리며 살 그런 연금보험 말입니다. 그렇게까지 생각해 들어준 간호사 부부 생각은 형제끼리는 가진 것에다 생각을 두어서는 안 된다는 야무진 생각이겠지만 그것을 알게 된 조카들은 그동안 공부도 자신 있게 했을 것은 물론일 테고 그런 보험을 가입시켜주신 작은엄마에게 감사 인사도 드리지 않았을까 싶습니다. 그렇지만 욕심이 더해져 빌딩에다 투자 등을 했다면 돈만이 아니라 인간 자체가 나쁜 사람으로 보일 수도 있을 것은 짐작까지 할 필요도 없을 겁니다.

그래서 생각이나, 사람이면 누구든 행복을 추구할 것이지만 무엇이 행복의 길인지를 잘 모르고들 사는 것 같아 말씀드린다면 물질적으로 자식들에게 부담 주지 않고 살아가는 것이라고 저는 생각합니다. 그러니까 좋으나 싫으나 노년은 찾아오고야 말 건데 거기에 대한 대비책인 게 바로 연금보험이라고 하겠습니다. 다시 말해 행복의 조건 일 순위는 누가 뭐래도 돈일 텐데 그렇다면 돈의 자유라야 한다는 겁니다.

그래서 말이나, 오늘날은 여성도 돈을 버는 시대라 남편을 하늘로 여기지도 않겠지만 여성으로 살림만 하던 시대에서는 남편이 공사판에서든 돈을 벌어다주기라도 하면 아내는 감동 그 자체였을 것은 물론일 겁니다.

그래서 하게 되는 말이지만 아내들은 돈을 지나칠 정도로 좋아들 하지 않나 싶어 솔직히 답답한 면도 있습니다. 그런 점에서 공직자로서 퇴직을 앞둔 분들에게도 하고 싶은 말이 있는데 퇴직금에 취하지 말라는 겁니다. 그것은 한꺼번에 들어온 돈은 어떤 형태로든, 그러니까 출퇴근에 필요한 자동차 사줬으면 하는 맏아들, 사업자금으로 쓰자는 작은아들, 이젠 퇴직했으니 무료함 덜기 위해서이라도 무언가를 해보라는 달콤한 얘기들, 그러니까 퇴직금이 노년을 어렵게 만들 일상적 조짐들 말입니다.

그런 문제들에 있어 정말 실감 나는 사례 한 가지를 든다면 공직 생활 수십 년을 하고 보니 기다렸던 퇴직금이기는 하나 괜찮은 빌라 한 채는 살 수도 있는 목돈이 생기게 됩니다. 그래서 퇴직자는 그동안 가정을 잘 지켜준 아내가 너무도 고마워 어떤 선물을 할까 생각 끝에 아내 맘대로 써보라고 퇴직금을 몽땅 줍니다. 아내는 고맙게 받습니다. 그런데 어느 날은 같은 동에 살면서 친절하게 지내는 아줌마가 돈 걱정을 크게 합니다. 그러니까 그동안 잘나가던 아들의 사업이 부도 직전에 놓인 겁니다. 아내는 그런 말을 듣고 돈 없어요 하기는 양심상 아닌 것 같아 남편이 퇴직금으로 준 돈이기는 하나 당장 쓸 곳도 없는 돈이라 언제, 얼마를 주었다는 기록만 남기고 빌려주게 됩니다. 그런데 그렇게 빌려준 돈 영영 찾지 못하게 되자 아내는 큰 실수를 하고 말았다는 자책감에 빠져 결국은 식물인간이 되고 맙니다.

남의 잘못됨을 들추는 건 잘못이기는 하나 그동안 공직자로서 보험이 무엇인지 관심을 두고 귀담아들었다면 아내가 식물인간까지 되는 사달까지 났겠느냐는 것이 저의 생각입니다. 이런 문제에서 퇴직자는 퇴직금을 활용해서 지혜를 발휘해 아내 용돈으로든 매달 탈 수 있는 연금보험을 따로 들어주었더라면 아내는 큰돈이 아니라 해도 매달 따박따박 받게 될 귀한 연금이 기다려질 것이고, 그런 돈으로 손주들에게 인심도 쓰면서 맛나게 살아갈 것은 물론일 것입니다. 뿐만이겠습니까. 남편은 아내가 맛나게 만들어준 반찬도 얻어먹을 것은 당연하지 않겠습니까. 이런 말은 엉뚱한 말이나 삼성화재보험 인천지회 사무장으로서는 그렇습니다. 그래요. 엉뚱한 얘기까지 말 안 해도 보험설계사님들께서는 다 알아서 하실 일이라 믿기는 하겠으나 보험설계사 활동을 자신 있게 하시려면 보험에 관한 설명을 잘할 연습도 하시라는 주문입니다. 그렇다고 불안 심리까지 조성시켜 고객으로 삼겠다는 생각은 절대로 하지 마십시오.

그리고, 처음이신 설계사님들은 아직이겠으나 보험설계사는 대접도 받으면서 그만한 돈도 벌 수 있는 매력적 직업임을 설계사님들은 인식하셔도 됩니다. 뿐만이 아닙니다. 보험설계사로서 알아둘 건 고객들에게 보험 성격에 관한 인식을 깨우쳐줄 의무도 있습니다. 그러니까 도움을 주면서 혜택도 받게 된다는 인식 말입니다. 관련하여 한마디 덧붙인다면 선진국 시민이 되려면 보험 인구가 많아야 합니다. 보험설계사님들은 그런 점도 참고로 하시기 바랍니다. 그건 그렇고, 설계사님들끼리 여행도 즐길 수 있는 고급 직업입니다. 그것은 매인 직업이 아니기 때문입니다. 지금까지의 얘기를 참고로 하시되 우리 크루즈 여행도 한번 해봅시다. 제 얘기가 너무 길어 지루하실지도 모르겠으나 오늘 점심은 사무장인 제가 살 건데 그런 줄 아십시오.

보험 회사 사무장의 달콤한 얘기를 듣게 된 이남순은 신선숙 보험설계사가 한번 따라만 가주면 하는 바람에 거절 못 하고 따라만 갔는데 보험설계사라는 증명까지 받게 된다.

"오늘 점심은 맛나게 먹었을까?"

선배 보험설계사는 따라와준 게 싫지는 않았는지 식사를 먼저 마치고 나와 기다리고 있다가 하는 말이다.

"예, 맛나게 먹었어요."

"그리고, 크루즈 여행도 한번 해봅시다. 사무장 말 어떻게 들었을까?"

"듣기는 했지만 저는 크루즈 여행도 한번 해봅시다 하는 사무장의 말이 무슨 말인지를 아직도 모르겠네요."

"그래, 듣는 얘기만으로는 모르겠지만 보험설계사 활동을 하다 보면 그동안 몰랐던 재미도 있어."

"그동안 몰랐던 재미도 있다고요?"

"그렇지. 내가 말하는 재미란 남자친구도 만들 수 있다는 거여.

물론 자네야 신랑이 있어서 아닐 수는 있겠지만…."

"남자친구도 만들 수 있다는 말씀은 무섭네요."

"남자친구도 만들 수 있다는 말이 무섭다고? 그렇기도 하겠지. 그러니까 과부에게나 해당이 될 말이기는 해도. 아무튼 자네는 그런 말 정도는 그런가 보다 해버려. 무슨 말인지 알겠지?"

"보험설계사 활동이 그러기까지요?"

"그렇지, 자네야 보험설계사 활동도 아직이라 모르겠지만 보험 실적은 보험 고객을 얼마나 많이 확보하느냐에 있는데 보험설계사에게 지급되는 월급도 무엇으로 주겠어. 보험설계사의 월급은 생각할 필요도 없이 보험 고객으로부터 받은 돈으로 주게 될 거잖아."

"그렇기는 하겠지요. 그런데 보험 모집은 어떻게 해요?"

보험 실적이야 아직 보험설계사 자격증뿐이나 보험설계사가 된 이남순은 생과부라는 부담 치유만은 단번이다. 그러니까 돈 벌어 오겠다고 타국까지 가버린 남편도 없어 심심도 한데 할 일이 생겼다는 이유다.

"보험 모집은 오늘 사무장의 설명처럼 결코 쉬울 수는 없어. 그래서 말인데, 보이는 남자들을 우선 고객으로 삼아봐. 그러면 보험 모집을 어떻게 할 건지 요령이 생겨. 무슨 말인지 알겠지?"

"남자들을 고객으로 삼으라고요?"

"이건 보험설계사로서 그동안 눈여겨봤던 일인데, 나는 다 늙어

빠진 보험설계사라 누구도 쳐다보지 않더라고. 그러나 자네는 아가씨라고 해도 될 예쁜 보험설계사야. 그런 점도 써먹으라는 거야."

이런 말까지 할 수는 없겠으나 남순이 자네는 한참 젊은 여자라 남자 없이 잠들 수 없을 거잖아. 그래서 생각이지만 다른 남자도 만나보고 그러라는 거야. 물론 들통나지 않게 슬쩍슬쩍. 남순이 자네도 모르지는 않을 테지만 들통만 아니면 다른 남자와 한바탕 노는 것보다 더 좋은 건 없을 거잖아. 그러니까 남자를 만나기용이라고 말할 수 있는, 택시 기사라는 점도 참고로 하라는 거야.

"지금 하신 말씀은 못 들은 말로 할게요."

젊고 예쁜 걸 써먹으라고요? 그러잖아도 돈 벌어 오겠다고 중동으로 가버린 남편을 못 가게 말릴 걸 후회여요.

"근데 자네 신랑은 언제 오게 될까?"

자네 남편이 중동에 간 건 돈 벌고자 갔을 테니 당분간이기는 하겠으나 자네는 밤마다 품어주어야 할 남편도 없이 잠들기는 너무도 어려울 한참 젊은 여자야. 내가 묻는 건 나도 자네처럼 젊었을 적 경험한 바야. 물론 자네는 아닐 수 있겠지만 말이야.

"중동까지 갔는데 쉽게 오겠어요. 근무 여건이 너무도 안 좋다면 또 모를까. 그런데 왜요?"

"아니야. 그냥이야."

말이야 그냥이야 했으나 남순이 너는 사실상 과부야. 과부인데 어디 그냥일 수 있겠냐는 거야. 그러니까 너를 보호해줄 신랑이 중동에 가고 없으니 늑대들은 태생적으로 순한 늑대들일 수는 없을 것 같아서야. 그동안의 경험으로 봐. 나야 치마를 올려주어도 싫다 할 아줌마지만 남순이 너는 어디 그러냐. 아가씨라고 해도 될 보험설계사지. 그래서든 권장할 일은 아니나 보험 고객을 만들려면 치마도 올려주는 건 당연한 일로도 해야 할 것이야. 솔직히 말해 일 보고 휴지로 닦아버리면 흔적도 없을 거잖아. 그렇다고 권장할 일은 못 되나 참고로 하라는 거야. 선배 신선숙 보험설계사는 그런 생각인지 이남순을 본다.

"보험설계사 증명까지 받았으니 보험 모집은 해야겠지만 말씀을 들으니 두렵기도 하고… 아무튼 모르겠네요."

"겁이야 나겠지. 나도 초보 때는 그랬으니까. 그렇지만 보험 모집 누구보다 잘해볼 거라는 생각으로 용기를 내봐."

"아니, 용기까지요…?"

아주머니는 용기를 내보라지만 보험 모집 성격상 쉽게 만나서는 안 될 남자와도 만나 보험 실적을 올려야만 할 건데 야단이다. 일단은 보험 가방이라도 메보자. 이남순은 그래서 회사로부터 받은 보험 가방 둘러메고 나서니 그동안 그러려니 하는 맘으로 봤던 꽃들이 동구 밖에서 나름 웃고 있지 않은가. 웃고 있다면 오늘 하루 괜찮은 일이 생기게 될지도 모른다.

"안녕하세요."

이남순은 보험설계사가 되기는 했으나 고객을 찾아나설 용기도 없이 집에만 죽치고 있자니 심심도 해서 인진쑥이 저수지 둑에 있을 거라고 해서 와본 건데, 마침 낚시질하는 모르는 남자가 있어 다가가 하는 말이다.

"예, 안녕하세요."

"그런데 붕어는 몇 수나 낚으셨나요?"

"아직요. 이제 시작이어요."

"그래요?"

"근데 말씀을 몇 수냐고 하시는 걸 보니 낚시 경험이 있으신가 봐요."

시청 과장은 이미 던져진 낚시찌에다만 눈을 두면서 말했다. 시청 과장이 그렇기는 공무원에게 있어 가장 두렵고 멀리해야 할 건 공금 문제와 여자 문제이기 때문일 것이다. 만약 실수로라도 그런 문제를 일으켰다가는 공무원이라는 옷을 그날로 벗어야만 해서일 것이다. 이런 문제에 있어 말을 더한다면 집안 망신까지다. 이를테면 사회적 연좌제 말이다.

"아니에요."

"아니면 낚시질하는 사람들이나 하게 되는 말을 다 하세요."

"그런가는 몰라도 남편이 말해서요."

"남편분이요? 나는 아가씬 줄 알았어요."

"아가씨로 보시는 건 싫지는 않지만, 제가 아가씨로 보인 건 가요?"

"아니면 실수지만 미안해요."

"무슨 미안까지예요."

"말을 잘못했는데 미안하지요. 그건 그렇고 남편분은 무슨 일하는 분인지 여쭤봐도 괜찮을까요?"

"우리 남편은 중장비운전 기술자예요."

"그러시면 돈 많이 벌 수 있는 기술자네요."

"그럴까 모르겠는데 우리 남편은 중동에 갔어요."

이남순은 지금의 낚시꾼이 맘 놓고 말할 처지가 아닌 남자임에도 생과부라는 말까지 하고 말았다는 건지 낚시꾼 눈치를 힐끔 본다. 그렇지만 남편은 돈 벌어 오겠다고 우리나라도 아닌 중동까지 갔기에 언제 올지도 모르는 남편이라, 그립다면 그리운 남편이라 낚시꾼은 손이라도 한번 만져보고 싶은 남자다.

"그러시면 중동은 너무도 덥다는데 고생이 많으시겠네요."

"고생은 되더라도 아프지나 말아야 할 텐데 모르겠네요."

"아프기는 왜 아파요. 그런 걱정은 안 해도 될 겁니다."

"걱정까지는 아니어도 그렇지요."

"그러면 남편분 나이는요?"

"나이는 호랑이띠예요."

"호랑이띠면… 그러니까 서른셋이라는 거요?"

"그래요. 서른셋이요. 근데 붕어만 낚지 마시고 저도 한번 쳐다 보시면서 말씀하세요."

"아이고, 그렇게까지는…."

"보는 사람 누구도 없는데 왜 그렇게까지 하세요."

내가 미쳤나. 남의 남자에게 보는 사람 누구도 없는데가 다 뭐야. 그래, 날마다 살 비비며 살아야 할 남편은 돈 벌겠다고 중동으로까지 가버린 바람에 밤마다 홀로 잠들기는 동지섣달 긴긴밤이다. 결혼이란 뭔가. 가정을 이룬다는 말이지만 당연한 육적 사랑이 있지 않은가. 육적 사랑은 기대 이상의 아들딸이 생겨나 나중에 가치 있는 삶을 누리기도 하고 말이다.

"아이고…."

시청 과장은 마지못해 보게 된다는 듯 이남순을 슬쩍 본다. 시청 과장으로서 어떤 여자인지도 모르고 가까이했다가는 시청 과장이라는 목이 달아날 수도 있어서다. 그렇다고 옆에 오지 말고 저만치 비켜 있으라고 박절하게 말하고 싶은 생각도 없다. 젊기도 하지만 너무도 예쁜 여자가 다가와 말을 거는데 말이다. 이런 상황에서 누구는 남자로서 목석일 수 있겠는가. 말을 들으면 생과부인 듯 여성으로서 호감이 가는, 정말 미인이다. 그렇지만 함부로 가까이했다가는 돌이킬 수 없는 낭패일 수도 있어 조심이기는 하다.

"그런데 낚시질은 언제까지 하실 거예요?"

이남순은 가지 말고 말동무라도 했으면 해서다. 이미 실토해버린 말이나, 집에 가봤자 남편도 없지 않은가. 이것이 몇 날로 끝이 아닐 텐데 어떻게 할 건가. 그러면 임신 주기만 피하고 낚시꾼과 한바탕 놀아봐? 공개가 아닌 이상 어차피 남편도 없는데 말이다. 생과부들이여! 돈이 중하다만 마시라. 사실을 떠벌릴 수는 없어도 중동에 못 가게 할 건데 그렇지 못한 게 후회니….

"곧 갈 건데, 그건 왜요?"

"나 집에 잠깐 갔다 오면 안 될까요?"

"안 될 거야 없지만…."

아니, 이 여자가 대관절 어떤 여자길래 이렇게까지야? 얘기를 들으면 생과부이기는 해도 말이다. 가까이하려는 여자라 싫다 할 수는 없으나 조심해야 할 건 공무원으로서의 불륜이 아닌가. 그러기에 이 여자가 아직 어떤 여자인지도 모르는데 미모만 보고 손댔다가는 신세를 망칠 수도 있어 조심이다. 그러잖아도 물귀신 같은 여자란 말도 들어서다. 그러면 이 여자가 혹 물귀신…? 물귀신은 미모라는 무기로 접근할 것이기에 그렇다. 그렇기는 해도 이 여자 미모를 어떻게 한번 해보고 싶은 나는 어디까지나 남자다.

"술도 가지고 왔는데 드실래요?"

이남순은 이십여 분 정도 후 소주까지 들고 와 하는 말이다.

"떡이면 될 건데… 아무튼 고맙습니다."

시청 과장은 말 대접으로 한 모금 정도의 술을 마신다.

"한잔 더 하실래요?"

남자들마다는 아닐 테지만 보험 가방 둘러메고 접근하면 대개가 야릇한 시선으로 바라보려고 할 건데 시청 과장은 어찌 된 셈인지 쳐다보려고도 하지 않는다. 미인대회에 나갈 정도까지는 아닐지 몰라도 괜찮은 몸매인데 말이다.

"아이고, 오늘은 그만 가야겠다."

시청 과장은 낚싯대를 챙기면서 혼잣말처럼 한다.

"해는 아직인데 벌써 가시려고요?"

"아직이기는 해도 어제 하다 마무리 짓지 못한 일도 있어서요. 그런데 집이 어딘지 몰라도 제 차로 모셔다드릴까요?"

"아니요. 괜찮아요."

"싫지 않으시다면 태워다드리고 싶은데요."

태워다드리고 싶은데요 말은 진짜다. 어디만큼 사는 여자인지 알고도 싶어서다.

"고맙습니다만 사양하겠습니다."

사양하겠다는 건, 남의 남자 승용차를 타고 다닌다는… 그러니까 말 많은 사람들이 쏟아낼 수도 있는 위험 때문이다.

"그러시면 집이 그리 멀지 않으신가 보죠?"

"예, 바로 넘어 동네예요."

"그러시군요. 낚시질이기는 하나 혼자라 심심도 했는데 말동무도 해주셔서 고맙습니다."

심심한데 말은 사실이다. 미모의 여자가 말동무해주는 건 낚시꾼들에겐 더없는 즐거움일 것이다. 이런 문제에 있어 말까지 할 필요가 있겠는가마는 남자라면 미모인 여성을 조수석에 태우고 멀리까지 가주는 게 최고이지 않겠는가.

"그러면 낚시질하러 내일 또 오실 거예요?"

"아니요. 저는 공무원이라 쉬는 날 올 수밖에 없는데 또 오게 되면 다음 토요일에나 오게 될 건데, 그건 왜요?"

"아니요, 그냥이요."

"오늘 어디서도 먹을 수 없는 인진쑥 떡까지도 먹게 해주시고 고마웠습니다."

"고맙기는요, 별것도 아닌데요."

"별것이 아니라니요. 어디서도 먹을 수 없는 인진쑥 떡까지 먹게 해주셨는데요. 그래서 말인데 저도 언제 한번 대접해드리고 싶은데 그럴 기회를 주시면 합니다."

"그러시면야 저로서는 영광이지요."

"그러면 기회를 한번 만들어봐도 될까요?"

"그리만 해주시면 저야 고맙지요. 기다릴게요."

이남순으로서는 기회를 한번 만들어봐도 될까요 하는 시청 과장의 말이 너무도 기다렸던 말이기도 하다.

"기다리게 해서는 안 되는데, 암튼 이만 가겠습니다. 안녕히 계십시오."

박정희 대통령 업적이랄 수 있는, 사우디아라비아를 시발로 중동 건설 진출이 시작되어 노동력이 있는 젊은이들이라면 너나없이 돈 벌러 중동으로 가려고들 했다. 그러니까 당시로서는 해외 진출 초기일 때다. 건설 붐 호황기를 맞이한 사우디아라비아에 가기 위해 뒷돈질까지 했음을 기억들은 할까 모르겠다.

아무튼 남편은 돈 없이는 달콤하게 살 수 없겠다는 생각으로 돈 벌러 열사의 나라로 갔고, 그렇게 간 김에 목돈까지 쥐겠다는 생각으로 몇 년 더 연장해 돈을 벌기만 했던 게 결국은 탈이 난 것이다.

돈은 장사 밑천이 될 만큼은 벌어야만 해서 목돈을 만들기 위해 맛있는 것도 안 사 먹고 아내에게 통째로 보내다시피 했을 게 아닌가. 그랬음에도 귀국해서 보니 송금한 돈이 거의 모두 없어진 것이다. 그렇게 된 사실을 아내가 고백해서야 알게 됐지만 귀국해서 보니 열심히 보내준 돈 시청 과장이라는 사람에게 주고 못 받은 것이다. 그것도 빌려주었다는 증서도 없이 말이다. 그래서 내일의 꿈을 꾸던 남편 백군남은 허탈해진다. 그것을 알게 된 처형은 지혜를 발휘해 빌려준 돈 되돌려받게 되는데 그러기까지의 얘기다.

이남순은 시청 과장을 또 보기 위해 토요일을 기다린다. 그렇게 기다리던 토요일은 어김없이 왔다. 더없이 맑은 날이다. 아침나절이라 그런지 바람조차 조용하다. 그래서 시청 과장은 낚시하러 또 왔을 것이다. 녹두부침개를 만들어 분홍색 보자기에 정성스럽게 싸 보험 가방에 넣고 낚시터로 갈 생각이다. 이번엔 저번과 달리 다이아몬드 모양 귀걸이에다 옅은 청색 스카프로 몸치장까지 했다. 남자든 여자든 집에서 나서기 전 거울을 보는 것은 기본일 것으로, 거울에 비친 자신의 모습은 내가 봐도 예쁘다. 이런 미모에 반하지 않을 놈 있으면 나와보라고 해. 이남순은 그런 생각까지 했다.

그런 생각까지는 간밤 꿈엔 돈 벌어 오겠다고 중동까지 가서 고생하는 남편이 보이는 게 아니라 낚시하던 시청 과장만 보인다. 그런데 낚시를 하던 시청 과장이 나를 봤음에도 모르는 체한다. 그래서 너무도 서운했다. 또 보자고 약속까지는 아니어도 손만이라도 흔들어주면 좋으련만 그것도 없었다. 그래, 이런 것을 두고 상사병이라고 하는지 모르겠지만 보험설계사인 이남순이 남자들이 반할 만큼 꾸미고 낚시터로 가니 시청 과장은 언제 왔는지 낚시질 중이다.

"아이고, 또 오셨네요. 그러잖아도 저는 기다렸어요."

또 오겠다고 말은 했으나 딱 믿기는 심심풀이 정도의 낚시질일 것이기 때문이다.

"예, 또 왔습니다."

시청 과장은 보험설계사인 이남순을 쳐다본 듯 만 듯 낚시질만 하면서 말했다.

"과장님!"

"예."

"서운합니다."

"그래요, 서운은 왜요?"

"기다렸다고까지 말을 했음에도 과장님은 본 체 만 체 해서지요."

이남순은 시청 과장에게 예쁜 모습을 보여주기 위해 귀걸이며 스카프며 등 꾸민 자신의 모습을 몰라보느냐 하는 것이다.

"서운하셨다면 미안한데 낚시꾼뿐인 사람을 기다렸다는 건 저로서는 부담스럽네요."

"부담스럽다니요. 저는 안 오실까 봐 걱정도 했는데요."

솔직히 말하면 밤잠 설칠 정도로 기다렸다. 그러기까지를 다 말할 수는 없어도 결혼으로 인한 일이기는 하나 남자란 어떤 존재인지를 몸으로 알아버린 나는 사실상의 과부이기 때문이다. 지금의 나 같은 처지를 경험한 여자들은 어떨지 몰라도 젊은 과부란 어떤 존재인지 설명까지 필요하겠는가마는 만약 멋진 남자가 눈에 안 보인다면 그게 여자겠는가. 그런 점에서 생각해보면 생육하고 번성하라 하는 성경적 말이 무슨 의미의 말인지 알 것 같다. 그러니까 사회질서상 성을 함부로 내둘러서는 안 된다는 윤리뿐, 서로 좋아하라 하는 게 아니겠는가. 남녀의 성 문제는 자식을 두고 이어져 번

성하기 위한 것만이 아님을 모르는 사람 누구도 없을 테다. 그러니까 남녀의 성은 설명이 필요 없이 아름다움의 극치다. 다만 사회질서를 파괴할 정도는 막자는 게 가정윤리이기는 하지만 말이다.

"아니, 낚시꾼뿐인 사람을 기다리기까지 하셨다고요?"

"기다렸어요. 그것도 많이요. 믿지 못하실지 몰라도요."

"기다리셨다면 믿고 못 믿고가 아니라 저로서는 고맙습니다."

"고마운 건 아저씨가 아니라 저예요."

남편이 절대 필요한 상황이기는 해도, 멋있어 보이는 모르는 남자를 기다리기까지는 내 맘 나도 모르겠다. 그러니까 내가 아니게도 반미치광이가 된 건가?

"아이고…"

고마운 건 아저씨가 아닌 것 같습니다 하는 이남순 말에 시청 과장은 기분이 좋기보다는 조심해야겠다는 눈빛이다. 과장이라는 신분까지 밝힐 이유는 없어도 아차 했다가는 시청 과장이라는 자리가 위험할 수도 있기 때문이다. 공무원은 복장 자체도 조심하라는 의미로 제작된 것이다. 낚시터에 오게 된 복장이야 물론 아니지만 말이다.

"아이고는 무슨 아이고예요. 저는 사실을 말했을 뿐인데요."

"그러시면 누구신지나 물어도 될까요?"

모르는 젊은 여성에게 누구냐고 함부로 물어서는 면박당할 수도 있겠지만 처음이 아닌 구면이라 지난번엔 일상적 대화만 하고 얼굴만 봤을 뿐이기 때문이다.

"당연하지요. 제 이름을 말씀드리면 저는 이남순이에요."

이남순은 자랑이라도 하듯 보험설계사증을 내민다.

"오… 그러시군요. 삼성화재 이남순 보험설계사님."

시청 과장은 이남순 보험설계사가 내민 명함을 한참 보면서 말했다.

"보험설계사이기는 해도 님까지는 아닙니다."

"님이 아니라니요, 당연히 님이지요. 어떻든 괜찮은 보험 하나 가입해도 될까요?"

"가입해주시면 저야 감사하지요."

감사하지요 하는 말은 보험설계사로서 당연한 말이나 보험설계사로서 보험 한 건 하려고 맘에 없는 치마도 올려주기도 한다지 않은가. 물론 들은 말이기는 해도 사실일 가능성은 충분하고도 남는다. 보험설계사 초보이기는 해도 보험 고객을 아직도 만들지 못해서다. 신선숙 아줌마 말을 들으면 보험설계사로서 보험 고객 둘 이상 만들지 못하면 월급은 그만두더라도 잠도 설친다지 않은가.

"이건 제 명함입니다."

시청 과장도 명함을 이남순에게 주면서 처음과 달리 야릇한 눈으로 본다.

"근데 과장님이시네요. 아이고, 감사합니다."

"그래요, 과장이기는 해도 힘이 없는 과장이라 감사까지는 아닙니다."

"감사가 아니라니요. 과장님 명함인데요. 그리고 과장님은 제 명함을 보신 대로 저는 어쩌다 보니 보험설계사까지 되었습니다."

시청 과장 자리는 남자들에게도 높은 자리일진대 여성인 이남순으로서는 감히 보험 한 건 하려고 작심한 말이다. 그렇기도 하고 시청 과장에게 잘 보이려 여성으로서 꾸미는 것까지다. 남자 약점을 노려 써먹으려면 더 이상의 노출도 마다해서는 안 된다는 신선숙 아줌마 말을 들은 바이기 때문이다. 그래서든 여자로서 연분홍빛 블라우스, 옅은 하늘색 스카프, 물방울 귀걸이, 이런 내 모습을 시청 과장은 어떻게 볼까? 맘먹고 꾸민 내 모습이 어떠냐고 물을 수는 없어도 시청 과장은 침 삼키지 않을까. 누구는 불량한 맘보라고 말할지 몰라도 이것이 보험설계사인 걸 어쩌랴.

그래, 돈 벌어 오겠다고 중동에 간 남편이 지나치게 꾸민 내 모습을 보기라도 한다면 놀라 넘어질지도 모르지만 말이다. 이렇게까지 꾸미기는 전날 중국 양귀비가 그랬지 싶고, 이집트 클레오파트라도 그랬지 싶기도 하다. 아무튼 나는 멋지게도 생긴 시청 과장을 만나고 있다. 보험설계사로서 처음이기는 하나 보험 한 건이 이리도 어렵다는 건가. 말을 못 들어서 그렇지 신선숙 보험설계사도 처음엔 지금의 나처럼 하지 않았을까.

"보험설계사까지라니요. 저도 고객이 될 건데요."

"지금 가입하시게요?"

"그렇지요, 지금 당장 가입할게요."

"그러시면 하나로 통합보험이 좋기는 한데 매달 불입금액이 좀 돼요."

"매달 불입금액이 백만 원은 아니지요?"

"그렇게 많은 불입금액은 일시불 보험밖에 없어요. 그러니까 한꺼번에 목돈 내고 매달 타는 연금보험 말이에요."

"그렇군요. 그러면 이 여사님이 권하고 싶은 괜찮은 보험 하나 가입해볼게요."

"그러시면 권해드릴 수 있는 보험은 종합건강보험인데 어떠세요?"

"종합건강보험이요?"

"그렇지요. 부담이 크지도 않지만 괜찮은 보험이어요."

"더 좋은 보험은 없어요?"

"더 좋은 보험도 있지요. 그렇지만 불입금액이 많은 것을 처음부터 들 필요가 없다고 저는 생각해요."

"그건 왜요?"

"더 좋은 보험으로 전환하기는 아주 쉬우니까요."

"그래요? 그러면 말씀하신 보험에 가입하겠는데 매달 불입금액은요?"

"매달 불입금액은 5만 원 정도면 돼요. 보험금을 없어지는 돈으로 생각들을 하는가 본데 그렇지 않아요. 보험금 완납하고 잊어버리고 있으면 그동안의 불입금액 되돌려받아 가라고 연락이 와요."

"그래요?"

"과장님은 보험이 무엇인지 잘 모르시겠지만, 어떤 머리가 만들었는지 몰라도 사회적으로 제일 잘 만들어진 것이 곧 보험제도예요."

"그렇군요. 그러면 작성해야겠는데 낚시터에서는 말고 어디 조용한 곳으로 갑시다."

"조용한 곳으로 갈 필요도 없어요. 자동차 안에서도 돼요."

자동차 안에서도 돼요 하는 이남숙 말은 남편이 너무도 그리워 시청 과장 손이라도 한번 만져보고자 해서다. 그러니까 누가 내다보지 않는 이상 남녀 간에 어떤 행위도 할 수 있는 둘만의 공간이기 때문이다. 시청 과장이 너무도 좋아 술까지 대접했다면 내게 있는 것 모두를 주겠다는 게 아닌가. 시청 과장에게 꿈 얘기까지도 했으니 말이다. 결혼한 여자로서 절대 필요한 남편은 돈 벌겠다고 중동까지 가버린 상황이기도 해서다. 그러니까 결혼한 부부라도 살을 비비지 않고는 실질적 부부가 아니기 때문이다.

"자동차 안에서도 안 될 이유야 없겠지만…."

시청 과장은 무슨 의미인지 몰라도 말을 '이유야 없겠지만' 얼버무린다.

"곤란하시면 다른 곳으로 갈까요?"

이남순은 보는 사람 누구도 없어 곤란해할 이유 없겠으나 보험고객을 만들어내야만 해서다.

"여러 가지 펼쳐놓고 설명도 해주실 거면 그래서이지요."

시청 과장도 이남순처럼 보험설계사를 어떻게 해보고 싶은 맘에서 하는 말이다.

"여러 가지 펼쳐놓을 필요도 없어요. 보험 문서 작성뿐인데요."

보험 문서 작성은 매우 간단하다 하겠다. 그러니까 보험상품은 무엇으로 할 것이며, 이름과 주소 또는 가족관계 연락처 번호면 그만이기 때문이다.

"그러시면 당장 시급한 일이 아니니 적당한 장소도 설계사님이 정해서 연락해주세요. 제가 드린 연락처로요."

"그렇게 할게요. 고맙습니다."

"고맙습니다 말은 제가 해야 할 말이니 여사님은 시키실 말로만 하세요."

"아이고, 그런 말씀도 고맙습니다."

보험설계사인 이남순과 시청 과장은 보험 가입 문서 작성에 관한 문제는 다음 토요일로 약속하고 헤어진다. 그러고서 이남순과 시청 과장은 전화를 여러 차례 주고받는다. 전화 통화는 누구도 알아차리지 못하게 벨이 다섯 번 울린 다음에 받기로 비밀스럽게도 한다. 가정적으로 임자가 있는 사람끼리의 불륜은 아주 위험하기 때문이다. 시청 과장일 경우 공직자는 직장을 그만두게 될 것은 물론, 이혼이 기다리고 있을 수 있기 때문이다. 그뿐만이 아니다. 집안 망신까지 될 것이고 보험설계사인 이남순의 경우는 생각지도 못한 임신까지 될 수도 있어 매우 위험하다 하겠다. 이남순에게 임신은 어느 남자냐를 가리지 않기 때문이다.

"아이고, 오셨네요. 어디로 갈까요?"
이남순 말이다.
"일단은 차부터 타세요."
시청 과장은 이남순을 태우기 위해서 그랬겠지만 차 안까지도 깨끗하다.
"과장님은 늘 바쁘실 게 아니요. 그렇기는 해도 이렇게 오신 건 나 때문이지요?"
"아니요, 저 때문이에요."
아닌 말일 수는 있겠으나 수캐 코가 얼마나 예민한지 그걸 모르는 사람 없겠지만 암캐 발정은 십 리 밖 수캐도 알아차린다지 않은가. 물론 발정을 냄새로 알아차리는 게 아니라 번식하라는 창조주의 오묘한 설계 때문이겠지만 말이다. 어떻든 젊고 예쁜 과부가 만나달라고까지 한 이상 아니라고 할 수 있겠는가. 이런 일에 고기로

치면 이남순은 한우 중에서도 스페셜 부위인 셈이다. 그런 소고기를 입에다가 넣어주기까지 하면 안 먹을 수 있겠는가. 먹을 수 없는 사정이면 또 모를까.

"고맙습니다."

보험설계사 이남순 말이다.

"고맙기는요."

고맙기로 말하면 당연히 이남순이 아니겠는가. 오늘은 이남순으로부터 몸을 풀게 될지도 몰라 아내한테도 가지 않았다. 물론 아내가 하늘 같은 남편보다는 일일 드라마에 취하기도 했지만 말이다. 아무튼 이남순과 시청 과장을 태운 자동차는 도로에서는 간판만 보이는 '불빛모텔'로 들어간다.

"웬 차들이 이리도 많은 거야!"

보험설계사 이남순은 혼잣말처럼 한다.

"그러게요. 그런데 선글라스 제대로 쓰세요. 모자도 눌러쓰고요."

"과장님은요?"

"저도 써야지요."

이남순과 시청 과장은 복장도 안경도 전혀 다른 사람이다. 시청 과장은 5층 8호실 키를 받는다. 키를 받으면서 옆에 있는 이남순을 슬쩍 보고 이남순은 싱긋이 웃는다.

"아니, 거울을 이상하게 두었지요?"

보험설계사 이남순 말이다. 그러니까 거실에 세워진 그런 거울이 아니기도 하지만 옆으로 붙여놔서다.

"참, 그러네요."

"그러면 이런 거울 과장님도 처음 보시는 건가요?"

"그렇지요. 저야 모텔도 처음인데요."

"처음이지만 말은 들으셨지요?"

"아니요. 말도 못 들었어요."

"그런데 보니까 이런 거울은 과장님과 재밌게 놀다 가라는 거 아니요."

보험설계사 이남순은 시청 과장을 올려다보면서 말한다.

"재밌게 놀다 가라는 건 우리에게도 해당이 될까요?"

"그거야 당연하지요."

보험설계사 이남순은 남편이 중동에 가 있는 동안 시청 과장과 놀아난 위험한 불장난이기는 해도 남편이 없어서는 안 될 생과부로서 하는 말이다. 생과부 심정을 시청 과장은 알까? 안다면 얼마나 알까? 아무튼 보험설계사 이남순은 시청 과장과 데이트를 늘어지게 하고 만다. 이남순은 시청 과장과 만나리라는 생각에 취해 아침도 먹는 둥 마는 둥 해서인지 배가 고파오는가 보다. 시청 과장과 한바탕 놀고 나자 정돈도 필요 없어 아무렇게나 벗어던진 옷들을 차려입느라 시간이 좀 흐른다.

"그런데 오늘 점심은 어디서 먹을까요?"

시청 과장은 보험설계사 이남순과 볼일을 마치고 자동차 시동을 걸면서 말한다.

"우리가 오면서 보니까 숯불갈비 간판이 있던데 그리 갈까요?"

"그런데 시간적으로는 이제 열한 시라 점심 먹기는 좀 이르지 않아요?"

"그러면 한 삼십 분만 더 있다가 가지요, 뭐."

보험설계사 이남순은 초등학생인 딸까지 둔 유부녀로서 시청 과장과 놀아나는 건 죽을 짓이기는 하나 이렇게 만든 게 누구야. 백군남이가 아닌가 말이야. 그러니까 인간 심리를 모르는 사람은 나를 두고 남자를 밝히는 여자라 말할 사람도 있을지 몰라도 하룻밤도 그냥 잘 수 없음을 알면서까지 생과부로 만들어 시청 과장과 놀게 하느냐 말이야. 그래서 당신은 내 남편이기는 해도 이 나쁜 놈아! 지금은 그런 욕이 다 나오려고 하는 걸 어쩔 건가.

"저는 오늘 이 여사님 덕분에 분에 넘치는 호강이었습니다."

아내에게서는 아기 만드는 정도였으나 이남순 보험설계사는 그게 아니라 생각지도 못한 여성으로서의 성적 기교까지였다.

"저도 호강이었습니다. 그런데 과장님은 그런 힘이 어디서 나와요?"

"힘이 어디서 나오다니요. 제가 몇 살인데요."

"듣기로는 충전은 밥 한 끼면 충분하다고는 해도요."

"충전은 밥 한 끼면 충분하다니요. 이 여사님은 모르는 게 없으시네요."

"알고 모르고가 아니라 오늘을 위해 사모님도 안 본 거 아니요?"

"안 본 게 아니라 언제든지 만날 수 있는 부부간이지만 매일 어떻게 해요."

"어떻든 저는 오늘 행복했어요."

"이 여사님이 행복했다면 다행입니다. 물론 저도 행복했지만."

"그런데 또 만나자고 하면 만나주실 수 있겠어요?"

보험설계사 이남순 말이다.

"연락 또 하시게요?"

"과장님은 싫으세요?"

"싫지는 않지만 이런 일은 절대 비밀입니다. 아시겠지요?"

"그거야 저도 마찬가지이지요. 그런데 과장님은 소고기 스페셜 아세요?"

"소고기 스페셜이요?"

"그러니까 소고기 스페셜 먹어는 보셨냐는 거지요."

"소고기 스페셜 얘기 들어는 봤지만 먹어보지는 못했어요. 그런데 오늘 소고기 스페셜로 먹어보게요?"

"예, 물론 귀하기도 할 것 같아서 있어야겠지만."

"있다면 오늘은 제가 살게요."

"아니어요. 제가 살 거예요. 이달에는 보험 실적이 좋다고 월급도 많이 받았거든요."

"그런데 이 여사님께 한 가지 물어봅시다."

"물어보실 게 뭔데요?"

"다름이 아니라 이런 말은 이 여사님이 민망해하실지는 몰라도 설계사님들 중 이 여사님보다 더 고운 설계사 분도 있어요?"

"아이고…."

"'아이고'가 아니어요. 저는 이 여사님이 너무도 좋다는 말이에요."

"젊음만 빼고는 다들 고와요."

"다들 곱다 해도 소고기 스페셜까지면 저는 이 여사님으로부터 어마어마한 대접을 다 받는 건데 이걸 무엇으로 갚을지, 걱정이네요."

"걱정은 무슨 걱정이어요. 오늘처럼이면 되는 거지요."

"오늘처럼은 너무도 어려워요."

"왜요?"

"아니요. 그냥 넘어갑시다."

"그런데 소고기 스페셜 못 먹어봤다면서 그런 어마어마한 말까지 하세요."

"그거야 소고기 중에서도 고급 부위일 것 같아서지요."

"소고기 스페셜 얘기, 과장님께는 말해도 되겠지만 사람으로 치면 나처럼 삼십 대 초반 여자 소 사타구니 부위를 말하는 거래요."

"이 여사님, 그런 말까지는 너무 많이 나간 말 아니요."

"과장님 생각에는 너무 많이 나간 말일지 몰라도 이런 말은 과장님 앞이니까 하게 되는 거지, 누구에게 하겠어요. 솔직히 안 그래요?"

"그렇기는 해도 그런 말은 듣기가 너무도 민망해서요."

"민망은 무슨 민망까지요. 과장님은 오늘 그렇게까지 써먹었잖아요."

"그거야 이 여사님 때문이지요."

"그러면 과장님은 아닌데 어쩔 수 없었다는 건가요?"

"그렇지는 않았지만…."

"'그렇지는 않았지만'이 뭐예요. 사실대로 말합시다. 여기는 더한 얘기를 해도 괜찮을 과장님과 저뿐인데요."

"아이고, 말 말걸. 이 여사님 달변 때문에 혼쭐난다."

"혼쭐은 무슨 혼쭐이어요. 그래서 말이지만 싫지 않으시면 모텔방에 다시 들어갈까요?"

"그건 이 여사님 생각일지 몰라도 저는 아니요."

말이야 아니요 했지만 찝찝한 맘이다. 찝찝하기는 보험설계사들마다는 지금의 이남순처럼일까? 이남순은 내가 걸려들어도 수렁에서 빠져나올 수 없게까지 걸려들었기 때문이다. 그러니까 이남순이가 만나자고 하는데도 거절했다가는 사실을 폭로까지 할지도 모르기 때문이다.

"소고기 스페셜 얘기가 나와서 하는 말인데 절간 중들도 고기는 안 먹을 수 없겠지요?"

보험설계사 이남순 말이다.

"중들 먹거리 얘기까지요?"

"그러니까 돼지고기든, 소고기든, 개고기든, 육고기는 비밀 냉장고에 쌓아놓고 먹는다고도 해서요. 물론 보험설계사들끼리 하는 말이지만 말이요."

보험설계사 대부분이 젊은 여자들이다. 젊은 여자들이다 보니 오만 소리가 다 나오게 되고, 본인의 불륜 사실을 누가 그랬다는 식으로 에둘러 말하기도 한다. 소고기 스페셜 부위가 젊은 여자 소 사타구니 부위라는 말도 그래서다. 그래서인지 모르는 보험설계사는 없을 것으로 불륜이 들통나지만 않으면 여자 사타구니 딴 남자가 써먹어도 흔적이 남을 수가 없는, 그러니까 죽 떠먹은 자리일 것이기에 보험 고객을 만들기 위해서는 꿩 먹고 알 먹고 식이 될 수도 있다. 그래서 생각이지만 백군남 당신은 멀리 타국에 있어서 이미자 가수가 부른 당신만을 사랑하고 믿어온 이 마음을/ 정주고 정을 뺏고 가버린 당신은 모르리/ 하염없이 흘러내리는 뜨거운 이 눈물을/ 당신은 모르리 진정한 나의 마음을 모르리. 그런 노랫말이 아니어도 시청 과장과 정 나누고 있음을 당신은 모르리.

"그건 아닐 거요. 중 욕하고 싶어 하는 사람들 말일 거요."

"그렇기도 하겠지요. 남의 흉은 소설보다 달콤들 할 테니까요."

"암튼 믿거나 말거나지만 내가 아는 기사 얘기를 하자면, 불심이 지극한 젊은 사람이 교통사고로 죽게 돼 주지 스님이 하관식을 거행하면서 미망인 귀에다 돼지고기 좀 먹게 해달라고 하더랍니다. 그래서 미망인이 누가 볼세라 몰래 주니 주지 중은 솔밭으로 가지고 가더니 우적우적 잘도 먹더래요. 그걸 보고서 '야, 중놈아!' 했다네요. 물론 속으로만 말했지요. 그러니까 젊은 남편이 죽어 땅에 묻히게 되는 슬픈 상황을 무시하는 거지요."

"먹는 것 가지고 우적우적이란 말은 아닌 것 같고, 일반 가정집 장례식 염불 과장님은 보셨나요?"

"염불 소리는 우연한 기회에 듣기는 했어도 염불 소리가 들을 만은 하데요. 그러니까 가사는 나무아미타불 반복뿐이기는 해도 목소리가 너무도 구성지더라고요."

"그러니까 과장님은 좋기만 했다는 거요?"

"솔직히 말해 그래요."

"그러면 엉뚱한 말일 수는 있겠으나 만약 제가 싫다고 하면 과장님은 알았다고만 할 건가요?"

"아니요."

"아니어도 저는 과장님을 자주 부를 테니 과장님은 그리 아세요. 이남순 명령이요."

"이 여사 명령이어도 너무 자주는 곤란한데요."

"곤란은 무슨 곤란이요. 오늘 보니까 힘이 넘쳐나더구먼."

보험설계사 이남순과 시청 과장은 차로 십여 분 거리 만나식당에서 괜찮은 음식을 시켜 먹는다. 결제는 보험설계사 이남순이가 하고 말이다. 들통만 아니면 불륜이 부부로 사는 것보다 더 좋을 것이다. 아무튼 보험설계사인 이남순은 그렇게 삼 년이 넘도록까지 시청 과장과 즐겼고, 남편이 송금해준 돈까지도 믿거니 하고 빌려주게 된 게 되돌려받지 못할 만큼이다.

"문제는 시청 과장과 놀아남만이 아니라 없어진 돈인데, 그 사람이 빌려달란다고 차용증서도 없이 덜렁 빌려준 거냐 말이야!"

이남순 언니, 화난 언성이다.

"빌려달라고까지는 안 했어. 그래도 빌려준 돈 떼먹지는 않을 줄 알았는데 결과적으로는 그리 됐어. 언니, 미안해."

"뭐? 빌려달라고도 안 했는데 빌려주었다는 게 사실이야!"

"돈 걱정을 많이 하더라고. 그래서…."

없어진 돈도 그렇다. 돈이라는 건 보이지 않아도 상대가 지닌 돈 냄새가 나는 걸까. 시청 과장이 당장 필요하다는 돈 얘기를 꺼내서다. 그래서 당장 쓸 데도 없는 돈은 있겠다, 돈을 빌려주어도 떼먹을 사람은 아닐 것 같아 큰돈일 수도 있는 2억 2천만 원을 덥석 준 것이다. 물론 단번이 아니기는 해도 차용증서도 없이 말이다. 그러나 태도로 봐 빌려간 돈 떼먹을 사람은 아닐 것으로 믿은 것이 결과적으로는 잘못되고 말았다. 어떻든 곧 되돌려줄 것으로 믿었는데 차일피일 날짜를 미루더니 여기까지 온 것이다.

"남순이 네 눈엔 그 사람이 얼마나 믿음이 갔으면 빌려주었겠느냐마는 그렇다 해도 빌려주었다는 차용증서도 없어 야단이다."

"빌려주었다는 차용증서 없이는 되돌려받지 못할 수도 있겠지?"

"그걸 말이라고 하냐. 아이고…!"

"내가 보기엔 빌려간 일이 없다고 딱 잡아뗄 그럴 사람은 아닐 것 같은데 모르겠네."

"그럴 사람이 아닌 것 같다니… 남순이 너는 그걸 말이라고 하냐."

"…."

빌려달라고 말하지도 않았음에도 빌려준 게 이렇게까지일 줄은 짐작도 못 했어. 동생 이남순은 그러는 건지 바보짓 했다는 눈빛이다.

"법이 왜 있는지 남순이 너는 몰라서 그러냐? 아니라고 딱 잡아뗴면 그만이기 때문이야! 그러니까 움직일 수 없는 증거 말이야."

시청 과장이라면 아니라고 딱 잡아뗄 사람은 아닐 것이나 그렇다 해도 빠져나갈 궁리를 할 건데 어떻게 할 것인가. 그동안의 불륜이야 백 서방이 눈감아주면 되겠지만 없어진 돈은 그게 아니기에 무슨 수를 써서라도 받아내야만 할 게 아니냐. 이 바보야!

"말도 안 될 바보짓이기는 해도 언니가 어떻게 좀 해봐."

"내가 어떻게 하냐. 없어진 돈 받아내기는 검사도 유명한 변호사도 해결을 전문으로 하는 해결사도 어려운 문젠데."

"…"

유명한 변호사도 해결을 전문으로 하는 해결사도 어려운 문제라는 언니의 말이 맞을 거다. 그러나 내가 저지른 잘못을 들어줄 사람이라고는 언니뿐이라서 하는 말이다. 아무튼 빌려준 돈 되돌려받지 않고는 백 서방과는 못 산다. 뿐만이 아니다. 친정 부모는 물론이고 우리 작은애 하면서 그리도 예뻐해주시는 시댁 어른들을 어떻게 대할 것인가. 그래서 누구처럼 팍 죽어버리면 모를까. 그렇다고 죽을 수는 없다. 어떻든 살아야지. 사랑하는 딸도 있어서이기도 하지만 말이다. 아무튼 맞닥뜨린 상황은 말도 안 되긴 하나 시청 과장에게 큰돈까지 빌려주는 보험 고객을 확보하기 위함이었다. 그동안 그리했던 게 결과적으로는 아니게 된 것이지만 그동안의 잘못을 남편에게 용서를 구한다면 말이다.

"일단은 알았다. 알았으나 이미 저질러진 일이니 백 서방을 실망 안 시킬 방법이라도 찾아야 할 게 아니냐. 남순이 너는 무슨 말인지 알겠냐."

"백 서방이 실망하지 않게…?"

내가 어쩌다가 이렇게까지 되었냐. 말도 안 되게. 그래, 백 서방은 지나칠 만큼 순박하다. 그래서 세상 말로 법 없이도 살 사람이기는 하다. 그러나 솔직하게 말한다 해서 없어진 돈 찾을 수는 없을 테니 야단이다. 그동안 빌려간 돈 알아서 스스로 내놓기 전에는.

"어떻게는 어떻게야. 연구를 해봐야지."

"연구…?"

"그래, 연구. 아무리 순한 백 서방이라도 그렇지, 다른 사람도 아닌 내 아내가 나쁜 짓까지 했는데 어떻게 가만히 있을 수 있겠냐. 이 바보야."

"그러면 나는 어떻게 해?"

"다른 방법 없다. 내가 시키는 대로 해라! 그러니까 시청 과장을 전날처럼 모텔로 데리고 가는 거야."

"그래서…?"

"그래서가 아니라 불륜 장면을 백 서방에게 들키게 하는 거지. 사람으로서 못 할 짓이기는 해도."

"그렇게까지…?"

"빌려준 돈 되찾으려면 그렇게라도 해야 할 게 아니냐. 이건 종교적 얘기이지만 죽으면 죽으리라. 성경 말씀도 참고로 하자는 거다."

"백 서방에게 들키기까지 하면 어마어마한 일인데 백 서방은 그러라고 할까?"

"그러자고는 않겠지. 그렇지만 앞으로 살아가려면 눈 한번 감아달라고 하면 못 이기는 척하고 응해줄지도 모르지 않겠냐."

"못 이기는 척…?"

언니 말을 듣고 보니 그렇게 하는 수밖에 더는 없을 것 같기는 하다. 그렇다 해도 시청 과장과 불륜이 이루어지는 장면까지는 상상도 못 할 어마어마한 일이라 언니가 말한 대로까지는 도저히 못 할 것 같은데 어쩌면 좋냐. 내가 이렇게까지 어려움이 몰려올 줄도 모르고 시청 과장과 그동안 소고기 스페셜이 어쩌니 하면서 맛나게도 놀아났다는 게 후회다.

"그래, 시청 과장이라는 사람이 유부녀와 놀아났다는 사실이 들통이라도 나면 공직 생활은 그날로 끝장일 것이기 때문이다. 남 잘못되는 거 좋아해서는 천벌 맞을 짓이지만 지금의 상황은 그걸 따질 사정이 아니기 때문이다. 빌려준 돈만은 무슨 수를 써서라도 되돌려받아야만 할 게 아니냐."

"그러면 언니 말대로 그렇게 하겠다고 백 서방에게 말하면 백 서방은 뭐라고 할지야."

"아닌 상황에서 복잡한 생각까지 할 필요도 없어."

그리도 당당했던 그동안의 이남순 모습은 어디로 가버리고 완전히 쪼그라진 상태로 남편 앞에 무릎을 꿇는다.

"당신 지금 무슨 짓이야!"

"여보!"

아내 이남순은 당신이 중동에 가 있는 동안 말도 안 될 짓을 저질러서 할 말은 없으나 버리지는 말아달라는 태도로 부른다.

"왜!"

남편 백군남은 대답을 퉁명스럽게도 한다.

"왜가 아니고, 나 당신한테 고백할 게 있어."

"고백할 게 있다니… 그게 무슨 소리야. 뚱딴지같이…."

"뚱딴지가 아니야. 그러니까 사실은… 이래서야."

"뭐…?"

"다른 건 더 묻지 말고 빌려준 돈이나 찾자는 거야. 미안해."

자기가 그동안 고생고생해서 송금해준 돈 말도 안 되게 없애버렸으니 언니가 말한 대로 돈이나 되돌려받자는 거야. 그러니까 다행으로 시청 과장과 놀아나기는 했어도 임신까지는 아니니 돈 되돌려받게 되면 없었던 일로 해줘. 그리만 해주면 나 앞으로 말썽부리지 않고 자기한테 잘할 거니.

그래, 이남순의 잘못을 지적하자면 일단은 돈이라고 해야겠다. 그렇기도 하고 자연을 통제한 남편만 섬기라는 가정윤리. 삶을 숙제하듯 살지 말고 축제하듯 살자. 인생은 한 권의 책과 같다. 단 한 번뿐인 인생이기 때문이라는 말이 생각난다.

그래서 돈이야 있든 없든, 명성이 높든 낮든, 누구나 공평하게 살 수 있기에 그렇다. 그렇기는 해도 왜 나는 부자가 아닐까? 왜 나는 어려움을 겪어야 하는 걸까? 왜 나는 하루하루가 즐겁지 않고 무기력할까. 많은 사람들은 그런 생각을 하지 않을까. 어떻든 아내 이남순은 젊음을 이길 수 없어 불륜을 저질렀을 것이다. 그렇지만 남편인 내가 돈 벌어 오겠다고 중동에 가 있는 동안 아내는 엉뚱한 놈과 잘도 놀아난 것 같다. 생각하면 분통이 터질 일이다. 그렇지만 아내가 그렇게까지 살아온 것을 두고 탓하기는 생과부를 만든 남편인 내 잘못이다. 때문이라고 말할 수는 없겠으나 아내의 잘못을 문제 삼을 수는 없다. 그러니까 장사 밑천이라도 벌겠다고 중동에 가 있는 동안 벌어진 일이니 눈 한번 감자. 겨울날 휘몰아치는 눈보라에서도 우리 결혼 생활만은 흔들리지 말자. 나를 못살게만 아니면 말이다.

내게는 인생이란 무엇인지 철학적 수사도 필요도 없다. 단 한 번뿐인 인생, 이남순과는 세상 끝날 때까지 함께하겠다고 다짐 또 다짐했던 백군남 아닌가.

때문이라고 말할 수는 없어도 이혼은 생각할 수도 없다. 이혼이란 뭔가. 복잡한 생각까지 필요도 없이 이남순을 아내로 삼게 해준 처형, 사위 이상으로 봐주시는 장인 장모님, 거기다 직접은 아니어도 이런저런 관계들. 그런 문제들도 엉클어진 지금의 상황에서 무시해버린다면 지금의 아내 같은 여자를 어디서 찾겠는가.

다른 사람이 들으면 팔불출이라 말할지 몰라도 아내는 얼마나 예쁘고 똑똑한가. 그래서 만약이기는 하나 괜찮은 여자가 나타나 재혼을 하게 된다고 하자. 그러면 행복도 따라와질 건가. 전혀 예상치 못한 엉뚱한 일이 벌어져 당혹스럽기는 하나 아내에게 남의 씨는 생기지 않은 것이 천만다행으로 생각해야겠다.

여보, 그동안의 잘못을 없었던 일로 나는 할 거여. 그래서 세상 끝나는 날까지 당신만을 사랑할 거여. 그러니 당신도 이 백군남만을 생각해. 알았지? 백군남은 그런 생각을 하고 있지 않았을까.

"제부!"

"예."

"예가 아니라 남순이가 뭐라고 했는지 궁금해서요."

궁금하다는 건 내가 말한 내용을 사실대로 고백하던가 하는 것이다.

"그러니까 이모님이 말했다면서 연극을 하자고 하데요."

"그러면 그렇게 해줄 거요?"

"돈 되돌려받자면 다른 수 있겠어요."

"그래요. 너무도 어려운 일이지요. 그렇지만 제부 눈 한번 감아주세요."

"알겠어요. 이 일은 이모님 일이 아니라 제 일인데요."

"그래요. 그러면 언제라는 말도 하던가요?"

"말하데요. 오는 토요일에 부를 거고 그동안 이용했던 모텔로요."

"모텔이면 호실은요?"

"호실은 5층 8호실이라네요. 그래서 호실은 아닐 수도 있을 건데… 말하니 빨간 립스틱 진하게 발라 그걸로 표시도 할 거라고도 하데요."

"남순이가 그렇게까지 하면 한번 해봅시다. 그런데 제부에게는 미안하나 돈만은 찾아야 하니 눈 한번 딱 감읍시다."

"그러자고 이렇게까지가 아니요."

"그래요. 그 돈이 어떤 돈인데요. 그러면 우리 작전을 짭시다."

"작전이라니요…?"

"작전이라는 게 뭐 있겠어요. 우리도 불륜관계처럼 하자는 거지요."

"불륜관계처럼요?"

"모텔은 어차피 불륜인 사람들만 가는 곳 아니요. 제부야 모를 수도 있지만."

"아이고, 그렇게까지는…"

"그렇게까지가 뭐요. 남순이가 제부에게 말도 했다면서요."

"그러기는 했지요."

"그러니까 선글라스 착용도 하고 말이요."

남편 백군남은 아내 이남순과의 작전이다.

"여보, 그러니까 불빛모텔은 5층까지야. 그래서 호실도 많아."

"호실이 많으면 어느 호실인지 알기가 어렵잖아."

"시청 과장은 늘 5층 8호실만 이용했어. 그래서야."

"당신 지금 뭐라고 했어. 늘…."

남편 백군남은 늘이라는 아내 말에 내 아내가 그 시청 과장과 불빛모텔을 그동안 얼마나 많이도 이용했을지 정신이 몽롱해진다. 이런 문제에 있어 시청 과장만을 탓해야 할지다. 돈 문제만 아니라면 없었던 일로 해버리면 될 건데 말이다. 그러니까 삶을 살아가다 보면 전혀 예상치 못한 일들에 의해 넘어지거나 상처를 입거나 하겠지만 나의 경우는 그게 아니라 아내가 빌려주었다는 돈 기필코 되돌려받아만 하는 돈 문제이기 때문이다.

"아닌 줄 알면서도 그랬어. 미안해, 미안한데 모텔 이용객이 많아. 그래서 먼저 입실한 손님도 있어서 5층 8호실이 아닐 수도 있어. 그러니 어느 호실인지 표시를 해둘게."

"표시는 어떻게…?"

"그러니까 빨간 립스틱 진하게 바를 건데, 그걸 써먹자는 거지."

"빨간 립스틱 표시까지?"

"생각해봤는데 호실 문 손잡이 아래쪽에다 표시하는 거야."

"그래도 되겠으나 그런 방법밖에는 없어?"

"다른 방법 없어. 그런데 금방 들이닥치지는 말어."

"그건 왜?"

"시청 과장과 일 보려면 시간이 좀 걸릴지도 모르잖아. 그래서야."

"아이고… 환장하겠네."

"그러니까 시청 과장이기는 해도 똑똑한 편은 못 돼."

"그러니까 당신 말은 점잖은 사람이라고?"

"누가 점잖은 사람이라고 말했나. 그렇다는 거지."

"어쨌든 문 손잡이 바로 아래에다?"

아내와 약속대로라면 호실 문 걸지는 않을 것이나 이런 기막힌 상황을 소설로 말한다면 어떨까?

"문은 걸었을까요?"

시청 과장 말이다.

"걸었어요. 걸지 않았다 해도 호실 문 누가 함부로 열겠어요."

"그렇기는 해도요…."

"문에다 신경 쓰지 말고 바지나 내리세요."

이남순은 연극이 아님을 감추기 위해 삼각팬티만 입은 상태에서 하는 말이다.

"그런데 간밤에 꿈자리가 좀 뒤숭숭했어요."

"뒤숭숭은 왜요?"

"그러니까 이 여사는 훌렁 벗었음에도 나는 가만히 보고만 있었어요."

"에이, 그건 아니다."

"아니에요. 오늘은 그랬던 꿈 생각 때문에 미안은 하나 이 여사님과 일 안 보고 그냥 나갈까 해요. 담에 만나기로 하고요."

"저는 몇 주만인데 그냥이면 어떻게 해요."

"이 여사에게는 미안은 하나 그래지네요."

"보다시피 나는 다 벗었잖아요."

"그렇기는 해도 용감해야 할 거시기도 그냥이네요."

"그러면 벗은 옷 다시 입을까요?"

"그건 아니지만…."

"아니면 됐어요."

이남순과 시청 과장은 그렇게 해서 전날처럼은 거하게는 아니어도 이루어졌을 것이다. 말도 안 될 상상이라 싫기는 하지만 말이다.

어떻든 백군남은 불륜 장면을 덮치기로 맘먹었으니 어느 때보다 용감해야 한다. 아내가 말한 대로 시청 과장이 시간도 어기지 않고 들어가는 걸 본 나는 처형과 같이 불빛모텔로 들어가게 된다. 물론 미리 와 멀리서 지켜보기는 했지만 말이다.

"이모님!"

백군남 처형이 무슨 생각에 빠져 있었는지 몰라도 처형이 눈을 판 사이 시청 과장을 발견하고서다. 그러니까 아내와 함께 걸어가고 있어서다.

"네."

"저기 걸어가는 사람이 과장 맞을까요?"

"중앙식당에 있을 때 본 것 같기도 한데 잘 모르겠네요. 선글라스 상태이기도 해서."

"아내 말은 시청 과장이라던데요?"

"수많은 사람이 들락거리기도 하지만 내가 하는 일에만 열중해서인지 본 것 같기도 하고 그렇네요."

"그러면 알고 모르고 필요 없이 당장 덮칠까요?"

"덮치려면 남순이가 말한 대로 두 말 못 하게 입실할 때까지는 그냥 둡시다. 생각해보니 그게 확실할 것 같네요. 그리고 입실이 어딘지 표시할 거라고 했다면 어떻게 했을까요?"

"빨간 립스틱 진하게 한 걸 입실 문 손잡이 아래에다 바를 거라고 하데요."

"그러면 입실한 것 같은데 어느 호실로 입실했는지 확인해보세요. 아니다. 확인은 내가 할 테니 제부는 저만큼 서 계세요."

백군남은 그렇게 해서 손님처럼 하고 아내가 말한 5층까지 올라갔다(모텔 특성상 엘리베이터가 없다).

"그럴까요?"

"일단은 그렇게부터 합시다. 저는 반대편에 서 있을 테니. 그것도 아니네요. 입실 문을 열고 아예 덮칩시다."

백군남 처형 말이다.

"그렇게까지는 못 하겠네요."

"왜요?"

"돈이 아무리 중하기로서니 내 아내가 발가벗고 시청 과장과 놀아나는 모습을 내 눈으로 직접 보기는 두렵기도 해서요. 삶을 살아가다 보면 이보다 더한 일도 없지는 않을 것이지만 말이요."

"제부 맘이 약해져서는 안 되는데."

"그렇기는 해도요."

정신이 멀쩡한 내가 이러기 전까지는 중동에서 귀국할 때 나도 해낼 수 있다는 희망에 차 있지 않았는가. 그러니까 송금해준 돈으로 괜찮은 가게를 사든지, 얻든지 해서 아내와 행복하려 했는데 그게 아니게 됐으니 절망이다. 그래서 아내가 말한 호실을 덮치기로 했지만 빌려주었다는 돈 되찾지 못하게 될지도 모르지 않는가. 시청 과장이라는 사람이 빌려간 돈 되돌려줄 만큼의 생활 형편이 못 되기라도 하면 지금까지의 수고가 꽝이 되고 말 것이기 때문이다.

"여기서까지 봐주면 안 될 건데 제부는 그러네요."

"그렇기는 해도요."

"제부, 지금 무슨 생각을 하고 있어요?"

"아무 생각도 안 했어요."

"아니구면. 일이 잘 안 풀릴까 봐, 걱정했겠구면."

"아이고, 이모님….."

"일단은 봅시다. 시청 과장 자리가 어떤 자리요. 어렵게 어렵게 얻은 자릴 건데, 그런 자리가 날아갈 판국에 더한 짓도 할지 모르잖아요. 그래서요."

"그러게요, 이모님 말씀을 들으니 저는 세상을 다시 배우게 되는 것 같습니다."

"제부가 말해서 생각이나 실패는 이번 일이 잘못만이 아니라 세상을 이겨내는 지혜를 얻을 수 있기도 할 거요. 그러니 용기나 냅시다."

"아내가 빌려주었다는 돈이야 어떤 수를 써서라도 되돌려받아야겠으나 그렇다고 현장을 덮치기까지는 자신이 없네요."

"자신이 없다니요? 제부, 맘이 흔들려서는 안 돼요."

"그래요, 이렇게까지가 어떤 일인데 그동안의 맘이 흔들려서는 안 되지요. 그렇지만 어렵네요."

"어렵다는 말이 무슨 말이요. 나는 오늘을 만들기 위해 밤잠을 설치기까지 했는데요. 제부는 아닐지 몰라도."

"밤잠 설치기는 저도 이모님과 같지요. 그러나 둘이 놀아나는 장면을 덮치기까지는 남편으로서 못 할 짓 같아서요."

그래, 아내 말대로 빌려주었다는 돈 되돌려받지 못할 수도 있어 이처럼 나서기는 했다. 그러나 누구도 아닌 내 마누라가 실오라기 하나도 걸치지 않고 시청 과장이라는 놈과 엎어지고 뒤집어지는 장면까지 내 눈으로 보는 건 사람이 아닌 짐승들도 못할 짓이다. 나는 누구도 아닌 이남순 남편이기 때문이다.

"입실 시간이 언제지요?"

처형 말이다.

"입실 시간은 이십여 분 된 것 같네요."

백군남 지금의 기분으론 당장 덮쳐도 될 것 같으나 내 아내 불륜 장면을 덮쳐야만 해서 십여 분 정도의 시간을 더 기다린다. 알몸이 되어 일이 벌어지려면 몇 분의 시간이 더 필요할 것 같아서다. 그래, 저놈은 처음이지만 아내 말대로 시청 과장이라 점심시간을 이용했을 테다. 생각하기도 싫은 상상이나 저 짓을 그동안 아내는 얼마나 많은 날을 가졌을까. 그러니까 불륜의 시간은 낮인 경우가 대부분이라지 않은가. 배우자의 눈치를 피할 최적의 시간 말이다.

백군남은 손목시계까지 보면서 참다가 아내가 말한 대로 호실 문 손잡이 아래에 빨갛게 표시해둔 걸 봤으니 문을 확 열고도 싶지만 이렇게까지는 용기가 안 난다. 불륜 장면을 전개하려면 알몸 그대로일 것 같아서다.

아니, 돈이고 뭐고 잘못한 아내를 용서만 해주고 말 걸 그랬나?

시청 과장을 덮쳐야만 해서 처형과 불빛모텔로 오기는 했으나 후회도 된다. 이렇게까지 하는 것은 아내가 처형에게도 말해서 같이 하고는 있으나 처형은 저만치 물러나 관망하는 자세다. 그렇기는 하나 처형 맘도 편치 않을 것은 짐작이 필요하겠는가. 그렇지만 찾지 않으면 안 될 돈 문젠데 어쩌겠는가. 처형은 아내와 결혼하기까지 애써준 입장이지 않은가.

"제부, 잠깐 저 좀 봐요."
"왜요?"
"그러니까 생각해보니 덮치는 걸로 그만두면 해서요."
"그러니까 호실 문 열고요?"
"그게 아니라 일 보고 나오게 되면 두들겨 패는 건 그만두고 말로만 혼내주자는 거지요. 그러니까 제부 손이 매워 넘어지기라도 하면, 아니 일부러 넘어지기라도 하면 사건이 복잡해질 수도 있어서요."
"저도 이모님 생각과 같아요."
두들겨 팰 용기도 없다. 심한 욕도 말이다. 이건 천성이다. 어릴 적 놀 때도 화해에 앞장선 기억이다.
"고마워요. 생각해보니 제부야 믿기는 하나 벌어진 상황이 상황인지라 분을 참지 못해 손찌검이라도 하게 되면 시끄럽게 될 것은 불을 보듯 뻔한데 그렇게 되면 어떻게 되겠어요. 생각지도 못한 안 좋은 일까지 일어날 게 아니요."

불륜 현장을 덮칠 사람으로서는 못 할 짓이라는 의미인지 처형
은 편치 못한 표정까지 짓는다.

"돈 되돌려받기 위함이기는 하나 우리가 말도 안 될 짓을 하고
있네요."

제부 백군남 말이다.

"미안해요. 언니로서 동생을 지켜주지 못해."

"그건 아니에요."

결혼은 했으니 탈 없이 잘살기를 바라지 않은 언니가 어디 있겠
는가마는 처형은 잘살아주길 누구보다 바랐을 것이다. 그런데 아
내는 느닷없는 짓까지 해버렸으니 속상함을 넘어 제부인 나 보기
도 미안할 것이다.

"미안해요. 언니로서 틀림없이 잘살고 있는지 살피기라도 했어야
만 했는데 그러지를 못해서."

"미안하기는요. 크게 염려 안 하셔도 잘될 거에요. 염려 마세요.
사람으로서는 못 할 짓이기는 하나 저는 잘될 것으로 믿어요."

"당연히 잘돼야지요. 기왕에 저질러진 잘못이니 돈이라도 찾읍
시다."

세상을 살아가다 보면 착각으로 잘못을 저지를 수 있다. 내 동

생 남순이도 그랬을 것이다. 지금이야 난리 상황이나 생각해보면 그동안 얼마나 착했는가. 언니 말이면 군말 없이 들어주던 그런 동생이 아닌가. 그래서 어느 동생보다 사랑했고, 백군남 제부가 괜찮은 총각이다 싶어 결혼까지 주선해준 게 아닌가. 그랬는데 말도 안 될 불륜을 저지르다니. 아니, 불륜만이 아니지 않은가. 큰돈까지 날릴 판국이라 언니로서 당황스럽다.

"이모님, 저는 아내를 믿어요."
"말도 안 될 짓을 저지른 아내를 믿다니요."
"저는 아내를 못 믿을 이유 없어요."
아내를 못 믿는 그 시간부터 이혼은 당연하지 않겠는가. 이혼은 돌이킬 수 없는 치명상이다. 아내가 좋고 안 좋고가 결코 아니다. 매형, 형부, 그리고 고모부라고 가까이 다가오던 처조카들까지도 헌신짝처럼 버리게 되는 일이 되기 때문이기도 하다. 그래서 이혼까지는 상상도 못 할 일이다.

결혼은 둘만의 관계가 아니다. 가족과 가족이 맺어지게 되는 인륜적 대사다. 오늘날이야 아닐 수도 있겠으나 이혼이란 얼마나 무서운 일인가. 남편이지만, 아내이지만 영 안 되겠다 싶으면 거리를 두더라도 이혼이라는 말은 내 사전에서 삭제하리라. 그것이 절대적일 수는 없겠지만 말이다.

"제부 앞에서 말하기는 좀 그러나 제부는 천사예요."

"천사가 다 뭐예요. 그건 아니에요."

처형이 불안해할까 봐 아니에요 했으나 지금으로서의 맘은 맘이 맘이 아니다. 맘은 아니나 보호를 해주어야 할 남편으로서 잘못을 저질렀다고 해서 용납 못 할 일은 아니지 않은가. 받아내야 할 돈 못 받게 될지라도. 누가 들으면 마누라한테 푹 빠졌다고 말할지 몰라도.

"제부는 아니라고 해도 나는 알아요. 다른 사람도 아닌 내 아내 잘못이라 억장이 무너질 거라는 것을."

"이모님 말씀은 맞아요. 생각하면 억장이 무너져요. 그렇지만 나쁜 쪽으로만 생각하다 보면 손해는 누가 보겠어요. 볼 것도 없이 제가 보게 되지 않겠어요. 이모님 안 그래요?"

"아이고…"

"이모님이야 제부인 저를 칭찬하시지만 이렇게까지는 제 잘못이 너무도 커요. 그러니까 젊디젊은 아내를 자그마치 4년 가까이 생과부로 만들어놨다면 저는 용서받지 못할 죄인인 거지요. 이런 말까지 해도 될지 몰라도 남편을 알아버린 젊은 여자가 긴긴밤 독수공방을 어떻게 이겨내겠어요. 그런데도 저는 아내를 생각도 없이 믿어버린 게 잘못인 거죠. 바보같이 말이요. 여기서 긴 얘기하자는 건 아니나, 아내를 힘들게 하면 그 피해는 누구에게로 가겠어요."

"그래요. 제부 맘 알아요."

제부는 삶이 무엇인가를 정확히 꿰뚫는 말을 하고 있지 않은가. 지금의 제부 말은 남편들에게 들려줄 귀한 말이다. 이런 귀한 말을 아버지 학교에서 가르치고 있는지는 몰라도. 누구든지 마찬가지일 것이나 본인의 잘못을 인정하게 되는 날부터 한 단계 성숙해질 건 상식이지 않겠는가. 그렇게 봐서 그동안 말썽부린 남순이도 새로운 각오로 살아가면 한다.

"누구는 아니라 말할지 몰라도 집에서의 남편은 어리숙해야 한다고 봅니다. 그러니까 헝클어진 실타래처럼 꼬인 일이 잘 풀리는 것과 상관없이 지금 말한 대로 저는 살아갈 겁니다."

꼬인 일이 잘 풀리는 것과 상관없이 지금 말한 대로 살아갈 겁니다 말은 했으나 일단은 빌려주었다는 돈만은 되돌려받아야 한다. 그래야 다른 문제도 풀릴 수 있을 것이기 때문이다. 그래, 사람으로서는 못 할 짓이기는 하나 아내가 시청 과장과 저지르고 있는 시간은 흐르고 있다.

"곧 나오겠지요?"
제부 백군남 말이다.
"그러게요."
"이십 분이 다 돼가기는 하는데…"
제부 백군남은 불륜 현장을 덮치자고 아내와도 약속했으나 그렇게까지는 사람이 할 짓이 못될뿐더러 너무 민망할 것 같아 좀 떨어져 나오기만을 기다린다. 불륜 현장을 덮치지 않아도 단둘이 모텔에 있었다는 것만으로도 불륜임을 발뺌 못 할 것이지만 말이다.

"제부는 제 동생을 사랑하지요?"

"당연히 사랑하지요. 그런데 무슨 말씀하시려는 건지?"

"지금 상황이 너무도 커서요."

"크기는 하지요. 그러나 이렇게 된 상황에서 사랑까지는 모르겠으나 미워할 수는 없지요."

"그래요. 이렇게 된 상황에서 어느 남편인들 사랑하겠어요. 이해해요. 그렇지만 내 동생을 버리지는 말았으면 해요. 무슨 말인지 제부는 알겠지요?"

"버리다니요. 아까 말했잖아요. 이런 일이 아니어도 아내를 힘들게 하지 않을 거라고요. 그래서 말이지만 버리겠다는 생각 단 한 번도 해본 적이 없어요."

시청 과장은 내 아내를 껴안고 넘어졌을 것이다. 물론 짐작이지만 내가 없는 사이 어디 저 시청 과장이란 놈만 좋아했겠는가. 내 아내도 좋아했겠지. 그래서 아내의 잘못을 혼자만 알고 넘어가야 할 어마어마한 일이라 상상하기도 싫다. 그렇지만 아내는 젊은 나이라 종족 번식 욕구가 충만해 있는 상황에서 그만한 성적 요구도 하지 않았을까.

앞으로 생활 걱정 없이 살 만큼의 돈 벌어 오겠다고 오랜 기간 외국으로 나가 있었다면 젊디젊은 여성으로서 넘쳐나는 여성 성욕인데 그런 성욕을 아내들은 어떻게 처리했을까. 그러니까 불륜을 저지르기는 해도 불륜 표시조차 없는 여성성 말이다. 그래서 내 아내도 여기에 해당이었지 않았겠는가. 그래서 생각이나 남자는 괜찮고 여자는 안 된다는 말은 그 어디에도 없다. 그러기도 하지만 여성 성욕이 더할 수도 있다는 것을 남편들은 알고 출장을 가더라도 그리 알라는 것이다. 물론 여성으로서 종족 번식에 이르게 될 때까지만이라도 말이다.

"야! 너 오늘 잘 걸렸다. 널 잡으려고 그동안 얼마나 고생했는지 나 아냐!"

백군남은 그렇게 해서 아내가 빌려주었다는 돈 다 받아낸 것이다. 빌려준 돈 다 받아내기는 이남순 언니의 고발로 법정 다툼까지 있었는데 설명하자면 다음과 같다.

"오늘 재판은 좀 특이하다고 볼 수도 있는 재판입니다. 그러니까 형사재판과 민사재판을 동시에 하게 될 것이기 때문입니다. 그래서 고소를 당할 만큼 잘못도 아님을 주장하실 원고 측과 시청 과장이라는 갑질로 인해 당할 수밖에 없었다는 피고 측 주장이 펼쳐질 건데 그러면 먼저 원고 측 변론부터 듣겠습니다."

"예, 저는 원고 측 변호를 맡게 된 고기근 변호사임을 먼저 밝혀드립니다.

그래요. 아니게도 오늘이 있기까지를 말씀드린다면 나이가 삼십대 초반이면서 그리도 예쁜, 다른 말로 하면 남성들 시각으로는 돋보이기도 그러니까 양귀비도 울고 갈 정도로 아름다운 여성이 다가와 말을 걸어오기라도 한다면 아니라고 내칠 남자가 세상에는 있을지 모르겠습니다. 조선왕조 시대에서 거세해버린 환관처럼이면 또 모를까. 그러니까 구체적 얘기를 하면 다음과 같습니다. 시청 과장 자리가 일반인들이 보시기엔 부러운 자리로 보일 수는 있을 것입니다. 그러나 일반인들 생각처럼 화려한 자리까지는 아니라는 것입니다.

그렇기는 공무원으로서의 공식 자리가 아니고는 만나고 싶은 친구들과 술 한잔도 마시기조차 어렵기 때문입니다. 어쨌든 저는 그런 어려움을 달래기 위해서라도 낚시질로 휴일을 보내곤 합니다. 그러기를 매주라고 해도 되겠는데 그러던 어느 날은 낚시터에서 낚시질만 하고 있는데 전혀 모르는 여성분이 다가와 붕어 몇 수나 했어요 그리 묻는 거요. 그래서 낚시질 이제 막 시작이라고 하면서 여성분이 몇 수 말까지 하시는 걸 보니 낚시 경험도 있으신가 봐요 저는 그랬지요. 그랬더니 여성분은 경험이 아니라 남편이 말해서요 하는 거요. 그래서 저는 또 남편분은 낚시질 잘하시는가 봅니다 혼잣말처럼 하게 된 거요. 혼잣말처럼 그러니까 던져놓은 낚시

찌가 어떻게 움직이고 있는지에다만 신경을 쓰느라 그런 거요. 여성분 대답은 우리 남편은 돈 벌러 중동에 가고 집에는 없다고 하는 거요.

그래서 저는 그러면 남편분 고생이 많으시겠는데 남편분 나이는 몇 살이어요 물었지요. 물론 조심이 생명인 공무원이기에 일상적인 말도 하지 말았어야 했는데 말이요. 그래서 여성분은 개띠라고 하기에 나보다 두 살 아래군요 저는 그랬어요. 그랬던 한마디가 오늘을 만들기 위해 작심이라도 했을까 몰라도 다음 토요일에도 또 찾아와서 하는 말이 이번 주에는 재미난 일이 생겨 안 오실까 봐 잠도 설쳤다는데 오셨네요. 여성분은 그런 달콤한 얘기도 하면서 어디서도 맛보기 어려울 인진쑥 떡까지 맛볼 수 있게도 해주었습니다. 그런 여성분과 주고받는 얘기가 거절할 수 없었던 게 결과적으로는 오늘이 되고 말았으나 그런 달콤한 얘기로부터 누가 보기라도 할까 싶어 그동안 꼭꼭 싸맸던 젖무덤까지 보일 듯 말 듯 하는 거요. 그래서 공무원이기는 해도 목석일 남자가 세상에 있겠느냐는 저의 부족한 생각이 오늘에 이르고 말았습니다. 피해를 당했다는 측이야 그게 아니라고 변명하겠지만 그렇습니다.

물론 자리가 동네 분들 모이는 사랑방도 아닌 재판정이기는 해도요. 그러니까 모르는 여성만이 아닌, 알고 지내는 여성일지라도 가까이하려 해서는 절대로 안 될 공무원이기는 해도 그렇습니다. 그렇기는 해도 남성으로서 불같이 타오르는 성욕을 어떻게 참을 수 있겠냐가 저의 판단입니다. 그래서 말이나 오늘 재판 문제 핵심의 잘못은 어디까지나 피고인에게 있음에도 그런 잘못의 죗값을 원고에게 뒤집어씌우느냐는 것입니다.

이런 문제에 있어 따지자면 설명까지 필요 없이 남자는 여자 유혹에 약하게 창조되어 있다는 겁니다. 그러니까 여자는 남자를 좋아하고 남자는 여자를 좋아할 수밖에 없는 겁니다. 펼쳐진 상황이 이러함에도 공무원법은 억울하게도 그것을 무시하나 싶어 불만입니다. 뿐만이 아닙니다. 피고 측은 시청 과장이라는 약점을 노려 고발 건을 만들기 위해 모텔 침입이라는 연극까지도 펼쳤습니다. 그런 행동은 어떤 대단한 머리에서 나오게 됐는지 몰라도 저같이 우둔한 머리로는 상상도 못 할 정말 놀랄 일입니다. 그래서 말이지만 피고 측이 그런 행동은 또다시 저지르지 않으리라 믿으나 그렇게까지 행동한 것은 오늘의 법정만이 아니라 사회적으로도 용서받지 못할 중대 범죄입니다. 피고 측은 그렇다는 것을 인지 각성하길 바랍니다. 아무튼 지금까지의 내용을 재판장님은 참고로 하시되 현명하신 판결을 요구합니다."

"예, 원고 측 변론 잘 들었습니다. 그러면 이번엔 피고 측 변론순서입니다."

"예, 저는 피고 측 양만근 변호삽니다. 그래요. 원고 측 주장을 들으면 피고 측에서 들어도 그럴듯한 주장입니다. 그러나 원고 측 주장은 자기변명뿐입니다. 그렇기는 저수지에서 낚시질만 하는 남자에게 다가가 여성으로서 보여서는 안 될 민망한 모습까지 보임은 물론, 인진쑥 떡까지도 만들어 먹게 했다는 원고 측 주장은 사실일 것으로 믿어 인정 못 할 이유는 없겠으나 원고 측 주장은 남의 여자를 가까이해서는 절대로 안 될 공무원입니다. 그러한 공무원임에도 원고는 공무원법을 철저히 무시해버렸습니다. 뿐만이 아닙니다. 원고는 시청 과장이라는 직함을 내세워 토색질까지 했습니다. 그러니까 만져보기도 어려울 큰돈 2억 원이 넘는 돈까지 말입니다. 그렇다는 사실을 주고받은 차용증이 없어 제시는 못 해도 그동안 적어두었던 기록 수첩을 제시하니 재판장님은 이 점 참고로 하시되 현명하신 판결을 요구합니다."

"예, 오늘 원고 측 변론과 피고 측 변론을 재판장으로서 잘 들었습니다. 그러면 먼저 원고 측 주장 편에 선다면 피고 측은 보험설계사이기에 보험 실적을 올려야만 해서 그동안 없던 꾸밈이었을 겁니다. 그렇다고 낚시질만 하는 공무원에게 다가가 홀리듯 해서야 되겠습니까. 이번엔 피고 측 주장 편에 선다면 보험설계사가 미모라는 무기로 다가온다 해도 공무원이기에 위험을 가할 태세가 아니면 하던 낚시질 멈추고 이동을 해야 했음에도 그렇기는커녕 되레 반가워해서야 되겠습니까.

아무튼 오늘 재판 내용에 대해 말씀드린다면 법 공부를 안 한 분들께서는 잘 모르실 것으로 공무원 징계법령은 지나칠 정도로 무겁습니다. 그것은 국민을 위해야만 할 공무원이기 때문입니다. 공무원은 그런 점을 망각했듯 일 처리를 감정으로나 사적으로 해서는 안 되는 국가공무원법 제33조에 해당이 되기 때문입니다. 원고 측 주장은 피해 측 고발은 억울하다 하시겠지만 국가공무원 징계법에 해당이 되고 피해자 측은 여성으로서 아름다운 미모를 과감하게 내보이기는 했으나 아니게도 갑질을 당했다고 생각할지 모르겠습니다. 그러나 낚시질만 하는 공무원에게 다가가는 건 큰 잘못입니다. 물론 아니었다고 말할지 몰라도 피고 측은 조용한 가정을 복잡하게 만든 것입니다. 그러니까 공무원은 화려한 직이 아니라 국민을 위한 희생도 감수해야 하는데 그런 공무원을 피고 측은 무시한 겁니다. 물론 피고 측이 의도적으로 한 행동은 아니었을 것으로 믿고 싶으나 결과적으로는 그렇습니다.

그런 점에서 오늘 재판에 있어, 참고가 될 사례 한 가지를 들겠습니다. 그러니까 우리나라 사례가 아니라 미국 사례이기에 얘기 편의상 변호사 이름을 로버트 박 변호사라고 하겠습니다. 로버트 박 변호사는 승산이 제로일 가해자 측 변호를 맡게 됩니다. 원고 측 변호는 너무도 완벽해, 피해 측 변호로는 아니라고 반박할 만한 말이 없을 것 같아 생각해낸 게 재판 내용과는 상관이 없을 수도 있는 얘기를 꺼내기 시작합니다. 피해자 측의 빈틈없는 변론을 보면서 생각나는 얘기가 있는데, 어느 날은 사랑하는 아들 녀석이 숨차게 달려오더니 하는 말이 '아빠, 근데 외양간 건초 위에 누나와 형이 서 있는데 누나는 치마를 걷어 올리고 있고, 형은 바지를 내리고 있어. 아마 오줌을 누려는가 봐.' '그래? 네가 본 건 틀림이 없는가 싶다만 누나와 형이 오줌을 누려는 건 아닐 것이다.' 로버트 박 변호사 변론을 듣게 된 국민참여재판관들은 모두가 '옳소!' 한 겁니다. 그래서 재판 결과는 뒤집히고 말았다는, 특별하다면 특별한 재판 얘깁니다. 이런 얘기는 귀담아들을 필요도 없는 어디까지나 소설일 테지만 피고 측 주장이나, 원고 측 주장이나 양측 두 주장은 다 일리가 없지는 않습니다. 그러니까 양측 주장은 상식적으로는 옳다 하겠으나 법정에서 말하는 법 논리가 있는 거고, 아니라고 변론할 변론법이 있는 겁니다. 그래서 하는 말이지만, 원고 측은 공무원이기에 오늘처럼 법정에 서지 않으려면 돈을 빌리기도 인진쑥 떡 하나 얻어먹는 것도 신분상 현직 공무원이라는 점을 한시도 잊지 말아야 한다는 것입니다. 그러니까 맘씨가 넉넉하지 못한 사람들 공격성 음해공작에 내몰릴 수도 있기 때문입니다. 아무튼 더한 얘기는 할 필요는 없겠으나 시청 과장은 본래의 직으로 복귀하십시오. 복귀하시되 빌려주었다는 돈만은 되돌려줄 것을 판결합니다."

기대했던 재판 결과대로 돈은 되돌려받았으나 남의 여자를 그동안 데리고 맛나게 놀았으니 위자료까지 말해도 될 것이나 아내가 불륜을 저지르도록 방치한 내 잘못도 있는데 그럴 수는 도저히 없다. 그렇다고 칭찬까지는 아니다. 위자료까지는 양심상 그럴 수 없어 그만두었을 뿐이다.

아무튼 처형이 아니었으면 못 찾을 수도 있었을 돈, 다 찾았으면 됐지 남 잘못되는 걸 바라서야 되겠는가. 그래, 나 같은 경우의 사람도 있을지 몰라도 남의 돈 떼먹고 잘된 사람은 없겠지만 돈 떼인 사람이 잘된 경우는 얼마든지 있을 것이다.

그것을 알고 있는 이상 지금의 아내를 어떻게 몰아세우겠는가. 더구나 죽을죄를 지은 사람이 살려달라는 식으로 무릎까지 꿇고 잘못에 대한 사실까지 토로한 아내인데 말이다. 따지고 보면 이보다 더한 잘못을 저지른 아내라 해도 용서하고 품어주어야만 할 내 처지인데 이런 일만 아니었으면 더없는 아내다. 똑똑한 아내이기도 하지만 고향 부모님으로서는 착한 며느리이기도 하지 않은가.

그런데도 나는 멍청하게 아내만 믿고 외국으로 간 것이 잘못이라면 큰 잘못이다. 내 아내는 고등학교만 나오긴 했어도 예쁘고 상냥하다. 그런 상냥함이 결과적으로는 시청 과장과 불륜관계로까지 발전하고 말았고, 어려운 문제도 해결해야 했지만 말이다. 여기서 내 아내와 비교해 남의 아내를 말한다면, 예쁜 과부라면 야릇하게 보는 눈들이 많을 건 상식이다. 그래서 남의 손이라도 탈까 봐 걱정도 할 것이다. 의처증이 바로 그것인데 그렇다고 아내를 귀한 보석처럼 집 안에만 가두어둘 수는 없는 일 아닌가.

사회가 인정하고 부모가 허락해서 결혼했다면 누구도 넘봐서는 안 될 내 아내이기는 하나 어디로 튈지 모르는 산짐승 같은 것이 사람인 것이다. 그렇다고 사람을 산짐승처럼 가두어둘 수도 없는 게 아내들이지 않은가. 그래서 아내 이남순도 여기서 예외일 수는 없었을 것이다. 그렇다고 내 아내가 시청 과장과 놀아남을 넘어 돈까지 없앨 뻔했던 일까지 인정해주기는 싫다. 싫기는 하나 인정할 것은 인정하자는 것이 지금의 생각이다.

"제부!"

말썽을 부린 이남순 언니는 '늘푸른 북카페'에 있다.

"예."

"우리 남순이 지금은 어때요?"

먼 나라 중동까지 보내기는 했으나 멀쩡한 남편이 있는 년이 말도 안 될 짓으로 결국은 돈까지 잃을 뻔했다가 어찌어찌 해서 되찾기까지 했는데 물어봐 뭘 하겠는가마는 남순이 언니는 묻는 것이다. 제부 앞에서 이런 말까지 해서는 안 되겠다 싶어 덮어버리고 말겠지만 빌려주었다는 돈은 줄 생각조차 하지 않아 복권이라도 당첨되면 해서 로또복권에다 투자한 돈만도 적잖은 것 같아 묻는 거다.

"말 잘 안 해요."

"해결은 됐으나 이번 일이 어떤 일인데 말이 나오겠어요."

"그렇기는 해도 말을 안 하려고 해서 답답해요."

"그러면 해결이 됐으니 툴툴 털고 일어나자고는 해봤어요?"

"해결됐으니 이젠 웃어버리라고 했지만 아직이네요."

"아직이든 아니든 제부는 느닷없는 일이라 많이 힘들겠다. 우선 위로부터 드려요."

"힘들기는 이모님이지, 저는 아니에요. 정말 어려운 문제가 해결 됐는데요."

"일이야 해결이 돼 다행이나 저는 남순이 언니로서 지켜주지 못해 미안할 뿐이어요."

이것이 끊을 수 없는 피붙이요 자매이지 않겠나. 그러니까 염려를 해주고 위로도 받고. 그러니까 관계 때문에 있게 되는 그런 따뜻함 말이다.

"이모님이 무슨 미안이어요. 그건 아니어요."

"아니기는요. 나 제부 맘 다 알아요."

"그래요, 이모님이 제 맘을 아신다 해도 저는 이번 일로 힘들어하는 아내를 위로해주어야 할 남편이어요."

그래요. 내 아내는 자식까지 둔 어른인 셈이지요. 그러나 이모님은 언니로서 내 아내에 대해 신경줄 놓을 수는 없었을 겁니다. 그렇다 해도 제각기 살아가기도 하지만 멀리 떨어져 있잖아요. 그래서 말도 안 될 사실을 누가 말해주기 전엔 알 수는 없겠지요. 아무튼 이모님 말씀대로 일이 잘 해결됐으니 이젠 보란 듯 잘살게요.

제부 백군남은 그런 생각까지 하면서 처형을 슬쩍 본다.

"제부는 선원 생활도 했잖아요."

"그렇지만 반년 조금 더 했나 싶어요."

"그러니까 총각 시절이 아니오. 제부는 지금도 멋있지만 그땐 정말 멋있었어요."

"아니, 이모님은 제 장가 얘기하시려고요?"

"장가 얘기는 뒤에서 할 거지만 제부와 제가 이런 자리 만들기는 처음이지만 우리 남순이 흉도 좀 보려고요."

"제 아내 흉까지요?"

"그러니까 제부를 힘들게 하는지 말이지요."

"힘들게 안 해요. 힘든 일이 있다면 제 잘못으로 인한 일이어요."

"믿었던 아내가 엉뚱한 짓을 했는데요?"

"그런 점도 있기는 하지요. 그러니까 각오하고 중동을 가려는데 가지 말라고 붙든 일 말이요."

"그거야 못 가게 붙드는 게 정상이지요. 생각해봅시다. 어느 여편넨들 잘 다녀와 그러겠어요. 말도 안 되게."

"그렇기는 하네요."

그래요, 아내가 엉뚱한 짓만 아니었으면 나무랄 데 없는 아내여요. 아내 엉뚱한 짓까지는 따지고 보면 내가 죄인이어요. 한해도 아니고 자그마치 4년 가까를 생과부로 살게 했으니 말이요. 바보 같은 생각일지 몰라도 아내는 예쁘기도 하지만 똑똑도 하잖아요. 그런데다 학생인 딸도 낳아 곱게 키워내기까지의 아내잖아요. 거기까지가 아니어요.

멀리 계시는 시부모님께 잘하려고도 해요. 때문에 아내가 밉다는 생각은 한 번도 안 했어요. 그랬는데 전혀 예상치 못한 엉뚱한 사고가 터진 바람에 미운 생각이 좀 들기는 했지요. 그랬지만 내 아내라는 생각이라 결코 미울 수는 없어요. 미울 수는 없으나 아내는 어려운 일이 해결됐음에도 죄인이라는 생각에서 빠져나올 생각을 안 하는 것 같아 답답해요. 밥상도 의무적이라 밥맛도 별로여요. 가정에서의 반찬 투정은 행복한 가정이라는 증표이기도 할 텐데 지금의 상황은 그럴 수도 없어요.

"그건 그렇고, 잠시이기는 해도 그때 선주 이름이 누구였지요?"

"허장수 씨요."

"그렇군요. 허 사장까지만 알고 있었는데."

"그런데 허 사장은 왜요?"

"그러면 제부는 허 사장 근황 혹 알아요?"

"허 사장 얼굴 본 지도 잊혀질 정도라 몰라요."

"그래요? 전날 일이기는 하나 이런 말 제부에게는 말 안 할까 했지만 허 사장은 우리 남순이를 자기 제수로 삼게 해달라고 했어요."

한 달 후면 들어가야 할 직장 때문에 임시직일 수는 있으나 태안식당 카운터 요원으로 있으면서 동생 남순이를 자주 불렀다. 맛난 거 먹고 싶기도 해서이지만 내심은 내 동생 이렇게 예뻐요 자랑하고 싶었다.

"하마터면 빼앗길 뻔했네요."

제부 백군남은 허허 웃기까지 한다.

"허 사장이 그런 걸 제부도 알고 있었어요?"

"저야 모르죠. 이모님이 말해서 그랬는가 하는 거지요."

"허 사장은 그렇게 했어도 나는 제부만 보였어요."

"선원뿐인 사람을 그렇게까지 봐주시다니 감사합니다."

"내가 비록 여자이기는 해도 사람 볼 줄은 알아요. 그래서 제부를 우리 남순이 신랑감으로 삼아야겠다 맘먹은 거요."

"그러셨군요, 아이고, 감사합니다."

"언니인 내 맘이야 그래도 남순이가 좋다고 해야 할 거 아니요."

"그렇겠지요. 결혼은 일회용이 아닌데요. 말 표현이 아니지만 말이요."

"선이란 뭐요. 우선 얼마나 잘생겼는지 얼마나 예쁜지부터 보는 거잖아요."

"그렇지요."

"그래서인데 잘 이루어지려고 그랬는지 언니가 좋다고 하면 결혼할 거여, 남순이는 그러더라고요."

"다행이네요. 그래서 말인데 아내는 이모님을 부모님처럼 여기는 것 같아요."

"우리는 자매뿐이라 말할 상대가 언니인 나밖에 없어 그럴 거요."

"그럴 거가 아니라 이번 일은 이모님이 아니었으면 저는 허망한 사람이 되고 말았을 거요."

"그거야 제부가 참아주시고 따라주셨기에 해결이 된 거지요."

"이모님이야 참아주었다고 하시지만 이번 일이 무슨 일인데요."

"다행으로 해결이 됐기에 이런 말도 하게 되지만 정말 어려웠던 일이었네요."

"생각조차 싫으나 불륜을 저지를 자들이나 이용하는 모텔에 들어갈 땐 정신이 몽롱했어요."

"제부가 그러는 걸 나도 느꼈어요."

"그렇기도 하지만 이모님은 손찌검하지 말자고 하셨으나 속마음은 순할 수가 없었어요."

"그랬겠지요. 제부는 남잔데요. 그런데 자식은 부모를 닮는다는데 제부 부모님은 어떤 분이세요?"

"우리 아버지요?"

"그렇지요. 제부 아버지요."

"우리 아버지는 한학자가 아님에도 한학자처럼 사셨고, 지금도 그렇게 사셔요."

"그러시군요, 그러면 제부는 아버지를 닮은 거네요."

"무엇을 보고요?"

"그러니까 제부는 열심히 살려고 해서지요."

"열심히 살려고는 어디 저만이겠어요. 아무튼 저는 아버지 따라 다니길 좋아했던 기억이어요."

아버지로서는 두 번째 아들이라 자랑도 하고 싶어 밖에 나가실 때마다 데리고 다니셨다. 그러니까 시제(조상 합동 제사)를 모시는 일 등 어른들 모임 때마다지만 둘째 아들이라는 자랑 모습도 취하셨던 것 같다.

"따라다니는 게 그냥이 아닐 거잖아요."

"그냥이셨겠지요."

"그러니까 새겨두어야 할 뭔가는 배워지는 거지요."

"그랬을까는 모르겠지만 아버지 따라다니는 걸 좋아하긴 했어요."

"그러면 어머니께서는요?"

"어머니야 아버지 생각을 따르는 편이지요."

"그러시군요. 거기까지 말할 필요도 없는데 했네요. 미안해요."

"아니에요. 당연한 물음인데요."

당연한 물음인데요 했지만 내가 이남순을 아내로 맞이하기까지의 기억이다.

"백군남 씨!" "예." "백군남 씨는 구례 출신으로 태안에까지 오게 된 계기는요?" "태안까지 오게 된 계기는 그러니까 서산 간척지에 비행기 공장이 들어서게 될 거라는 생각에 그리된 거요." "그런 생각은 혼자 생각이 아닐 거잖아요." "그렇지요. 누가 지나간 말로 한 말에다 제 생각을 올려놓은 건데, 바보도 상급 바보였다는데 창피도 해요." "바보 생각일 수는 없지요. 뭔가를 해보겠다는 야무진 생각인데요." "야무진 생각이라니요. 그건 아니에요." "그런데 혹 맘에 둔 아가씨는 있어요?" "없는데, 동생분 소개해주시려고요?" "그러면 내 동생 얼굴을 봤다는 건가요?" "보기는요. 보여주시면야 감사는 하나 저는 아직이라서…." "아직이라니요, 그러면 아직이 뭔데요?" "그거야 장가지요." "장가요?" "그렇기도 하고, 돈 벌 직장도 아직이라서요." "그러면 선원 생활은 직장이 아닌가요?" "선원 생활이 직장이라고 해도 임시직인데요." "임시직이라도 돈 버는 자리면 직장인 거지요." "틀린 말은 아니나 지금의 선원 생활은 며칠만으로 그만둘 거요." "그러면 선원 생활 그만두면 뭘 하시게요?" "선원 생활 그만두게 되면 중장비운전을 할까 해요." "그러면 중장비 기술 자격증이라도 있다는 거요?" "우연한 기회에 중장비조작 기술도 배웠어요." "그러면 좋은 기술인데 배우고 싶기도 해서요?" "배우고 싶기도 했고, 중장비 기술자가 시켜서요. 그러나 중장비 조작 기술 자격증은 학원에서 정식으로 따야만 해서 아직이어요. 그렇기는 하나 저 중장비운전은 잘해요." "그러면 한 가지 더 묻겠는데 로또복권 사봤어요?" "아니요." "그러면 다른 말 필요 없어요. 내 동생과 동거부터 시작하세요." "동거까지요?" "내 동생은 예쁘기도 하지만 여간 똑똑한 것이 아니에요. 물론 자랑하고 싶은 말이기는 해도요." "아이고… 장가가기 싫어도 아주머니 때문에 장가 안 갈 수 없게 생겼네요." "싫으면 그만두고요." "싫고 안 싫고는 만나보기나 해야지요." "그러면 내일 만나볼래요?" "아니, 당장이요?" "쇠뿔은 단김에 빼라는 말도 있잖아요." "그렇다 해도 그렇게까지는 너무 바쁘십니다." "그러니까 솔직히 나는 백군남 씨를 놓칠 수는 없다는 거요." "그러시면 내일은 안 될 것 같아 글피로 약속할게요." "꼭이지요?" "그렇지요. 꼭이지요." "백군남 씨, 고마워요." "고맙기는요. 제가 고맙지요."

"백군남 씨 고향은 어디예요?" 언니 소개로 만나게 된 이남순은 거침없이 묻는다.

"시골이어요." "시골도 주소는 있을 게 아니요." "주소는 전남 구례요." "구례면 부모님은 계시고요?" "당연히 계시지요." "그러면 형제분들은 몇 분이고요?" "육 남매요." "육 남매면 아들로서는 몇 번째예요?" "꼬치꼬치도 묻는다. 두 번째요." "그러면 백군남 씨는 지금 몇 년 생이세요?" "몇 년생보다 뱀띠에요." "뱀띠면 나보다 이 년 선배네요." "선배면 궁합으로는 이남순 씨와 안 맞는 게 아니요?" "그러면 백군남 씨는 점집도 가세요?" "안 가요. 점 말은 언니분도 하시던데 이남순 씨도 그러시네요." "점 얘기를 우리 언니가 해요?" "그래요. 그러니까 운수 점은 여자들이나 보는가 싶은데요." "운수 점은 나도 안 봐요." "안 보면 다행이네요." "궁합까지는 몰라도 결혼 조건 나이로는 괜찮네요." "나이 차이가 너무 가까우면 티격태격이 심하지 않을까요?" "그럴 수도 있겠지만 저는 아닐 테니 백군남 씨는 그런 염려는 안 해도 돼요." "그런데 저도 묻고 싶은 게 있는데 아가씨는 언제부터 이렇게 똑똑해졌어요?" "오늘부턴데 아가씨라고 하지 말고 이남순으로 불러주세요." "알았어요, 미안해요. 이남순으로 부를게요. 이남순." "그러면 백군남 씨는 술 마실 줄은 아세요?" "술 못 마시는 사람도 있나요?" "그게 아니라 술집에는 가봤느냐는 거지요." "술집 말은 들었으나 안 가봤는데 그걸 왜 물어요?" "남자는 술집 여자와 연애할 줄도 알아야 한다고 해서요." "남자는 술집 여자와 연애도 할 줄 알아야 한다는 말은 언니분이 안 했을 테고…." "언니가 아니라 엄마 친구가 해서 귀담아들었어요." "귀담아들었다는 건 무슨 의미요." "무슨 의미가 아니라 남자라는 동물은 다 그런 거 아니요." "동물이라는 말까지는 좀 그러네요." "말을 하다 보니 동물 말을 하게 됐는데 취소할게요." "고마워요." "고마워요 말은 남자가 하는 말이 아닌데 백군남 씨는 하네요." "그런가요?" "그건 그렇고, 결혼하면 마누라로만 살 거요." "마누라로만 안 살 거면 제가 그렇게 살게 해줄 사람 같아요?" "그거야 살아주셔야지요." "아가씨, 아니, 이남순 씨 맘에 안 들게 살면요?" "내 맘에 안 들게 하면 고치면 돼요." "저는 물건도 아닌데 고쳐요?" "백군남 씨는 무슨 말이야 하겠지만 나도 생각이 있어서요." "이남순 씨 생각이란 뭔데요?" "우선 백군남 씨는 잘도 생겼잖아요." "이남순 씨 칭찬의 말 고맙기는 하나 그런 말은 엉뚱한 말 아닌가요?" "이런 자리에선 엉뚱한 말도 하게 되는 거지요." "그건 아닌 것 같네요." "아니기는요. 이런 자리는 얼굴만 보고 헤어질 자리가 아니잖아요." "그래서요…?" "그래서 저는 백군남 씨와 결혼 못 할 이유는 없어요." "저는 아니라고 해도요?" "아니라고 해도요. 그런데 혼자 지내지요?" "당연히 혼자 지내지요." "그러면 우리 지금부터 같이 지냅시다." "지금부터 같이 지내자고요?" "그러니까 사실혼도 있잖아요." "사실혼이라니요. 그건 말도 안 되네요." "말이 안 되기는요, 말이 되지요." "그러니까 동거를 하자는 게 아니요?" "그렇지요, 물론 백군남 씨가 그러자고 해야겠지만 말이요." "동거까지는 아무리 바빠도 아니네요." "그러면 백군남 씨는 나를 괜찮은 여자로 보기는 하나요?" "괜찮게 보고 안 보고는 언니분을 통해 말씀드려도 될까요?" "그렇게 하세요. 저는 결정했으니." "결정이라는 말은 나를 사랑하겠다는 말 아니요." "그러면 나는요…?" "이남순 씨는 내가 묻는 말부터 대답하셔야지요." "그래요. 우리 언니가 좋다고 했으니 나도 좋아요." "그건 아니네요. 이남순 씨가 좋다고 해야지요." "내가 좋다고 하면 된 거요?" "그렇지요, 나도 좋아요." "그러면 만나자고 하면 싫다고 안 할 거지요?" "나야 혼자라 싫다 말 못 하겠으나 쉽지는 않을 것 같네요." "쉽지는 않겠다는 말은 아무 때고는 아니라는 거잖아요." "그렇지요, 밤에는 곤란하다는 거지요." "서로 좋다고 했고, 우리가 결혼할 나이가 됐는데 밤에는 곤란할 게 뭐가 있겠어요. 안 그래요?" "그렇기는 해도 내가 말하는 건 아차 했다가는 위험할 수도 있다는 거지요." "생기지 말아야 할 애기 말이요?" "아이고…." "아이고는 무슨 아이고요. 근대 군대는 갔다 왔지요?" "그렇지요. 제대는 상병으로요." "제대를 상병으로 했다면 장가갈 일만 남은 게 아니요. 그러니까 나랑 말이요." "아이고…." "아이고가 아니라 나 백군남 씨 애기 갖고 싶어요." "제 애기 갖고 싶어도 부모님 허락 없이는 곤란해요." "그러니까 형식뿐인 결혼식 말이요?" "형식이어도 결혼식만은 올려야 할 게 아니요." "생길지도 모를 애기 때문에 걱정이면 애기가 생기지 않게 조절하면 돼요. 그러니 그런 걱정은 안 해도 돼요." "애기가 생기지 않게 조절이요?" "그러니까 곤란하면 신개념의 콘돔도 있잖아요." "신개념 콘돔까지요?" "백군남 씨는 남자니까 모르기도 하겠지만 나는 알아요." "알기는 뭘 알아요. 그런 말 교과서엔 없는 것 같던데." "교과서에는 없어도 저는 얼마든지 가능해요." "그러면 지금 이 자리에서요?" "백군남 씨는 남자가 아닌가요?" "아이고…." "아이고는 무슨 아이고요. 이 자리는 누구도 없잖아요." "그래도 신은 있잖아요." "말이 많네요. 나 백군남 씨 닮은 애기 갖고 싶어요." "지금이요?" "지금이 뭐요, 내숭 떨지 말아요." "내숭이 아니어요." "내숭이 아니라니요. 먹음직한 사과 앞에서 다른 말하는 게 내숭이지요."

나는 그렇게 해서 이남순을 아내로 삼게 됐고 희망의 꿈도 꾸었다. 그러나 꿈은 꿈일 수도 있어 나아가는 길 앞에 상상하기도 싫은 암초가 가로놓여 있었다. 그렇기는 했으나 처형의 지혜로 해결이 된 오늘이다.

"제부가 본 리비아는 어떤 나라던가요?"

"어떤 나라인지는 모르겠고, 사람이 살기에는 부적절한 나라인 것 같아요."

"부적절하다는 게 뭔데요?"

"그러니까 마실 물도 없어요."

"물이 없다면 그동안 무슨 물 마시고 지냈어요?"

"마실 물을 아주 멀리서까지 실어다 먹었어요."

"리비아 시민들은 그렇지 않았겠지요?"

"물론이지요. 물 공급이 어렵지 않은 곳에 모여들 사니까요."

"그렇군요."

"이모님도 아시겠지만 리비아 대수로 공사가 뭡니까. 물을 끌어오겠다는 공사지요."

"그런 얘기는 인터넷에서 찾아보면 되겠지만 리비아 여성들 삶이 궁금해요."

"리비아 여성들 삶까지는 잘 모르겠네요. 줄곧 공사장에서만 살았으니까요."

"최근에 듣게 된 얘기로는 번화가 구경도 한다던데요."

"그건 있어요. 그러니까 휴가라는 이름으로 좀 쉬었다 오라는 거요."

"휴가는 날이요?"

"일주일이요."

"일주일이면 제부도 갔을 게 아니요."

"그렇지요. 저도 갔었지요."

제부도 갔을 게 아니요 하는 처형 물음의 의도를 어찌 모르겠는가마는 백군남은 그런 정도의 대답만이다.

"그랬으면 제부는 여자 맛도 못 봤다는 거요?"

"아이고. 그렇게까지는…."

"내가 실없는 말 하는 게 아니어요. 제부는 여자가 필요한 멀쩡한 남자요. 그래서 하는 말이요."

"이모님 얘기가 아니어도 나도 남자이기는 하지요."

"남잔데도 모르는 척했다는 거요?"

"그러니까 아내에게 고생하자고까지 했다면 아내는 고생하고 있을 건데 그런 생각 때문이었다고 이해하시면 돼요."

"남순이 너 제부가 하는 말 듣고는 있냐!"

"아니에요. 이제야 생각이나 아내는 그럴 수밖에 없었을 거요. 그래서 아내의 이탈은 이해하고도 남아요."

"그럴 수밖에 없었을 거라니요."

"아니에요. 저도 처음에는 아닌 생각도 했어요."

"아닌 생각이란?"

"세상에 이남순뿐만이 아니잖아, 그런 엉터리 생각도 했어요."

아내는 여성으로서 남자 맛 못 봤다 해도 남자가 안 보이면 어디 사람이겠는가. 목석이거나 바보겠지. 그래서 생각이지만 아내가 놀아나기는 시청 과장이 아니어도 남자는 많았을 것이다. 그랬을 것으로 짐작하나 보험설계사가 보험 가방을 둘러멘 상태라면 이미 유부녀가 아니라는 말도 들어서다.

"제부는 고생 많았어요."

"고생이야 했지요. 그러나 그런 정도의 고생은 누구든지 하는 게 아닐까 싶어요. 이런 말까지 해도 될지 몰라도 아내에게 남편인 제가 필요한 것은 철칙이잖아요. 그러니까 부모가 맺어준 관계 말이요."

"틀린 말은 아니나 그렇게까지 말하면 동생이 너무 미워요. 제부에게는 미안하고요."

"아니에요."

"그래요, 제부는 그렇게까지 고생했는데도 남순이 요것은 말도 안 되는 짓을 했다니 눈물이 다 나오려 하네요."

"그렇기는 해도 이번 일은 없었던 일로 하고 아내와 잘살 거니 이모님은 염려 안 하셔도 돼요."

사실이다. 아내는 그동안 시청 과장이란 작자와 놀아나기는 했으나 이젠 아니지 않은가. 연애 시절에 들었던 말이지만 아내는 아기가 생기지 않게 조절은 얼마든지 가능하다고 했다. 그런 노련함으로 임신까지 되지는 않아 다행이고, 아내가 예쁜 것도 전과 변함이 없다. 다만 전날처럼 당당함이 없어진 게 걱정이라면 걱정이다. 그러니까 여성으로서의 가치인 미소 말이다.

"제부 얘기를 듣다 보니 자꾸 궁금해지네요."

"궁금한 게 또 있어요?"

처형은 무엇이 그리도 궁금할까. 아내에 대해 궁금한 것은 아닐 테고.

"이건 물어볼 필요도 없는 리비아 여성들 미모요."

"예쁘겠지요. 그렇지만 남편도 없이 고생할 아내가 미안해 관심을 두지 않으려고 해서인지 잘 모르겠더라고요."

"고생할 아내가 미안해 관심을 두지 않으려고까지 하는 건 어마어마하다."

"어디 저만 그랬겠어요. 나 같은 처지인 근로자가 거의 대부분일 텐데요."

"그럴까요?"

"이모님은 믿기 어려울지 몰라도 총각은 거의 없다고 보면 돼요."

"그렇군요."

"그러면 먹는 음식은 어땠어요?"

"그러니까 리비아 음식이요?"

"그러니까 제부 입맛에도 괜찮다 싶은 음식이요."

"저는 젊은 입맛이라 그런지 먹을 만하데요."

"리비아 음식은 그렇지만 회사에서 주는 음식은 순 우리나라 음식이었겠지요?"

"그렇지요. 밥 먹는 장소만 우리나라가 아닐 뿐이지요. 그러니까 노동자들은 힘을 써야만 해서요."

"그렇군요. 오늘 얘기는 그동안 염려했던 해결 문제가 제부의 용단이네요."

"그건 제 용단이 아니어요. 이모님의 지혜지요. 물론 제게는 생명일 수도 있는 돈이라 포기할 수 없기는 해도요."

아내가 빌려주었다는 돈 되돌려받게 돼 다행이라 이런 얘기를 처형과 하게 되지만 시청 과장으로부터 되돌려받지 못할 수도 있었던 그 돈이 어떤 돈인가. 가정을 이룬 가장으로서 아내와 떨어져 살아서는 안 됨에도 중동까지 가서 벌어 온 돈이지 않은가. 그러니까 근로계약 기간 연장까지 해서 번 돈 말이다. 지금이야 해결이 돼 추억처럼 얘기하고는 있으나 아내가 잘못을 고백할 땐 귀를 의심했다.

아내는 예쁘기도 하지만 여간 똑똑한 것이 아니다. 그러나 사실임이 확인되는 순간 힘이 풀려 넘어질 뻔했다.

"생각을 해보면 내가 그동안 잘한 일이라고는 아무것도 없으나 제부를 제 동생 남편으로 삼게 해준 게 자랑이요. 제부 고마워요."

"아니에요. 저는 아내를 만나게 해주신 이모님이 감사해요."

사실이다. 나는 선원 중에서도 임시직이지 않았는가. 그래서 보기에 따라 뜨내기 처지일 수도 있었던 나를 처형은 어떻게 봤는지 아내와 결혼을 하게 해준 고마운 처형이다. 그래서 느닷없는 일이 터지지만 않았어도 보란 듯 맛나게 살아가는 모습을 보여줄 건데 미안하다.

"감사하다니요. 그건 아니에요."

"이번 일이 앞으로 살아가는 데 결코 손해만이 아니라고 저는 생각합니다."

"고마운 말이나 손해가 아니라는 이유는요?"

"전혀 새로운 각오로 살아가라는 신의 계시랄까, 아무튼 그래서요."

"그래요, 제부를 믿어요."

"믿기는요. 자꾸 말이지만 아내가 일으킨 그깟 일 가지고 아내를 미워한다는 건 남자가 아니라고 생각합니다."

"그러면 이 사실을 부모님은 알고 계세요?"

"아직이요. 내일 내려갑니다."

날짜는 변동이 있을 수 있겠으나 귀국은 언제 하게 될 거라고 아버지께 말씀을 드렸다. 물론 국제전화로였지만 통화 감이 좋아 그동안 고생했다, 조심히 와라, 국제전화라 전화요금도 많이 나갈 테니 네 엄마와 얘기는 귀국해서 하기로 하고 이만 끊자, 하지 않으셨는가. 그래서 아버지 어머니는 우리 작은애가 올 때가 넘었는데 아직도 안 오나 날마다 내다보고 계실 텐데….

"그러면 남순이랑요?"

"말이야 같이 가자고 해보겠으나 아마 아니라고 할 겁니다."

"그렇겠지요. 어마어마한 일이라 사실을 고백할 수도 없을 테니…."

"같이 가고 안 가고는 아내가 알아서 할 일이나 같이 가자고는 할 겁니다."

"그러면 잘 다녀와요. 저는 친정에 갈 겁니다."

"가시는 건 제 아내 문제로요?"

"그렇지요. 해결이 잘됐으니 맘 놓으시라고요."

"그리고 빠뜨린 게 있는데 남순이에게 너무 잘하려고는 마세요."

"무슨 뜻으로 하시는…?"

"무슨 뜻이 아니라 마누라 기를 너무 살려주면 안 될 것 같아서요. 물론 말썽 부린 전날처럼은 아닐 테지만 말이요."

"저는 이모님 생각과는 좀 다르네요."

"그래요?"

"아내의 기가 펄펄 날아야 제 삶도 편할 게 아니요. 그러니까 나는 돈 벌어다주는 남편, 아내는 돈을 쓰는 사람으로 사는 거지요."

"그렇게까지요?"

"이건 지인이 한 말이기는 하나 마누라 휘어잡으려면 삐까번쩍한 자동차 사주는 거라고 해서요."

"아니, 삐까번쩍 자동차까지요?"

"그러니까. '이렇게까지 안 해도 될 건데 고마워'아내 입에서 그런 말이 나오게 말이요."

말만이 아니라 사실로 만들 것이지만 사실일 경우 아내 눈물 나게 고맙다고 입맞춤까지 하고 눈도 감아줄 게 아닌가. 내 생에 또

다시 없을 일로 상상도 못 할 일로 얼어붙은 아내의 맘을 그렇게라도 풀어주는 게 남편으로서 해야 할 일이지 않겠는가.

"그게 제부 생각이라면 말릴 이유는 없겠지만 그렇게까지 하려면 큰돈이 들 게 아니요?"

"큰돈까진 아니에요. 고급까지는 어울리지 않을 테니까요."

"그래요?"

"삐까번쩍 자동차 말이 나와서 하는 말인데 가정 재정권도 아내들이 차지해버린 시대에서 아내 맘을 사려면 삐까번쩍 자동차 뽑아주는 게 제일일 거라고 저는 생각합니다. 그러니까 이모님도 인정하시겠지만 삐까번쩍 자동차는 여성으로서 자랑일 게 아니요."

"남순아! 제부가 지금 무슨 말 하고 있는지 너는 듣고나 있냐?"

"아직 말로만이지만 저는 사실로 만들 거요."

"제부가 그리만 해주면 남순이는 살아날 거요. 꼭 그렇게 해주세요."

"운전면허증은 며칠 내로 따게 할 거예요. 그러니까 삐까번쩍 자동차 몰고 다닐 여자가 다른 남자 쳐다나 보겠냐는 거지요. 그래서 말인데 남의 손 탈까 봐 걱정인 남편들에게 해주고 싶은 말이기도 해요."

"제부가 그렇다면 우리 남순이 밉지는 않다는 거네요?"

"무슨 말씀이요. 미울 필요도 없어요. 아내가 미우면 이모님과 이런 얘기 나누겠어요? 안 그래요?"

"말씀만이라도 고마워요. 제부는 이제 딸이든 아들이든 하나 더 두고 행복하게 살길 바랄게요."

"그럴게요."

말이야 그럴게요 했지만 쥐뿔도 없는 형편인 점을 감안해버렸다. 그렇다는 사실을 아내도 모른다.

"이건 말 안 할까 하다가 말하게 되는데, 남순이랑 같이 못 가고 제부만 가게 되면 부모님은 왜 혼자 왔을까 의아하다는 생각으로 물으실 게 아니요?"

"사실은 그게 고민입니다. 사실대로 대답할 수도 없고…."

"그렇기는 해도 핑계라는 것도 있잖아요."

"부모님인데 핑계를 어떻게 대요. 거짓말인데요. 누구는 아니라 말할지 몰라도요."

"듣고 보니 그렇기는 하네요. 핑계는 남 앞에서는 가능할지 몰라도 부모님 앞에서는 안 될 문제네요."

남편인 백군남은 아내가 저지른 잘못 문제이기는 하나 원만하게 해결이 돼 부모님을 뵈러 가기 위해 고향행 버스에다 몸을 싣기는 했으나 심정적으로 너무 무거운 맘이다. 오늘 버스 길은 그동안 중동에 가 있었기에 3년이 넘은 고향길이다. 그래서만이 아니어도 없던 건물이 이곳저곳 세워져 있고, 세워지려는지 터파기공사 중이다. 그런가 하면 굴러가는 자동차들도 많을뿐더러 자동차들마다는 버스를 추월한다. 자동차들이야 그렇지만 부모님께 오늘 중으로 갈 겁니다 하는 연락도 없이 가고 있다. 함께는 당연한 아내와도 아니고 혼자서다. 혼자라고 말할 수는 없어도 버스에 실린 맘은 복잡하다. 복잡하기는 그동안은 아내와 함께였던 고향길이기도 해서다.

이런 문제에 있어 누구든지라고 말할 수는 없어도 나는 아내를 믿거니 하고 돈만 바라본 엉터리 생각으로 살았다. 후회다. 후회는 항상 뒤에서 일어나는 일이기는 하나 중동에 나가 있는 동안 아내를 왜 부르지 못했을까. 그러니까 중동에 가자마자까지는 아니어도 한 해에 두세 차례 정도는 관광비자로든 근무지로 오게 했으면 아내의 잘못은 원천적으로 일어나지 않았을 건데 말이다.

그러나 지금의 나는 언제쯤 귀국하게 될 거라는 소식을 편지로나마 아버지께 말씀을 드렸다. 그랬기에 아버지 어머니는 눈이 빠질 정도로 대문 밖을 바라보고 계시지 않을까. 아버지 어머니는 그러시기를 보름이 넘도록 말이다. 이 같은 일에 있어 그동안 보기도 했던 부모님들 명절 때다. 부모님들은 그동안의 안 좋은 모습들은 자식들에게 내보이기 싫어 감추려고 애도 쓰신 것 같다. 그러니까 아버지는 바깥 청소를, 어머니는 먹다 남은 반찬들은 돼지 먹이로 주는 일 등 말이다. 그렇게 보면 돼지도 기다렸던 명절인 셈이다.

어쨌든 나는 아버지의 작은아들로 태어나 아버지 사랑을 형보다 더 많이 받고 자란 것 같다. 어느 부모나 그러겠지만 아버지는 작은아들인 나를 늘 데리고 다니신 것이다. 그러니까 초등학교 입학 때쯤은 살결이 그리도 희어 복스러운데다 바라보는 눈빛조차 똘망똘망해서였을 것이지만 그렇다. 아버지가 그러시는 걸 형은 그때 무슨 생각이었냐고 묻기는 좀 그렇기는 하나 형은 아버지에게 서운해하지는 않았을까 싶기도 하다.

아무튼 엉뚱한 생각일지 몰라도 나처럼 젊은 부부들에게 말을 한다며 상황상 멀리 떨어져 살 수밖에 없는 부부라면 기러기 가족이 안 될 방안을 강구해야 한다. 그러니까 장기 출장이든 자식들 유학길이든 서로 오고 가고 하면 가정파탄이 일어나겠는가 말이다. 듣기만 한 얘기나 아들 유학길을 따라간 아내는 현지인과 맛나게 놀고, 남편은 남편대로 바람을 피운다면 집안 꼴이 말이나 되겠는가. 그러니까 오순도순한 가정에서 성장해야 할 자식들은 바로 서겠는가 말이다. 고향 부모님 뵈러 가면서 아닌 생각이나 아내의 잘못된 행동을 미연에 방지를 못 한 게 너무도 후회가 된다. 물론 생각지도 못했던 일이기는 해도 말이다. 그나마 다행인 건 아내 몸 상태가 단아하면서도 예쁜 모습이 전날과 변함이 없다는 게 다행이라면 다행이다.

그래서 이제야 생각하는 거지만 중동에서 봤던 소설책 내용이
다. 엄마 김미숙은 외아들이기는 해도 공부만큼은 잘해 괜찮은 아
들로 키워내겠다는 욕심이 발동해 외아들을 미국 유학을 보내게
된다. 미국 유학을 보내기는 했으나 모든 게 새로운데다 기숙사 생
활이 얼마나 고생스럽겠는가 싶어 밤잠도 설치게 돼 이대로는 안
되겠다 싶어 아들 곁에 몇 개월만이라도 있게 해달라는 말을 남편
에게 한다.

그러나 남편은 초반 고생은 사서라도 하게 해야 한다는 이유를
들어 거절한다. 남편이 거절한다고 고생할 아들 생각인 맘을 포기
할 수는 없어 남편의 잠자리가 부족함 없게 특별 서비스도 해주면
서까지 설득을 해서 유학 중인 아들 곁으로 가게 된다. 유학 중인
아들 곁으로 달려가기는 했으나 모든 게 생소하기만 한 미국 생활
이라 얘기를 나눌 만한 사람도 없어 사는 꼴이 말이 아니다 싶을
때 아들 유학 선배 학생 엄마 소개로 노총각인 강재권을 만나게 되
고, 급기야는 노총각인 강재권을 사실상 남편 역할까지 시키면서
유학생 엄마 김미숙은 나름 맛나게 살아간다.

김미숙 아줌마가 그렇게 되기까지는 아들과 같은 학원 선배 학
생 엄마 강효숙을 만나게 되는데 생각지도 못한 만남이라 너무도
반가워 통성명도 하고 이런저런 얘기도 나눌 수 있어 덜 외로운데
다 노총각인 강재권과도 만나 밥도 먹게 된다. 강재권을 만나게
된 것은 아들 유학 선배 아줌마가 하는 말이 자기는 아들만 둘인

데 둘 다 유학 중이라 하는 수 없이 따라와 같이 있게 됐다면서 혼자 지내려면 심심도 할 텐데 얘기 친구도 만들어보라고 권한다. 그래서 혹 남자는 아니냐고 물으니 외지에서의 친구는 당연히 남자여야지 않겠느냐면서 남자이기는 해도 우리로서는 한참 동생 같아 김 여사로서는 부담이 없을 거란다.

그러나 김미숙은 얘기 친구가 남자여서는 곤란하다고 했더니 강효순 아줌마는 곤란할 필요도 없다면서 본인도 자주 만나게 되는데 김 여사와도 같이하면 좋겠다면서 하는 말이 자기 남편이 교통사고를 당해서 다녀올 테니 자기 두 아들을 그동안 챙겨주면 고맙겠다는 말까지 한다. 그래서 김미숙은 아는 사람이라고는 누구도 없는 상황에서 강효순 아줌마를 만난 것이 다행이라 두 아들 부탁말 아니어도 아들에게 먹일 반찬 만들어주기, 많지는 않지만 세탁하기, 거처 주변 걷기 운동, 또는 텔레비전으로 드라마 보기뿐이라 잘됐다 싶어 흔쾌히 그러겠다고 했다.

그런 강효숙 아줌마 부탁은 소득이 없는 일이기는 하나 심심도 한 데다 할 수 있는 일이 생겼다는 게 위안이 될 것 같아 그렇게 할 테니 잘 다녀오기나 하라고 했다. 그랬더니 강효순 아줌마는 "자기 남편이 교통사고가 아니라 생각을 해보니 홀아비로 너무 오래 방치하지 말라는 게 눈에 보여, 세상에 여자가 나뿐이냐고 했더니 남편은 울먹이기까지 하는 것 같아 길거리에 널려 있는 게 치마들인데 그런 치마들은 다 놔두고 멀리에 있는 나를 찾느냐고 했어요. 그러니까 당신이 나를 그동안 너무 많이도 써먹은 바람에 모양만 그대로지 여자로서는 한물간 여편넨데 그것도 모르고 나만 찾느냐면서 생리가 끊긴 과부를 만나든지, 그렇지 않으면 러브호텔에 가든지 그리 말했어요." 강효순 아줌마는 부부간 잠자리에서나 할 수 있는 농담까지 한다. 그래서 강효순 아줌마에게 묻기를 강재권 노총각을 어떻게 알게 됐냐고 물으니 강효숙 아줌마는 그런 얘기까지 하려면 얘기가 길지도 모르니 먼저 점심부터 먹자고 해서 한국인이 경영하는 식당 설렁탕을 먹고 얘기가 시작된다.

"오늘 설렁탕 맛, 김 여사는 어땠어요?" "미국에서 먹는 맛이기는 해도 분간까지는 못 하고 맛나게 먹었어요." "그래요. 장소만 미국이지 재료나 솜씨는 한국 사람이라 그렇기는 하겠네요." "담에는 제가 살 거지만 이런 기회 자주 만들어주세요. 저는 미국 생활 왕초보라서요. 그리고 조금 전 얘기 더 듣고 싶네요."

"말하지요. 그러니까 강재권은 나를 누나라고 하면서 졸졸 따라요. 강재권이 그래서 나는 강재권을 동생이라고 부르면서 지내게 되는데 그렇게 지내기까지는 제 아들 거처 방 에어컨 교체 때문에 사람을 불렀더니 노총각이 온 거요. 물론 처음에야 에어컨 교체는 남자리라 생각했지만 말이요. 그러기는 했으나 에어컨 교체 기술자를 보니 손이라도 한번 만져보고 싶을 만큼 너무도 잘생긴 거요. 그래서 솔직히 말하면 나는 나이 먹은 아줌마가 아니었으면 했어요. 이런 말은 김 아줌마 앞에서도 쉽게 해서는 안 될 야한 말이기는 하나 나는 치마를 걷어 올려주고도 싶어진 거요.

그렇게는 말도 안 되게 멀쩡한 남편이 있을뿐더러 두 아들까지 둔 여자라는 생각이 번쩍 들어 일상적인 물음, 그러니까 장가며 가족관계며 등을 묻는데 강재권은 노총각임을 밝힌 데다 성씨도 나와 같은 성씨인 거요. 그래서 혹 친척 관계일지도 몰라 강씨 본을 물으니 다행이라 하기는 아닐지 몰라도 친척은 아닌 거요. 그러나 나이도 묻고 싶어 물으니 서른일곱 살이라는 거요. 그래서 저는 동생으로 불러도 될까 했더니 총각은 여간 좋아하는 게 아니었어요. 그래서 강재권과의 관계는 허물이 없을 만큼이라 밥도 같이 먹게 된 거요."

"그러면 형님은 지금 얼만데요?" "형님은 무슨 형님이요. 아무튼 내 나이는 마흔일곱이어요." "마흔일곱이면 나보다 세 살이나 위인데 저는 오늘부터 형님이 아니라 언니로 부를게요." "나이가 세 살 차이면 친군데 그래도 될까 모르겠는데 그러지 말고 그냥 친구로 합시다." "아니어요. 저는 언니라고 부를 거요. 언니는 그런 줄 아세요. 그런데 언니는 미국 생활을 저보다 한참 먼저 하셨는데 미국이 살 만한 나라이기는 해요?" "거기까지 알려면 공부를 한참 해야겠지만 강재권 청년 말을 들으면 미국이 화려한 국가이기는 해도 한국 총각들은 장가도 못 갈 곳이라 미국에 오지 말라는 말 하고 싶더라는 거요. 그러니까 미국 남자들이 한국 여성과는 결혼이 어렵지 않게 이루어지는데도 한국 남자들은 미국 여자와의 결혼을 기피하게 된다는 거요. 강재권이가 노총각인 것도 아마 그런 이유일 거요."

"결혼은 사람끼리 하는 건데 그렇게까지 된 이유는 뭘까요? 그러니까 미국 여성들은 남편에게 고분고분하지 않을 것 같아 그러지 않겠나 싶기도 하네요?" "지금 하신 언니 얘기를 우리나라 총각들은 모르고 있겠지요?" "혹 아는지도 모르지요. 그래서 생각이지만 우리나라 남자들은 아무리 똑똑한 여성이라도 개방적인 여성과의 결혼은 안 하려고 하잖아요. 그렇기는 남편이 시키는 말에 순종은 커녕 되레 시키기 때문은 아닐까 싶네요."

"그러면 다른 나라 총각들도 언니가 말한 얘기처럼 그럴까요?" "모르기는 해도 그렇지는 않을 거요. 우리나라 사람들이 미국을 너무도 좋아해서요." "언니 말을 듣고 보니 일리가 있네요. 그러니까 그런 문제에 있어 말을 한다면 우리도 마찬가지 미국 생활이라는 말이요. 물론 아이들 유학 문제이기는 해도요." "뿐만이 아닐 거요. 그러니까 모두가 아는 대로 우리나라 풍습은 외국 여성을 아내로 삼는다는 건 집안 망신일 정도이잖아요. 김 여사도 알다시피." "이젠 세상이 바뀐 시대에서 그럴 필요도 없을 건데 지금도 가문이 어떻냐느니 따지는 것들을 보면 우리나라가 아직도 후진국에 머물고 있는가 싶기도 하네요." "그렇다고 봐야겠지요. 미국 사회 분위기는 남녀노소 불문하고 손 붙들고 다니잖아요." "그렇게는 미국 초

창기부터 흑인 백인 그러니까 표현까지는 좀 그러나 오합지졸로들 사는 이민 사회라 그럴까요?" "그럴지도 모르지요. 근데 우리의 얘기가 거기까지가 아니어요. 미국 사회는 상대에게 피해를 주는 행위만 아니면 길거리에서 남녀가 입맞춤을 자유롭게 해도 그런가 보다, 정도인 것 같아요. 내가 보기엔. 그러니까 남의 일 신경 쓸 필요도 없다는 거지요." "그렇게 되면 민망한 짓도 어렵지 않게 할 수도 있다는 거 아니요. 다만 민망한 짓 길거리에서만 안 할 뿐." "그렇게까지야 하겠어요. 그러나 사회 문란까지 일으키지는 않는가 봐요. 헬로우, 손까지 흔들면서 웃고 다니는 사람이 많은 걸 보면 말이요." "말씀이 나와서 생각인데 부잣집 앞마당 절구통처럼인 엉덩이와 빼빼 바지가 손 붙들고 당당하게 걸어가는 모습을 보면서 미국은 참 재밌는 사회다, 저는 그렇게 봤어요." "나는 건성이었는데 김 여사는 잘도 봤네요. 그런 점에서는 나도 생각하는데 미국 여자들 엉덩이가 너무도 커 걱정까지 되기는 해요." "미국 여자들 엉덩이가 걱정일 만큼 큰 것은 부모로부터 이어지는 유전자는 아닐 테고 육식을 주로 하게 되는 바람에 그러지는 않을까요?" "그런지도 모르지요. 그런 엉덩이가 걱정되나 그런 문제에 있어 생각해보면 뚱뚱이는 홀쭉이를 만나는 게 맞을 거요. 그러니까 설명하자면 태어날 2세 때문이 아니겠어요." "태어날 2세요? 생각해보니 맞을 것 같네요. 덩치 우람한 사람끼리 만나 아이를 낳게 되면 아이도 부모를 닮아 우람할 게 아니요. 그래서일까 몰라도 창조주는 그런 점을 참작한 창조인지도 모르겠네요." "모르겠네요가 아니라 사실일 거요. 책에서 본 내용인데 모든 생물마다는 본래의 특성을 못 바꾼다네요." "그렇기에 창조라고 하겠지요. 그렇기도 하고 균형을 맞춰 태어나야만 할 2세 때문이지요. 물론 이론적으로는 자연이겠지만 말이요." "어쨌든 미국 사회는 개방된 사회이지요?" "그렇지요. 개방된 사회이지요. 그러니까 미국 사회 분위기는 우리나라처럼 여자 목소리가 울을 넘어서는 안 된다는 게 아니라요." "그러면 우리나라 분위기도 변한 사회로 갈까요? 그러니까 지금의 한글이 영어로 바뀌거나 말이요." "김 여사 말을 듣고 보니 우리가 지금 그렇게 되길 부추기는 짓을 하고 있는지 모르겠네요." "그래서 생각이지만 지금의 말들이 활자만 한글이지 통역을 필요로 한 영문들이어서 하는 말이요." "그래요. 오늘은 그동안 생각지도 못한 것들을 나는 김 여사로부터 알게 되고, 깨달아지기도 하네요." "아니에요. 언니와 얘기를 나누다 보니 그런 말이 자연스럽게 나오게 된 거지요. 그건 그렇고 언니는 왜 두 아들만이어요?" "아들 둘뿐인 건 남편이 정관수술을 해버려서요." "아저씨가 정관수술을 했다고요? 그러면 말까지는 안 했을 텐데 언니는 어떻게 알고요?" "정관수술을 어디 말해서만 아나요. 평소에는 없던 행동으로 알게 되는 거지요. 그러니까 잠자리에서 등 말이요. 그런데 김 여사는 아들 하나뿐이면 우리 남편처럼은 혹 아니요?" "우리 남편은 정관수술 안 했을 거요. 잠자리가 지나칠 정도라서요. 모르기는 해도요." "내가 생각도 없이 너무

깊이까지 물었는가 본데 미안해요." "아니에요. 그런 얘기를 누구한
테 하겠어요. 언니니까 하는 거지요. 어쨌든 오늘 언니와 나눈 얘
기는 실력 있는 잡지에다 올리면 어떨까 싶기도 하네요. 그리고 고
향에 다녀오시게 되면 강재권 청년과 맛있는 것 사 먹기도 하고 여
기저기도 놀러 다닙시다." "나야 당연히 오케이지요. 그렇지만 김
여사는 내가 올 때까지 기다릴 거요?" "언니가 너무 오래만 아니면
기다릴 거요."

김미숙 아줌마는 여성으로서 한참인 마흔네 살 나이로서 하는
말이다. 마흔네 살이기는 해도 아담한 체구라 그런지 삼십 대 후
반 나이라고 해도 곧이들을 만큼 아름다운 여성이다. 그래서인지
노총각인 강재권은 김미숙 아줌마를 누나라고 극진히 부름은 물
론이고, 기분 좋은 드라이브도 자주 시켜준다. 그래서 김미숙은 남
편과 떨어져 살기는 해도 외롭다는 생각에서 벗어나 있다. 그러니
까 지금의 상황이 들통난다면 남편은 무슨 일이야 하고 펄쩍 뛸 일
이기는 해도 살아볼 만한 세상인 것이다. 강재권 청년이 누군지 강
효순 아줌마로부터 들었기에 알고는 있으나 너무도 고마운 청년이
라 허물없다는 생각으로 가치 없는 말도 하게 되는데 미국 생활은
언제부터며 가족관계는 어떻게 되느냐고 묻게도 되고, 급기야는 혼
자 사는 노총각과 정을 통하기까지 한다.
혼자 사는 노총각과 정이 통하기까지의 설명은 혼자 사는 방 구

경부터다. 유부녀가 혼자 사는 노총각 방까지 구경하는 건 한국 사회, 그러니까 공자왈 맹자왈 고전적 생활 문화로는 어림조차 없겠지만 미국은 개방 사회라 그런 정도는 당연해서 흉이 될 수도 없을 뿐더러 그동안의 바람이기도 하다. 그래서 생각이지만 김미숙은 남편이 아닌 노총각이 너무도 좋은 상황에서 탈이 날 것은 설명까지 필요하겠는가마는 그래서든 김미숙은 자식까지 두기는 했어도 맘에 드는 남자가 아무도 없는 혼자만의 방까지 보여주겠다는데 싫다 할 이유 있겠는가.

"근데 동생이 아줌마인 나를 누나라고 해서 기분이 좋기는 한데 동생에게는 누나가 없을까?" "누나가 왜 없어요. 둘이나 있어요. 있지만 맘에 드는 신랑들을 만나 타국으로들 가버려 언제 만나게 될지도 몰라요. 만나게 된다 해도 사실상 남이나 마찬가지여요. 꼭 그래서는 아니나 지금의 누나가 저는 너무도 좋아요." "누나가 좋다는 말 고맙기는 하나 내가 동생에게 좋게 보여서는 안 되는데 동생은 그렇네. 우리 신랑이 이런 사실을 알려지기라도 하면 울 건데…." "그러면 매형도 같이 살게 오시라고 하면 안 될까요? 저는 좋은데요." "오라고 할 수는 없어. 그만두어도 될 그런 직장이 아니어서." "그러면 누나랑 놀러라도 다닐까요? 물론 제가 시간이 날 때라야 하겠지만 말이요." "동생이 그래주면야 고맙지. 근데 동생이 사는 집은 어딘 거야?" "이제 다 왔어요. 앞 건물 17층이어요. 근데 제가 거처하는 방은 어젯밤 이불도 안 개고 그대로라 너저분해요. 그래서 총각 냄새가 진동할 텐데 그래도 누나는 괜찮겠어요?" "무슨 소리야. 총각 냄새 진동이라니… 그동안 동생 냄새 한번 맡아 보고 싶어 가자고 한 건데. 그러니까 동생이 싫다고 할까 봐 걱정도 했다는 거여. 동생은 무슨 말인지 알겠어." "누나가 그런 걱정까지면 저를 위하자는 건데, 저는 오늘이 있을 줄 생각도 못 했어요. 누나 고마워요." "고맙다는 말은 동생이 할 말이 아니야, 내가 해야 할 말이지." "아니에요. 누나 면전에서 이런 말까지 하기는 민망해 하실 수도 있어 말 안 할까 하다가 하게 되는데 누나는 너무도 고우세요." "동생이 보기는 곱게 보일지 몰라도 곱기까지는 이젠 어쩔 수 없이 아줌마야." "곱기까지가 아니라니요. 누나는 지금이 최고예요. 근데 누나를 만난 건 제게는 행운이어요. 이런 말 큰누나가 들으면 서운하게 생각할지는 몰라도요." "행운은 나도 마찬가지여. 그렇지만 행운까지 말하려면 아직이야." "누나에게 미리 말하는데 제 방 침대는 혼자 쓰는 침대가 아니라 둘이 쓰는 침대이니 누나는 그런 줄 알고 오해는 마세요." "오해야 안 하겠지만 둘이 쓸 침대라면 동생이 나를 만나기 위함은 혹 아닌감?" "그게 아니어요. 누나가 보면 이해를 해주시겠지만 여자가 없어 인형이라도 끌어안고 자야 잠이 들어서요." "그러면 오늘은 인형이 아니어도 잠 잘 들게 해줄까?" "감사해요. 근데 누나 같은 한국 여성 소개도 부탁해요. 저는 돈도 잘 벌어요." "그런 얘기는 담에나 하고 동생 거처 방이나 보여줘."

그랬던 김미숙은 노총각인 강재권과 행복한 나날을 보낸다. 고국에 홀로 외롭게 지내는 남편 생각은 하지 않고 말이다. 지금까지의 내용은 어디까지나 소설일 뿐이나, 소설 끝부분에서는 내 아내도 시청 과장과 이런 소설처럼은 아니었을까. 그러니까 둘이는 어쩌고저쩌고 등 오만 짓도 다 하지 않았을까 싶어서다. 아내가 시청 과장에게 빌려주고 되돌려받지 못했다는 돈 되돌려받기 위해 법정 다툼까지 너무도 힘들었기에 상상하기도 싫지만 말이다.

그래서인지 상상도 못 한 일을 당해본 입장에서 나 같은 일에 종사할 사람이 있다면 아내를 근무지로 불러들이라고 말하고 싶다. 물론 항공료 등 여비가 만만치 않아 부담일 것이나 정말 아닌 일을 겪어본 나처럼은 아니지 않겠는가. 이런 생각을 아내도 하게 될지 모르겠다. 그래, 아내가 저지른 엉뚱한 짓만 아니었으면 그동안 벌어 온 돈도 있겠다 콧노래도 부르면서 갈 텐데. 그렇지도 못하고 이게 뭐야.

어쨌거나 고향길이 그대로이기는 해도 처형과 나눈 얘기가 생각난다. 그러니까 아내가 저지른 잘못을 부모님께 사실대로 말할 수도 없다는 게 문제기 때문이다. 그렇다고 거짓말인 핑계를 댈 수는 없고…. 정말 문제는 문제다. 엄마에게는 당당한 작은아들임을 보여드려야 할 텐데 말이다. 아무튼 버스는 고장도 없이 부모님이 계시는, 아니, 내가 그동안 자란 집 앞에 내리게 해준다. 그렇기는 하나 4년 가까이 못 봤던 엄마 모습이 저만치 보인다. 보이자마자 반갑기보다는 두려움이 앞선다.

"엄마!"

작은아들이 오리라는 생각 못 하셨을 테지만 무슨 일로 가시는지 뒷마당으로 가시는 데다 대고 부른다.

"누구냐!"

"엄마, 둘째예요."

"아이고… 우리 둘째구나."

우리 둘째구나 엄마 말씀은 그동안 궁금했던 둘째라는 데 있다. 그러니까 엄마는 젖 물리던 때를 잊을 수 없으실 것이지만 너무도 반가워서 하시는 말씀이지 않겠는가. 부모와 자식의 관계는 피로도 연결이지만 정신적으로도 연결이다. 그런 연결을 신세대들은 무시하려는가 싶어 맘 아프다. 물론 변한 시대기는 해도 부모가 아니게도 치매에 걸려 고생이면 요양시설로 보내버리려는 게 상식으로 되어 있다는데 부모 입장들은 너무도 섭섭할 게다. 여기서 엉뚱한 말일지 몰라도 늙은 부모는 그동안 길렀던 개만도 못한 취급을 당하게 해서야 되겠는가.

"예, 저 왔어요."

"그래, 오느라 고생했지?"

"아니어, 잘 왔어. 그런데 엄마는 없던 흰머리까지 났네요."

작은아들 백군남은 인사말을 엄마 흰머리 말로 해서는 안 될 건데 마땅한 말 생각이 안 나 그랬다는 건지 어색한 표정까지 짓는다.

"그러니까. 둘째 네가 보기엔 엄마가 많이 늙게 보인다는 거냐?"

"그게 아니라 아버지는 머리숱이 젊어서부터 적으셔서 이젠 대머리로만 사셔도 괜찮겠지만 엄마는 아니라서 하는 말이어요."

"그래, 군남이 네가 보기엔 흰머리다. 흰머리이기는 해도 억울하지는 않다. 엄마 흰머리 염려는 마라."

검은 머리 만들고자 애쓰는 여성(남성)들에게 말한다. 본인의 얼굴이 검은 머리와 어울리는지 말이다. 하얀 머리는 그동안 건강하게 살았다는, 그러니까 인간에게 주어지게 되는 면류관으로 알아야 할 것이다. 대머리 감추려는 가발도 여기에 해당이 된다고 말할 수도 있고 말이다.

"그런데 나도 아버지처럼 대머리잖아요."

"둘째 너는 대머리가 불만이냐?"

"불만이 아니라 나는 대머리 때문에 장가도 못 갈까 봐 걱정도 했어요. 많이는 아니고 조금⋯."

"둘째 네 색시는 대머리가 멋있어 보여 결혼까지 했을 거다. 처음엔 그랬냐고 물어보지는 않았지만."

"그건 말도 안 된다."

"말도 안 되긴. 그러니까 김상희 가수가 부른 대머리 총각 말이야!"

"아이고… 엄마는."

"아이고는 무슨 아이고냐. 남들이 들으면 흉일지 몰라도 엄마가 보기엔 군남이 너처럼 잘생긴 녀석은 아마 없을 것이다."

"그래서 엄마는 그동안 늘 데리고 다녔을까?"

"그걸 말이라고 하냐. 이젠 징그럽게 변해버렸지만."

"그건 그렇고 집에는 엄마만 계시고 아버지는 어디 가셨어요?"

아들인 나는 아버지 어디 가셨어 했으나 엄마는 내 아들 왔구나 하시나 표정은 어쩐지 아니시다. 죄인 자식 눈으로 봐서인지 몰라도. 그래, 귀국은 언제쯤 하게 될 것이라는 말씀을 아버지께 드리기는 했다. 물론 국제전화로. 그래서 이미 귀국했을 테니 벌써 왔어야 했음에도 오질 않으니 많이도 궁금해하셨을 것이다. 그렇다고 기다리셨냐고 엄마에게 여쭤보기는 아무래도 아닌 것 같다.

자식이 부모 자랑은 흉이 아닐 테니 한다면 우리 엄마는 누구 엄마들보다 미인이시다. 그러시기에 멋지신 아버지와 혼인하셨고 작은아들인 나까지 낳으셨다. 대단한 외가는 아니나 외할아버지에게는 면장감이라는 말들도 한 것 같다. 그렇게 엄마는 혼인까지 하게 되었고 자랑일 수는 없어도 엄마는 모범 엄마로 사시려 노력했음을 아버지는 물론 자식인 나도 인정하는 바다. 그렇기는 해도 엄마 뭐 맛있는 거 없어요 말까지는 못 할 지금의 기분이다.

그래, 현대에서 자식이 부모를 위해 사는 건 전날 얘기라 말할수도 있겠으나 자식으로서 십 리 바깥 자식은 자식으로 취급도 안하려고 했던 시절도 있었다. 그것은 부모가 부르기라도 하면 하던일 멈추고 금방 달려와야 할, 그러니까 효라는 윤리 때문이다. 윤리는 따질 것도 없이 나는 어머니 작은아들이 맞기는 맞는 건가? 그래, 변명하자면 아내 잘못이기는 해도 말이다.

"네 아버지는 상근이 아버지가 병나셨는가 본데 거기 가신 것같다."

"상근이 아버지가 병나셨다고요?"

"그래, 상근이 아버지는 네 아버지와는 갑장이기도 하잖아."

"그거야 나도 알지요."

"그나저나 상근이 아버지가 건강이나 하셔야 할 텐데 아무래도아닌 것 같다."

나보다 한 살 아래인 신평댁도 몇 년 전에 죽어버려 상근이 아버지는 홀아비 신세다. 그래서 맞난 거 만들어 드리려 해도 조심이다. 영감과 갑장이라 젊지는 않으나 홀아비 신세이기 때문이다. 남녀는 나이가 아무리 많아도 조심의 대상일 수밖에 없어서다.

"아무래도 아닌 것 같다니요? 그러면 상근이 아버지가 위독하시다는 거 아니요."

"위독까지는 아니신 것 같다."

위독까지는 아닌 것 같다고 했지만 상근이 아버지는 홀영감이기도 하지만 건강 체질이 못 돼 골골하셨기 때문이다. 물론 건강 장담 못 할 연세이기도 하지만 말이다.

"그러면 상근 씨 아버지가 갑자기요?"

"어제까지도 괜찮으시던데 아프시다고 하니 걱정은 된다. 상근이 아버지는 군남이 너도 알고 있겠지만 포로병이잖아. 그러니까 고향을 북한에다 두고 사시기에 외롭기도 하실 거다."

"외롭겠지. 상근이 형은(동네 형) 서울인데 소식은 됐을까요?"

상근 씨는 큰형과 친구이기도 하지만 외아들이다. 그래서 우리집 사정으로 보면 부모 곁을 떠나지 말아야 할 그런 아들이다. 그러나 상근이 형은 누나들을 믿거니 했는지는 몰라도 상근 씨 두 누나는 그리 멀지 않은 곳에 살고 있다. 그렇지만 그들은 출가외인일 수도 있어 친정 부모를 모셔야 할 책임감은 없다고 해야 할 것이다. 그리고 보니 나는 부모님을 형에게 맡긴 꼴이지 않은가. 불효자식 말이다. 물론 따로 살아가야 할 작은아들이기는 해도.

"상근이 아버지가 돌아가실 병이면 또 모를까, 소식이나 했겠냐."

"아버지가 병나셨으면 소식을 해야지요."

아버지가 병나셨으면 소식을 해야지요 말이야 그렇게 했으나 부모님 앞에서 나는 누구인가. 수시로 찾아봬야 할 작은아들 아닌가. 아내가 저지른 느닷없는 사건만 아니었으면 귀국하자마자 한달음에 달려왔어야 했는데 그러질 못해 죄송하기 그지없다. 그래, 시대적으로 아들이 부모를 모시는 시대는 이미 지나가고 부모가 자식을 위해 살아야 할 시대이기는 해도 말이다.

"그렇기는 하다만 바쁘게들 살아갈 텐데 그렇게가 쉽겠냐."

"물론 쉽지는 않겠지만 아들인데요."

바쁘게들 살아갈 텐데 그렇게가 쉽겠냐 어머니 말씀은 작은아들로서 충격이다. 내가 지금 그 모양이라서다. 핑계를 댄다면 아내가 저지른 잘못 때문이기는 해도 귀국이 벌써인데 말이다. 내게 있어 엄마는 누구인가. 사형수가 사형 집행장에서 '엄마!' 그런 엄마이지 않은가. 엄마야 건강하게 귀국하게 된 내 얼굴만 봐도 밥 안 먹어도 배부르다 그러실 테지만 말이다.

"나이를 먹으면 자식들 걱정거리만 남는데 아프지나 말아야 할텐데 모르겠다."

"엄마가 아프기는 왜 아파요."

"세상에 안 아픈 사람도 있다더냐. 이 녀석아!"

"그렇기는 해도 엄마는 절대로 아니어요."

"아픈 건 누구도 피해 갈 수 없어. 그렇지만 아플까 봐들 늙는 보험도 드는 것이다."

"늙는 보험이요?"

아플까 봐들 늙는 보험도 드는 것이다 어머니 말씀은 말썽부린 아내 사정을 알고 하시는 말씀인 건가?

"늙는 보험이 아니라 병원비 부담 보험 말이다."

"엄마는 늙는 보험이라고 해서 세상에 그런 보험도 있나 했잖아요."

"군남이 너는 대학은 아니어도 공부도 했으니 엄마 말 새겨듣기도 해라."

공부도 했으니 엄마 말 새겨듣기도 해라 했지만 둘째 너는 고등학교까지만이라 엄마로서 미안도 하다. 군남이 너는 인물이 누구보다 좋아 형편만 괜찮아 대학을 보내주었다면 어른들 칭찬 말대로 한자리할 건데 그렇지 못한 게 아쉽다.

"알았어요. 그건 그렇고 상근이 형 누나들은 알까요?"

작은아들 백군남은 엄마 말씀 대꾸만 하다간 아내가 저지른 잘못이 들통날 수도 있어 상근이 누나 말을 꺼낸 것이다. 엄마가 아시면 화를 넘어 기절하실지도 몰라 거짓말인 셈이다. 물론 거짓말이라고 다 악한 거짓말이 아닐 것이지만 말이다.

"거기까지는 잘 모르겠다만 아이고… 내 아들 고생이 많았나보다."

"고생 안 했어요. 외국 구경도 잘했어요. 내 돈도 안 들고."

"고생 안 했다고? 그리도 훤한 내 아들이 가무잡잡한데 아니라고 하냐. 그리고 몸은 괜찮냐?"

"괜찮아. 아직도 어린앤데요."

"딸까지 둔 녀석이 어린애…?"

"얼굴이 가무잡잡해진 건 고생 때문이 아니어요. 잘 있다 와 서지."

"잘 있다 와서라니… 그건 말도 안 된다."

"진짜여. 엄마…."

몸은 괜찮으나 아내와 같이 못 온 게 죄인이라면 죄인이어요. 그 러니까 아내가 저지른 일 수습은 됐으나 같이 올 수도 없는 상황이 라 같이 가자고 말도 못 꺼내고 저 혼자 온 거예요. 엄마….

"믿어도 될지 모르겠다만 그러면 다행이고."

얼굴이 가무잡잡해지기는 했어도 걱정할 정도는 아닌 것 같다 만. 너는 작은아들이라도 네 형 심부름도 싫다 않고 잘도 해내는 걸 보고 엄마로서 그래야지 했다. 군남이 너는 대머리이기는 해도 잘생긴 네 아버지를 쏙 빼닮았다. 그래서 너를 낳은 엄마로서 누구 에게든 보이고 싶어 늘 데리고 다녔다. 그랬음을 군남이 너도 기억 하겠지만 동네 사람들은 너를 보고 앞으로 한자리할 거라면서 칭 찬도 해주었다. 그래서 군남이 너를 낳은 엄마로서 밥 안 먹어도 배부른 것 같았다. 어른이 된 지금도 사랑하고픈 맘은 그때나 지금 이나 마찬가지지만 말이다. 백군남 엄마는 그런 생각으로 보시는 건지 작은아들을 빤히 본다.

"다행은 무슨 다행이어요, 이렇게 멀쩡한데."

작은아들은 나 이렇게 건강해요 엄마 보라는 듯 어깨를 위로 올렸다 내렸다 반복한다.

"그런데 같이 안 오고…?"

"같이 오려고 했는데 일이 좀 생겨서."

"일이 생기다니… 그게 무슨 소리야?"

같이 못 올 일이면 안 좋은 일이 있다는 건데 무슨 안 좋은 일일까? 있지도 않을 일을 억지로 만들 필요야 없겠으나 백군남 엄마는 걱정스럽다는 생각으로 아들을 본다.

"그러니까, 장인어른 모시고 병원에 갈 일이 생겨서…"

"그러면 네 장인이 아프시다는 거 아냐?"

"그 정도는 아닌 것 같아."

"그 정도는 아닌 것 같다니… 그게 뭔 소리야. 말도 안 되게. 군남이 너는 내 아들이기도 하지만 이씨 집안 둘째 사위야."

엄마가 듣기엔 아무래도 사실이 아닐 가능성이다. 그렇다고 가능성까지를 캐물을 수는 없다 해도 엄마는 궁금한 것 참을 수 없는 군남이네 엄마다. 그러니까 당연히 같이 왔어야 할 며느리가 안 와서다.

"그렇기는 해도 염려 안 하셔도 돼요. 조금 아프신가 싶으니."

"그러면 다행이다만 군남이 네 말이 무슨 말인지 도통 모르겠다.

엄마는…."

"그러니까 엄마가 걱정하실 정도는 아니라는 거요."

"군남이 네 말이 좀 이상은 하다만 네 장인어른 병원으로 모시고 갈 정도면 간단한 일이 아니잖아. 우리는 사돈이라 문병이라도 해드려야 할 일이지."

"걱정할 정도는 아니니 그런 줄로만 알고 계세요. 엄마."

아이고, 자식으로서 중동에 다녀온 일 등… 속말 다 해도 모자랄 엄만데 그게 아니라고 둘러대기가 이리도 어렵냐. 아닌 일 저지르기는 했어도 없었던 일로 하자고 했다면 마지못해서라도 따라와 주었으면 이렇게까지 곤란할 필요도 없을 건데, 정말 어렵다. 어려워…. 아이고, 이남순…!

"군남이 너 지금 한 말이 엄마는 점점 더 궁금해진다."

"궁금해하실 거 하나도 없어요, 엄마."

"군남이 너야 궁금해할 게 없다고 쉽게 말할지 몰라도 엄마는 어디 그래지냐. 따지자면 어쩌면 친척보다 더 챙겨야 할 사돈인데 말이야. 군남이 네 장인이 아프다는 말 안 했다면 또 몰라도…."

군남이 네 처는 딸로서 나 몰라라 할 수는 없겠으나 병원까지는 아무래도 아닌 것 같다. 그렇다 해도 모른 척해야지 어쩌겠냐.

"아버지는 언제쯤 가신 거요?"

"조금 전 가셨는데 곧 오실 테니 일단은 방으로 들어가자."

"아버지 오시면요?"

아들 백군남은 그렇게 말하고 아버지가 오실 때까지 방에 들어가기는 아닌지 뒤뜰까지 왔다 갔다 한다.

"그런데 형은 집에 있겠지요?"

"네 형 집에 없을 거다."

"집에 없어요?"

"네 조카 천호가 대학 '본과'라나 뭐라나 아무튼 그것 때문에 학교 근처에 방을 얻어주러 서울 갔을 거다."

"그래요? 형은 아픈 데 없겠지요?"

"아니, 군남이 너 엄마 건강은 묻지 않고, 네 형 건강부터 묻는 거냐? 서운하게…."

"엄마는 건강하시잖아요."

"그래도 그렇지. 군남이 너 내 아들이 맞기는 하냐?"

"엄마 미안해."

"미안하다니 다행이기는 하다만 누가 듣기라도 할까 봐 겁부터 난다. 이 녀석아!"

"아이고… 엄마는 골도 내신다."

엄마가 골낼 만큼은 아니었는데 내가 언제부터 이렇게 되었지. 나 살기 바쁘다는 이유로 세상을 허투루 살아서일까? 아니면 아내가 멀쩡한 내 정신을 혼란스럽게 해서? 부모는 자식에 있어 항상 조마조마하다는 말 들은 바다. 그러면 자식은 부모님 생각 반도 못

해서야 어디 사람이라고 하겠는가. 엄마 말씀이 아니어도 부모님께 효도는 당연하다. 꼭 그래서만은 아닐 것이나 귀국하자마자 부모님 찾아뵐 생각이었는데 생각하기도 싫은 느닷없는 일로 인해 이제야 부모님을 찾아뵈는데 얘기 순서조차 엉터리라니….

"엄마는 건강하시잖아요 그 말이 진심은 아니겠지만 엄마가 골 안 내게 생겼냐."

"다시는 안 그렇게 골내지는 마! 그건 그렇고 그동안 농사는 어땠어?"

"밭농사는 깨를 심어 그런대로 괜찮았는데 논농사가 시원치 않다."

"비가 제때 안 와서?"

"그렇지. 하늘만 쳐다보는 천수답이잖아."

"천수답에다 농사짓기는 너무 힘들 테니 팔아버리면 안 될까?"

"그럴 생각도 안 한 것은 아니다. 본래 지게를 지기 싫어하시는 아버지라 네 형이 있어서 아직이기는 해도…."

"천수답에 대해 형도 말했을 것 같은데요?"

"그래, 네 형도 말하더라."

"뭐라고요?"

"뭐라고 하겠냐. 임자가 없으면 그냥 버리자고 하더라."

"그러면 천수답 농사를 언제부터 지은 거요?"

"그걸 너는 몰라?"

"나야 모르지요. 어려서부터 농사를 지었으니까."

"엄마도 시집오기 전부터 천수답이더라."

"그러면 할아버지 때부턴가?"

"그런지는 모르겠다만 나이 때문이기도 하고 해서 천수답을 없앨 생각인데 사겠다고 나설 사람이 있을까 모르겠다."

"천수답 살 사람이 없으면요?"

"천수답 살 사람 없으면 산이 되고 말겠지. 네 형도 나 몰라라 할 건데."

"그러면 내가 지을까?"

"아서라 아서. 지게가 싫어 도망간 녀석이."

"지게가 싫다는 걸 엄마는 어떻게 알고."

"엄마가 바보냐? 그것도 모르게…."

"엄마가 안다고 해서 말인데 군대도 지원해서 가게 된 건 지게는 보기도 싫어서였어."

"지게가 싫은 건 네 아버지 닮아서다."

"그러면 아버지도 총각 때부터였을까?"

"총각 때부터였는지는 엄마에게 묻지 말고 네 아버지에게 물어 봐라."

"천수답 만들려면 지게를 지지 않고는 안 될 건데. 그렇게 보면 아버지는 아닐 것 같네."

"천수답을 만들기는 네 할아버지가 고생고생해서 만들었을 것이다. 그렇지만 오늘날은 전날처럼 식량이 없어 굶는 시대가 아니다 보니 천수답은 논으로서 가치가 없게 된 것이다. 그래도 농사를 포기하기는 아까운 논이다."

"그렇지만 형도 농사짓기 싫다면? 없애버리세요. 눈 딱 감고 말이요."

"없애버린다는 말은 좀 그렇다."

없애버린다는 말은 그만큼의 정이 남아 있다는 말이지 않겠는가. 그러니까 잘살게 됐다는 현대사회에서 논농사가 홀대받고 있는 오늘날이기는 해도 비가 많이 내리기라도 하면 논둑이 무너지기라도 할까 봐 염려, 가뭄이 들면 가둬둔 물을 퍼올리기를 그동안 얼마나 많이 했겠는가. 우리 천수답은 그런 논이라 내버리기까지 하기에는 어쩌면 자식 같은 논인 것이다. 엄마는 그런 생각으로 하시는 말씀일 것이다.

"그렇기는 해도 힘들게 농사를 지어도 돈도 안 되는데요."

"그렇게까지는 생각해볼 일이기는 하다. 네 형도 버리자고 하더라만 그렇다고 쉽게 버릴 수 없는 게 전답이다."

"그렇기는 하겠지요."

"군남이 너야 잘 모르겠지만 '그렇기는 하겠지요'가 아니다. 조상이 물려주신 전답은 전에는 돈으로 계산할 수 없는 게 전답이야."

생각해보면 우주선을 타고 달나라 가는 세상에서 전날의 삶을 고집할 필요는 없어도 사람들은 논밭을 마련하기 위해 얼마나 많은 피땀을 흘린 줄 아느냐. 뿐만 아니라 먹을 것 적게 먹어가며 마련한 논밭에서 춤을 덩실덩실 추기까지 했단다. 물론 엄마가 본 게 아니라 들은 얘기지만 말이다. 그래, 군남이 네 말이 아니어도 우리 천수답이 이젠 논으로서는 가치가 없어졌다. 그렇기는 해도 우리가 그동안 생명처럼 여기고 벌었던 천수답이다. 그런 점을 생각하면 쉽게 버리기는 너무도 아깝다. 그래, 천수답은 엄마가 모르는 사정이기는 해도 우리 천수답도 할아버지는 먹을 것 적게 먹고 마련한 천수답이 아닐까 한다.

"많이 크고 말고야. 너보다 더 큰지도 모르겠다."

"천호는 잘도 생겼는데…."

작은아들 백군남은 조카 칭찬을 혼잣말처럼 한다.

"우리 천호도 여간 잘생기지 않았어야. 네 형은 천호 녀석만 봐도 기분이 좋을 거다."

"천호는 그렇고, 엄마 나는…?"

"군남이 너는 아버지처럼 약간 대머리이긴 하다만 엄마가 보기엔 여간 멋지지 않다."

"대머린데 여간 멋지지 않다고요?"

"그러면 너는 아닌 것 같냐?"

"아버지 대머리야 연세가 있으셔서 어울리시지만 나는 한참 젊잖아. 그래서 가발도 생각 중인데 엄마 괜찮을까?"

엄마에게 가발 얘기는 진짜가 아니다. 엄마가 웃으시라고 한번 해본 말이다. 그래, 지금에 와서 생각이지만 어차피 따로 살아가야 할 작은아들이라 집에 있을 필요도 없다는 생각에 엄마 몰래 고향 집을 떠났다. 그러니까 엄마는 이웃집 김장김치 담그러 가시고 집에 안 계시던 날이다. 회사 취직 생각이야 제대를 앞두고부터 해두기는 했으나 회사 취직이 어렵지 않을 것 같은 공장 지대인 안산공단행 버스를 기다리게 된다. 그러나 안산공단행 버스는 한참을 기다려도 오질 않아 하는 수 없이 온양행 버스를 타게 된다. 온양행 버스를 타기는 공장 지대인 안산과의 거리가 그리 멀지 않기 때문이었다. 가을 날씨라 그렇기는 하겠지만 날씨는 쾌청했다. 그러나 사회 진출 초보자 기분은 처음부터 쌀쌀했다.

가을걷이가 끝난 들녘은 참새들이나 이삭 줍느라 바쁠 뿐 횡했다. 아무튼 맘에 드는 회사에서 오라고 손짓해주는 회사가 있을지 약간은 불안했다. 불안하기는 취직이 안 돼 집에 되돌아가서는 부모님 걱정만 더 하시게 하는 일이기 때문이었다. 그러나 온양 버스 터미널에 내리니 취직 불안 해소는 당장이었다. 신진기업 입사 광고가 붙어있어선데 삼시세끼 밥은 물론이고, 누워 잘 자리인 기숙사도 있다고 되어 있어 신진회사는 맞는지 일단은 확인부터 하고 택시를 잡아타고 정문에 들어서니 경비 아저씨는 취직하러 왔느냐고 물어 그렇다고 하니 인사담당관을 만나보라면서 직접 안내까지 해 주었다.

인사담당관은 매우 반기면서 신진기업은 어떤 기업이며 기업 전
망은 밝다는 설명까지도 조리 있게 잘도 해주면서 출근은 내일부
터 해도 된다고 했다. 그래서 출퇴근이 불가능한 전라남도 구례라
오늘부터 기숙사에 재워주면 안 되겠느냐고 했더니 인사담당관은
출퇴근 못 할 건 당연할 것으로 봤음인지 기숙사 방까지 정해주면
서 기숙사 이용규칙 등 아침 식사 시간을 말해주어 절절맸던 맘이
놓였다. 맘이 놓이기는 취직조차 어렵지 않을까 싶어 걱정했는데
귀빈처럼 대접이었기 때문이다. 그래서 "엄마 나 맘에 드는 회사에
취직이 됐으니 소득도 없는 고생뿐인 일만 하지 말고 한번 와봐!"
그럴까도 했다. 물론 취직이 됐다는 말씀은 편지로 했지만 말이다.

"가발…?"
"가발은 아니니 걱정 말어. 엄마가 안 웃으니까 웃으라고 한번
해본 말이여. 근데 엄마는 아버지가 잘도 생겨 꼬드겨 혼인한 거는
아니겠지?"
"꼬드긴다는 건 말도 안 된다. 남자라면 또 몰라도."

꼬드기는 건 남자도 어려운 문제였다. 그러니까 꼬드기는 건 쌍
놈들이나 하는 못된 짓이라고 치부를 해버렸기 때문이다. 그랬기
에 이웃집 처녀가 너무도 예쁘기라도 하면 담 넘어 슬쩍슬쩍 내다
보기만 했고, 처녀 집 문밖에서 얼쩡거리기만 했지. 물론 네 아버

지야 이웃집이 아니기에 그런 일도 없이 부모님끼리 정한 일이지만 말이다. 군남이 네 아버지와 혼인을 하게 된 사실을 모르기는 하나 부모님끼리는 막걸리 한잔 드시면서 사돈 맺자고 말했지 싶기는 하다. 중매쟁이 말이 지금까지도 없는 걸 보면 말이다.

"말이 안 되기는. 처녀, 총각 말이 왜 있겠어. 서로 좋아하라고 있는 거겠지."

"그런가는 몰라도 엄마 혼인 때는 어른들이 정해주는 대로 사는 거야."

"어른들이 정해주기는 했어도 엄마도 아버지를 좋아하는 하셨잖아. 그래서 나도 낳고."

"야! 시끄럽다."

"그런 말 듣기는 괜찮지! 엄마…."

그런 말 듣기는 괜찮지, 말은 아내와 같이 왔어야 했는데. 그렇지 못해 미안해서 하는 말이다.

"괜찮고가 어디 있겠냐. 그냥 살아가는 게지."

"그런데 아버지 병문안 가신 지가 한참인데 아직 안 오시네요."

"그러게 많이 늦으신다. 점심시간이 돼가는데 곧 오시겠지."

"그런데 그동안 우리 밭갈이는 영광 양반이 하셨어요?"

"그러셨지, 항상은 아니어도."

"항상이 아니면 그동안 밭갈이는 누가 했어요?"

생활 형편이 넉넉지 못하기는 했으나 아버지는 무슨 벼슬이나 하신 분처럼 사셨다. 그래서만은 아닐 것이나 우리는 소를 기르지 않았다. 그러기에 밭갈이는 늘 남의 손을 빌려야만 했다.

"그래, 밭갈이는 군남이 네가 집에 없고부터는 나산 양반이 줄곧 해주셨어야."

"나산 양반은 건강하실까?"

"아니야. 쟁기질하기가 힘이 달려 못하겠다고 소도 팔아버렸어야."

"소 팔기는 힘이 달리기도 할 테지만 이제는 기계가 쟁기 대신이 잖아요. 그래서이겠지요."

"그랬는지는 몰라도 이젠 동네에 쟁기가 하나도 없다."

"그렇지만 쟁기가 없는 게 농촌 사람들에겐 어쩌면 좋지 않을까. 그러니까 고생도 편리한 기계가 대신 하니까 말이어."

"농촌 일은 기계가 대신해서 좋을 거라니, 그런 말은 지게가 싫어 뛰쳐나간 너 같은 녀석들이나 하는 소리야."

"지게가 싫어만 나가게 된 게 아니어. 딴 놈들은 몰라도, 나는 어차피 따로 살아가야 할 작은아들이잖아. 그래서 생각인데 엄마는 내가 눈에 안 보일 때 무슨 생각을 했어?"

"무슨 생각을 했겠냐. 다 큰 녀석이 제 살길 찾아갔겠지 했다."

"자식이 눈에 안 보여도요?"

"엄마가 고등학교까지 보내주었으면 네가 알아서 살아가는 게지, 죽을 때까지 품고 살아야 하겠냐."

"그렇기는 해도 엄마는 내 편지를 봤지?"

"봤다."

"보시고는요?"

긴 얘기까지 적지는 못 했어도 세끼 밥도, 누워 잘 자리도 걱정 안 하셔도 되니 걱정은 말고 작은아들 잘되라고 복이나 빌어달라고 했다. 복 빌어달라는 편지가 잘못이 아니었을 텐데 아내는 보란 듯 말도 안 될 짓을 하고 말았다. 엄마에게 그런 말까지 할 수는 없지만.

"그거야 잘됐다 했지."

"그것으로 그만이었어요?"

"아니야. 미안은 했다."

"미안했으면 얼만큼…?"

"거기까지 말해야 하냐. 말도 안 되게."

"그래 말이 안 되기는 하지. 그러나 아버지와 얘기도 나눴을 텐데 아버지는 뭐라고 하셨어?"

"그게 그리도 궁금하냐?"

"당연히 궁금하지, 엄마는 아닐지 몰라도…"

"네 아버지는 다른 말씀은 없고, 장가만이라도 보내주어야 할 텐데, 그러셨다."

"장가만이라도 보내주어야 할 텐데. 아버지 말씀은 죄송하네요."

"죄송 말은 군남이 네가 할 말은 아닌 것 같다. 그러니까 군남이 너는 연애로든 장가를 스스로 들어 딸까지 둔 건 아버지 짐을 덜어준 것이다."

"그러니까 엄마는 고맙다는 거 아녀?"

"그래, 고맙다. 그렇지만 세상살이가 아직은 초년생이라 삶이 무엇인지도 아직 모를 게다. 그렇게 말하는 건 네 아버지나 엄마는 세상을 그만큼 살아본 경험으로 부모 노릇 하기가 이렇게 무겁게 느껴질 줄을 짐작이나 했겠느냐. 그러니까 우리의 형편이 너무도 부족한 상태에서 고깃배 운영도 네 처가 절대 도움만이었다는데 창피도 하다."

"창피라니요. 처가의 도움이기는 하나 어디 나만 그런가요. 처가 살이나 다름 아니게 살아가는 사람 많아요."

"그거야 엄마도 알지. 그렇지만 미안한 건 어쩔 수 없다."

"알기만 하세요. 엄마. 처가의 도움이기는 하나 도움을 주고받는 건 당연해요."

"그렇기는 해도 벼락 맞을 생각이나 군남이 네 처가와 만날 기회가 없으면 한다."

"그러시면 안 되는데. 아무튼 장가도 스스로였고, 고깃배 운영도 스스로 했을 땐 뭐라고 하셨어?"

"다른 말씀은 없고 어릴 적부터 야무지기는 했지. 그런 눈치였다."

"그러셨군요."

"그래, 조심해야 할 말까지 해버려 미안하다만 군남이 너는 밭갈이 얘기하다 말고 엉뚱한 말 묻냐."

"엉뚱한 말이 아니어요. 그동안 궁금했던 얘기예요."

장성한 작은아들이라 집을 떠나 따로 살아가야겠으나 그렇다 해도 집을 엄마 몰래 뛰쳐나와 십여 년 넘게 살아오는 동안 그리도 곱기만 하셨던 우리 엄마는 거의 노인이 되셨다. 물론 명절 때마다는 찾아뵙곤 했으나 중동에 가 있는 동안 엄마는 노인이 되고 말았다. 자식으로서 너무도 슬프다. 그래, 누구도 원치 않을 노인의 길로 가기만 하는 세월이 원망스럽다.

"궁금은 하겠지. 근데 우리 동네가 쟁기질도 해야 할 농우도 없다."

"엄마 말은 쟁기가 없어진 게 너무 서운하다는 것 같은데. 그런 건가?"

그렇다. 여자들은 쟁기질하는 사람 새참거리로 막걸리 안주도 녹두부침개로든 '한잔 더 드십시오'했다. 그것이 이웃 간에 정을 나누는 정의 통로가 되기도 했다. 그래서 세상을 물질 풍부로 살 수만은 없다. 부족하지만 주거니 받거니, 그렇게 살아야 하는 게지. 그래, 이젠 노인이 되고 마셨으나 우리 엄마도 여간 예쁜 게 아니었다. 엄마를 따라다니면서 우리 엄마가 얼마나 예쁜지 다른 아이들 엄마와 비교도 하게 되곤 했다. 그렇게 보면 예쁜 것을 탐하기는 비단 어른들만은 아닌 것 같다.

"말해 뭘 하냐. 서운하지."

"근데 엄마, 이거 받아."

작은아들 백군남은 수표로 만든 돈 3백만 원씩이 담긴 봉투 세 개를 엄마에게 내밀면서 말한다.

"이게 뭐냐?"

"이건 돈인데 현금이 아니라 수표여."

"웬 돈까지냐? 그리고 봉투가 무슨 세 개까지냐?"

"현금은 부피가 너무 커, 수표로 만든 거여. 그러니까 수표이기는 해도 현금이나 마찬가지여. 그리고 봉투가 세 개인 건 하나는 엄마 거. 또 하나는 아버지 거. 또 하나는 천호 거여. 그런데 천호 거는 엄마가 말 잘하고 줘. 그러니까 삼촌 노릇 그동안 잘못해 미안한데 앞으로는 잘할 거라고."

작은아들 군남이는 수표 5십만짜리 여섯 장씩을 담아 아버지 봉투까지 마련했다. 아버지 봉투까지 따로 안 만들어도 엄마는 아버지를 위해 쓰실 것이기에 아버지는 섭섭해하시거나 그렇지는 않으시겠지만 그래도 아버지 기분이라도 좋게 해드리기 위함이다. 아버지 봉투가 따로기는 해도 아버지는 엄마에게 드릴 것은 짐작까지 필요 없지만 그렇다.

"내 아들 얼굴만 봤으면 됐지 무슨 돈까지냐."

"그래도 아니어. 엄마."

"받기는 하겠다만 이 돈 너희들이 쓰기도 바쁠 텐데 주냐."

"이건 엄마가 그동안 키워주신 감사함이기도 한데 처음이라 미안해, 엄마."

"미안은 무슨 미안까지냐."

"엄마 앞으로는 돈 많이 벌어 엄마 용돈도 자주 드릴 건데 오늘은 일차적 봉투야."

수표가 담긴 봉투가 엄마에게는 큰돈일 수도 있어 좋아하시는 눈치다. 그렇기는 그동안의 사정을 보면 장보기 정도의 돈뿐이었기 때문이다. 나는 돈을 벌기 위해 가정을 소홀히 했을 정도로 아내와 오랫동안 떨어져 살기는 했어도 그만한 목돈도 벌었다. 때문이라고 말할 수는 없어도 그런 정도의 용돈은 작은아들로서 당연하다. 조카 천호에게 주게 되는 돈도 그렇다. 삼촌 역할이다. 그런 점에서 아직이지만 뜻한 대로 장사가 잘되면 좋겠으나 그렇지 못해도 부모님을 모시고 살아가다시피 하는 형을 도와야 한다.

"믿고 안 믿고, 네 아버지는 이 돈 받고 뭐라고 하실지 모르겠다."

"고맙다 그러시지 않을까?"

"글쎄다."

"근데 엄마, 아버지 몫으로 드린 용돈 엄마에게 보관하라면서 주실 거잖아. 그래도 엄마는 받지는 말어."

"그건 왜?"

"왜가 아니라 오면서 큰돈까지는 못 되나 돈도 벌었다는 생각이 들면서 아버지 지갑도 만들어드리면 어떨까 그런 생각이 들더라고.

그러니까 아버지 용돈은 엄마가 알아서 챙겨드리기는 하시겠지만 용돈 받는 기분은 엄마 눈치가 보일 것이다, 그런 생각이 들더라고. 그래서 아버지 지갑을 따로 만들어드리면 아버지는 엄마 눈치를 안 봐도 되잖아요. 그렇기도 하지만 돈지갑이 내게도 있다는 든든한 맘이지 않겠어요. 그리고 아버지는 내 작은아들이 준 지갑이라고 자랑도 하고 싶으실 게 아니요. 물론 맘속으로요."

"아이고… 우리 둘째가 말을 하고 있는지 영감은 들리시오."

"엄마는 무슨 칭찬까지요. 아무나 할 수 있는 일인데. 다만 그동안 엉터리로만 살아서 생각을 못 했을 뿐이지."

이 같은 일에 있어 생각해보면 돈을 쓰더라도 내가 벌어서 쓰게 되는 돈과 남편(아내)으로부터 받아서 쓰게 되는 돈은 많이도 다를 게 아닌가. 그러니까 누구도 아닌 곧 우리 아버지 말이다. 아버지야 돈 쓸 만한 곳이 없다 해도.

"그렇기는 해도 네 아버지는 내게 다시 주실 거다."

"주서도 엄마는 받으면 안 돼요."

"그러면 필요할 때 달라고 테니 보관하라면서 주서도?"

"그래도요."

"그래, 알았다. 어느 아들도 아버지 지갑을 따로 만들어주는 군남이 너 같은 아들은 아마 없을 거다. 남의 사정을 모르기는 해도."

"그렇다고 엄마는 다른 사람에게까지 자랑은 하지 말어."

"그래, 알았다."

"그리고 천호 거는 엄마가 주어. 천호에게 주되 형 맘 상하지 않게 말이여. 물론 엄마가 알아서 하시겠지만 차라리 안 주느니만 못할 수도 있어서여. 그러니까 돈 좀 벌었다고 위세야 뭐야, 그럴지도 몰라서요. 물론 형이야 그럴 리는 없겠지만 돈이란 요상해서 좋기도 하지만 안 좋기도 하다는 말을 들어서여. 그리고 아버지 거는 나 집에 가고 없을 때 드려!"

"그래, 그렇게 할게. 아무튼 봉투 고맙다. 고맙기는 군남이 네가 봉투를 주어서만이 아니다. 군남이 네가 어렸을 때 생각이다. 네 형이 시키는 일마다 싫다는 기색 없이 잘도 해내는 걸 보면서 엄마는 그래야지 했다. 그래서 말이지만 부모에게 잘하는 게 효가 아닐 것이다. 형제들끼리 주거니 받거니, 오순도순 살아가는 것이라고 엄마는 생각한다."

"엄마 그런 말은 어마어마한데 언제부터 알게 된 거여?"

"별말도 아닌데 군남이 너는 감동까지 하냐?"

"당연히 감동이지. 누구한테도 못 들어본 얘긴데. 그건 그렇고, 엄마. 안사람 너무 혼내키지는 말어. 알았지?"

"뭐…?"

군남이네 장인어른이 병났다는 말은 둘러댄 게 분명하다. 제 색시를 감싸려는 태도로 봐… 그렇다면 며느리에게 무슨 안 좋은 일이라도 있다는 건가? 그래, 부모는 죽어야 맘 편하다는 말이 애미를 두고 하는 말인 것 같다만….

"엄마, 그건 아니어. 그냥이어."

"그냥이라니, 무슨 소리야. 말도 안 되게."

"말이 안 되기는 해도 그런 줄 알아, 엄마."

"그런 줄 알기는 하겠다만 엄마 속일 생각은 하지 마라."

"엄마 속일 생각을 왜 해. 말도 안 되게. 그렇지만 지금 한 얘기 아버지께는 안 하기야."

작은아들 백군남은 아내가 저지른 잘못을 감추기 위해 안간힘을 쏟기까지 한다.

"임자, 누구 온 거요? 못 보던 신발이네."

"아버지, 저 왔어요."

작은아들 백군남은 바쁘다는 이유겠지만 신발도 안 신고 맨땅에서 인사다.

"그래, 군남이 너 몸은 괜찮고…?"

군남이 너는 외국으로까지 갔다 왔으니 몸은 괜찮기나 하는지 아버지는 작은아들을 빤히 보면서 말한다. 아무튼 부모에게 자식이란 누군지 설명까지 필요하겠는가마는 상황에 따라서는 생명을 대신할 수도 있는 존재가 아닌가. 그러니까 누구든지라고 말할 수는 없어도 자식이 병나면 사는 집을 팔아서라도 병을 고쳐주는 게 부모일 테다.

"예, 괜찮아요."

"그래, 그러면 이렇게 서 있을 게 아니라 방으로 들어가자."

"…"

세월 때문이라고 말할 수는 있겠으나 우리 아버지는 생각보다 많이 노인이시다. 아버지가 이렇게 노인일 때까지 나는 그동안 무슨 생각으로 살았나? 아들 백군남은 아버지 어머니께 큰절이다. 오늘 큰절은 평소 명절 때 절과는 다르다. 그러니까 말도 안 될 잘못을 저지른 아내와 같이 못 온 죄책감도 포함한다. 그게 아니어도 부모님께 큰절은 멀리서 왔을 때다. 그렇기도 하지만 부모께 큰절은 자식이라는 절대적 상징성 때문이기도 하다. 그러니까 변한 새 시대에서는 버려도 될 도덕적 윤리를 따지는 게 아니다. 어렸을 때 본 생각이지만 나는 자식으로서 부모를 정성껏 모셔야 한다는 전날 시대를 말하자는 것이 아니다. 부모님 앞에서는 피로 연결된 수직적 관계임을 한시도 잊어서는 안 된다는 말을 하고 싶어서다. 특히 자식이 있다면 효라는 교육 차원이기도 하고.

시대적 윤리에 맞는 효孝는 자식으로서 필수다. 시대적 윤리에 맞게는 부모님께 용돈이든 가시적 태도가 아니다. 부모님 걱정을 끼쳐드리지 않는 것을 말하는 것이다. 그러니까 효孝 자를 군이 풀어 표현하자면 수직적 관계로 부모를 높이 모시는 회의문자다.

그걸 여기서 따지자는 건 엉터리일지 몰라도 이런 문제에 있어 무시해서는 안 될 대가족제도다. 대가족제도는 공자가 말한 철학

이념에 따라 유교가 만들어낸 제도이기는 해도 말이다.

어떻든 대가족제도가 있기까지 설명하자면 동양철학 얘기로 중국 송나라 명나라 때 주희가 집대성한 유학의 한 파로 실천 도덕과 인격과 학문의 성취를 역설하였다고 말한다. 그런 유교가 우리나라에는 고려 말기에 들어와 조선의 통치 이념이었으며, 성리학으로까지 체계화되었다고 말하는 것 같다.

그렇다 해도 우리의 삶을 그것에다 맞추기는 현실적으로 어렵겠으나 아버지, 어머니, 아들딸이라는 명칭은 언어로만 유지해서는 안 될 것이다. 그런데도 작은아들인 이 백군남은 아버지 어머니는 따로라는 생각을 하는 것 같아 죄송하기 그지없다.

"군남이 네 댁이 눈에 안 보이는데 어디 갔냐?"

작은아들 혼자 왔을 수는 없다는 아버지 생각이기 때문이다. 오랜만이기도 해서다.

"아니요, 못 왔어요. 아버지."

"못 오기는 왜?"

"같이 오려고 했는데 그렇게 됐어요. 아버지."

아버지는 걱정의 말씀일 것이나 아버지도 알고 계시겠지만 아내가 시댁이 싫어서 같이 못 온 게 아니어요. 아내가 저지른 잘못은 너무도 커 시부모님을 차마 뵐 면목이 없기 때문이어요. 그래서 아내 지금의 기분으로 시댁에 올 수 없다는 게 괴로울 거예요. 물론 말도 안 될 짓을 저지른 탓에 괴로워하는 걸 보면서 같이 가자고 말도 꺼내지 못했어요. 그렇지만 혼자 와서 아버지 뵙기는 아들로 서 말이 아니어요. 같이 못 온 아내도 지금의 내 맘 모르지는 않겠 지만 그러냐고 물을 필요도 없이 얼마나 괴롭겠어요. 아내는 아버지 작은며느리로서 그동안 칭찬받던 아내였잖아요. 그래서 밉기보다는 남편으로서 측은지심이어요. 아무튼 아내와 동반하지 못하게 된 게 죄송해요.

"그렇구먼. 그건 그렇고. 군남이 너 귀국한 걸 네 형도 동생들도 알고 있겠지?"

"예, 아버지."

"만나보기도 했고?"

만나보기도 했고 말은 얼떨결에 나온 말이라는 듯 아버지는 다른 행동을 하려 하신다.

"아직이어요, 곧 만나볼 생각이어요. 아버지."

"그래, 곧 만나거라."

이렇게 온 김에 만나보고 가는 게 어떻겠냐고 아버지는 말하려 했다. 그래, 어린이도 아니기에 말 안 해도 알아서 하겠지만 바쁘다는 핑계로 훌쩍 가버리면 아버지 체면이 아닐 수도 있어서다. 그런 문제에 있어 다른 말을 하면 경조사에 참석하지 못한 형제 부조금도 대신한단다. 부조금 대신은 형제를 위함만이 아니다. 부조금을 대신 냈다는 말은 누구에게도 하지 말아야 할 것은 물론이고.

"집에 없어요."

백군남 엄마 말이다.

"집에 없으면 어디 갔는지 임자는 알아요?"

"천호 공부방 얻어준다고 서울 갔어요. 그래서 오늘은 못 올 거요."

"그러면 천호는 그동안 어디에 있었고…."

"그러니까 본과 공부라 기숙사에 개인 방으로 옮긴다는 거지요."

"그러면 군기 혼자?"

"군기 혼자가 아니라 천호 어미랑이요."

"그렇구먼. 그러면 하는 수 없지. 그렇지만 곧 만나거라."

"예, 아버지."

아버지의 곧 만나거라 말씀은 변치 말아야 할 형제들 우애 차원이기에 하시는 말씀이다. 아버지 말씀이 아니어도 형제는 자주 만나야 한다. 아내가 저지른 잘못에 대해 말씀드릴 수는 없어도 이젠 해결이 됐으니 곧 만날 생각이다.

"그리고 군남이 너는 네 형에게 잘해라. 그렇기는 네 형은 밖으로 나가고 싶어도 아버지 때문에 나가지 못할 것이다. 이런 말까지는 자격이 없게 살아온 아비이기는 하다만 그렇다. 그리고 네 처가에다도 신경 써라. 처가에 신경 쓰라는 건 네 장인은 포로병이라 친인척도 없을 것 같아서다. 친인척도 없는 데다 있어야 할 아들까지도 없다. 아들이 없다는 건 외로움을 안고 산다는 의미다. 그래서 하는 말이나 군남이 너는 책임이 없는 막냇사위이기는 해도 아들 노릇도 하라는 것이다. 그렇기는 군남이 너야 포로병 사정을 모르겠지만 두고 온 고향이 얼마나 그립겠냐. 그래서 고향으로 가서 살 건지, 지금의 딸들과 살 건지 선택하라고 한다면 고향에서 살고 싶다고 네 장인은 그러실지도 모른다. 군남이 너는 그런 점도 참작하라는 것이다. 그러니까 너는 어차피 아비와 따로 살아가야 할 작은아들이기 때문이다. 물론 아비가 그런 말까지 안 해도 군남이 네가 다 알아서 하겠지만 네 장인은 군남이 너를 아들 노릇도 해주길 바라실 것이다. 물론 짐작이기는 하다만."

"알겠습니다. 아버지."

네 처가에게도 잘해라 아버지 말씀은 가슴에 새겨두어야 할 말씀이다. 아버지 말씀이 아니어도 장인은 포로병인데다 처남은 없고 장가들게까지 애써준 처형과 말썽을 부린 아내뿐이다. 그러기에 아들 노릇도 해드려야 한다. 그렇기는 막냇사위라는 관계적 문제를 넘어 현재의 삶보다 더 평온하게 살아가야 할 문제이기도 해서다. 장인께서 주신 편지 내용에는 나를 데릴사위로 생각도 하셨다지 않은가. 인간으로서 삶의 보편적 가치가 뭔가 하는 설명까지 필요하겠는가마는 인간관계 설정을 돈에 두지 말자는 게 그동안의 생각이다. 그렇다고 칭찬까지는 아니다.

"그리고… 아니다."

백군남 부친은 부모로서 가장 듣기 좋은 말은 주변도 살핀다는 말까지 하려다 잔소리로 들을지도 몰라 그만둔다.

"아니다만 말고 말씀하세요."

백군남 엄마 말이다.

"그래, 생각해보면 아비 노릇도 못 하고 나이만 더해진다. 그러니까 동네 사람들이 아비를 어른으로 여겨준다는 엉터리 생각만으로 지게도 안 지고 살았다. 그런 잘못을 지금에 와서 바꿔 살기는 네형이 사실상 필요해서니 군남이 너는 그런 줄로 알아라."

"예, 아버지."

"이런 말까지 해도 될지 몰라도 아비는 농촌 사람으로서 지게는 당연함에도 그게 아니라 한자 공부 좀 했다 해서 무슨 벼슬이나 한 사람처럼 살아왔다는 게 미안해서다. 그래, 잘못 살아온 걸 다 늙은 다음에 후회한들 무슨 소용이 있겠냐마는 다른 사람들처럼 지게도 지고 그랬으면 네 형도 군남이 너처럼 밖으로 나가 살 수도 있을 게 아니냐. 그러함에도 아비는 그런 길을 가로막은 거나 다름 없기 때문이다. 그렇다고 의도는 아니나 결과적으로는 말이다. 그리고 특히 네 댁에게 잘해라. 살아가면서 찬밥신세 안 되려면…."

"예, 아버지."

아버지는 그렇게 말씀하시지만 동네 친구들은 중학교밖에 못 다녔으나 우리 여섯 남매는 고등학교까지 다녔다. 그렇기는 교육열이

강하신 아버지가 보내주셨기에 가능했다. 그러나 형은 밖으로 나가 살기에는 부모를 모시고 살아야 할 큰아들이다. 장가도 군대에 다녀오자마자 들게 해서 보기 좋게도 아들 손주를 낳아 지금은 대학생까지 됐지만 말이다.

"그런데 찬밥신세라는 말은 무슨 말씀이요?"
생각해보니 잘못 살아왔다는 남편의 연설 같은 말에 고개까지 끄덕이며 듣던 백군남 엄마 말이다.
"임자에게 한 말이 아니어요."
"나는 그렇게 안 들리는데요."
"어허…."
"어허는 무슨 어허요. 사실이잖아요."
"또, 또, 또."
아버지 '또, 또, 또'까지는 집안 어른임을 인정하라는 말씀일 것이다. 그렇기도 하지만 네 댁에게는 잘하라는 말씀도 그런 면으로 읽음이 정확할 것 같다. 그래서든 아버지는 아내의 잘못한 사실을 알고 하시는 말씀일까? 아니면 돌아가는 세상일 꿰뚫고 보시는… 이른바 천리안으로 보고 하시는 말씀일까? 아버지는 동네에서 일어나는 복잡한 일이 있기라도 하면 해결하시곤 하셨다. 그러시기에 나는 아버지를 존경을 넘어 하늘같이 여겼다.

그래서인지 성장할 때도 아버지 앞에서는 여간 조심이었다. 어렸을 적 기억이나 아버지는 문중 시제 지낼 때마다 데리고 다니셨다. 그렇기는 아버지는 요 녀석이 둘째다 하셨다. 아버지는 문중 시제에 참석한 어느 분보다 인물이 훤하셨다. 그래서 아버지 곁에 서게 되는 걸 좋아도 했다. 아무튼 아버지는 대답하기 어려운 사정을 어머니처럼 꼬치꼬치 따져 묻지는 않으신다. 다행이다. 나이 칠십이 넘은 부모님들은 다 그러리라 싶으나 아버지는 중동에 나가 있는 동안 한참 노인이 되셨다. 물론 늙는 길 가로막을 수 없는 연세이기는 해도 자식으로서 죄송한 맘이다.

"잘 갔다 왔어?"

느닷없이 말썽부린 아내 이남순은 남편 혼자 보냈다는 것이 미안해서 하는 말이다. 그래, 어찌 미안하지 않겠는가. 남편이 중동에 나가 있는 동안 못된 짓은 그만두더라도 그동안 열심히 송금해 준 돈까지 날릴 뻔했는데. 아니 날렸는데.

"잘 갔다 오나 마나 당신 남편 죽는 줄 알았다."

아내는 작은며느리로서 부모님 뵈러 가겠다는데 고맙기는 하나 명절이면 찾아뵙던 전날처럼은 아닐 테다. 이제는 필요 없는 생각이지만 아내의 잘못은 내 잘못이 더 크다. 아니라 할 수는 없다. 세상을 살아가다 보면 잘했다는 건 거의 없고 후회가 대부분일 테지만 나는 그런 남편이다. 어떻든 이렇게까지 생각을 짐작이나 했는가마는 없어진 돈 포기할 수밖에 없었는데 처형이 애써주어 해결됐다. 해결됐으니 아내는 그런 점에서 가게 될 게 아닌가. 아무튼 잘 갔다 와. 남편 백군남은 그런 생각에서인지 화장대의 아내를 물끄러미 본다.

"미안해."

이남순은 아내로서 진심이다.

"미안해 말에다 여보라는 말도 포함하면 안 될까?"

"알았어."

"그런데 아이고… 웬 낙지볶음까지야. 소주는 없어…?"

구례에 계시는 부모님 뵙고 온 백군남은 '웬 낙지볶음까지야. 소주는 없어?'너스레까지 한다. 너스레까지는 생각하기도 싫은 엉뚱한 짓 때문에 죄인이라는 생각에 풀이 죽어 있는 아내를 달래기 위함이다.

"있어, 가져올게."

"그래, 가져와. 그리고 이젠 웃어버려. 당신 힘들어하는 맘 나 알아. 그렇지만 당신이 웃어주지 않고는 나도 웃을 수가 없잖아."

"…"

당신은 웃으라고 말하지만 웃어지지가 않는 걸 어떻게 해. 그래서 나도 죽을 맛이야. 이런 말까지 할 수는 없어도 언니 앞에서 죽어버릴까 그런 말도 했어.

"이미 해결된 일 가지고 시무룩하지도 말고, 처음에야 해결이 잘

안될까 봐 걱정은 했지만 말이여."

"알았어."

"알았어가 아니야. 당신 시무룩한 모습은 나도 싫지만, 동네 사람들이 보기라도 하면 뭐라고 하겠어."

"여보, 나 구례에 다녀올까 봐."

아내 이남순은 시댁 어른들을 찾아뵐 맘이겠지만 화장대 앞에서 말한다.

"그러면 언제?"

"내일."

"당장 내일…?"

"그래 내일."

너무 늦어서도 안 되지. 시부모님은 어떤 분이신가. 작은며느리라고 자랑도 하고 싶어 데리고 다니신 분 아닌가.

"잘 생각했어. 갔다 와. 그리고 내 말 물으시면 대답도 잘하고."

내 말 물으시면 대답도 잘하라는 말까지는 자식으로서 말도 안 되게 아내를 감싸려는 말을 했기 때문이다.

"안녕하세요."

이남순은 시댁에 다녀올 생각만으로 버스터미널에 나와 있는데 아는 아줌마가 옆에 서 있다.

"아이고, 누구야. 정순이 엄마 아니야! 차림을 보니 멀리 가려는 가 보다."

"예, 어디 좀 다녀오려고요."

이남순은 전날처럼 당당하지 못한 소리다. 그런 일이 있기 전에 는 아니었는데 이게 뭐야. 모두가 복잡하라고 맘먹고 저지른 일도 아니나 지금에 와서 후회한들 무슨 소용이 있겠는가마는 내 잘못 을 모두 말하려는가 싶어 눈치가 보인다.

눈치가 보이는 건 일시적이지만 시부모를 뵈러 가면 시부모는 이 제야 오느냐고 보실 게 아닌가. 두렵다. 남편은 돈 벌러 중동에 갔 으니 혼자라도 명절 때마다 갔어야 할 건데 그렇지 못했기 때문이 다. 그동안 잘못만 아니었으면 늦어서 죄송하다고만 하면 될 일인 데, 이게 뭔가. 물론 백씨 집안 며느리로 살기란 쉬울 수는 없겠지 만 지금의 꼴은 말이 아니다. 꼴은 아니지만 어쩌겠는가. 기다리실 지도 모를 시부모가 계시는데. 잘못만 아니었으면 시어머니는 작은 며느리 왔다고 자랑도 하실 것이다.

"그렇구먼, 그러면 잘 다녀와."

"예, 다녀올게요."

아니, 다녀올게요 말은 내가 잘못을 저지른 죄인임을 스스로 말 하고 있는지 모르겠다. 양산댁은 이웃 동네에 살기는 해도 농사철 이면 품앗이도 하면서 살아가는 그런 괜찮은 관계다. 그래서 문제가 될 수 있는 흉 말고는 이런저런 얘기를 나누면서 살아갈 어쩌면 인척 같은 관계다. 물론 보험설계사라는 직업 성격상 보험 관리를 해주는 고객이기도 하지만 말이다. 인간관계는 이유 있는 상관관계일 때 더 돈독해질 것이지만 양산댁과는 친인척만 아닐 뿐, 하고 싶은 말 다 하고 살아가는 그런 관계다.

아무튼 시댁에 갈 시외버스가 들어온다. 시댁에 갈 버스이기는 해도 직행이 아니라 광주 터미널을 경유하는 버스다. 그래서일까 많은 손님이 버스에 오른다. 시댁에 갈 만한 사정이 없어서 그러기는 하나 남편이 중동에 가고 없을 때부터는 오늘이 처음이다. 그렇게 된 것은 물론 내 잘못에서 비롯된 일이지만 말이다. 어쨌든 타고 갈 버스는 출고된 지 얼마 안 된 것 같다. 버스 안이 깔끔하다.

아무튼 나는 버스를 타고 시댁에 가고 있다. 그렇기는 해도 편치 못한 맘은 어쩔 수 없다. 잘못만 저지르지 않았어도 차창 넘어 들녘 구경도 하면서 갈 것이다. 그렇지만 오늘은 그렇지도 못하고 이게 뭐야. 생각해보면 초등학생인 딸까지 둔 여편네가 말도 안 되게 딴 남자인 시청 과장과 즐겼다니… 그나마 다행인 건 임신이 아니기는 하다. 그렇더라도 천벌을 맞아도 쌀 여편네다. 남편의 편지를 보면 하는 일이 어렵지 않아 1년 반만 더 있겠으니 고생스럽겠지만 참아달라고 했다. 그렇지만 시청 과장과 놀아나는 건 그만두더라도 빌려준 돈 되돌려받지도 못한 상태에서 연장 날짜가 임박해오자 로또복권을 사기도 했다.

로또복권 1등 당첨금이면 시청 과장에게 빌려준 돈 되돌려받지 않아도 될 건데 로또복권 당첨 복은 아무에게나 오는 게 아닐 것으로, 로또복권 투자금만도 수십만 원을 날렸다. 로또복권 당첨이 끝끝내 꽝이고 말았으나 당첨만 되면 빌려준 돈보다 훨씬 많을 게 분명해 로또복권을 몇 번 살 때까지는 빌려준 돈 돌려받지 않아도 괜찮을 것 같아 잠도 차분하게 잘 잤다. 그랬으나 로또복권 당첨은 이름 모를 누군가의 일일 뿐 로또복권 1등 당첨이 절실한 내게는 감감무소식이었다.

감감무소식이기는 해도 로또복권 1등이 희망인 나로서는 로또복권에다 더 많은 돈을 투자했다. 그러니까 한 주에 자그마치 십만 원까지도 말이다. 그러나 매번 꽝만이다. 남편은 무슨 꿍꿍이속인지도 모르고 귀국을 할 건데. 그동안 잘못되게 살아온 사실을 언니에게 고백할 수밖에 없어 고백했다. 그렇게까지는 심정적으로이기는 해도 부모 같은 언니이기 때문이다. 그래서 말도 안 되기는 하나 빌려준 돈 되돌려받으려면 불륜 장면을 남편에게 들통나게 하자고 해서 싫기는 하나 연극을 하기로 했고.

언니가 말한 그대로를 남편에게 말하니 기막힐 일이기는 하나 돈만은 찾아야 해서 동의를 해주어 마침내는 해결이 되기는 했어도 시어른들을 무슨 얼굴로 찾아뵐 것이며, 내 잘못을 시부모님이 아시기라도 하면 무슨 말로 변명을 할지 걱정이다. 사실이지만 변명하자면 하루라도 없어서는 안 될 남편은 중동에 가고 없으니 남자가 그리울 생과부가 아닌가요 그렇게 말할 수도 있지만 그런 생각은 말도 안 되나 시부모님 뵙는 것을 이혼을 전제로 해야 할 것이지만 '이제부터 남순이 너를 내 며느리로 여기지도 않을 테니 그런 줄 알고 신발도 벗지 말고 당장 되돌아가거라!' 그러시지는 않으실지? 아니야, 거기까지는 지나친 상상이야. 우리 시아버지는 나를 민망할 정도로까지 예뻐해주시곤 하지 않으신가. "작은애야! 이것은 블라우스 값이다. 사랑한다." 분에 넘칠 정을 담기도 하셨다. 시어머니께서도 용돈을 주시기 위해 그동안 말려두었던 고구마 순 보따리까지 쓰셨고 말이다.

시부모님은 그리하셨음에도 나는 말도 안 될 짓만 하고 말았다. 그런 잘못만 아니었다. 남편이 고생고생해서 송금해준 큰돈까지도 몽땅 날릴 뻔했던 바보였지 않았는가. 후회는 하지만 그렇게까지 된 것은 남편이 없어서는 잠을 이룰 수가 없어서였다고 해야겠다. 그러니까 학교 다니는 딸이 있기는 해도 남편이 돈 벌어 오겠다고 중동으로 가고 없으니 이겨내기 힘든 생과부로서의 고통 말이다.

그런 와중에 좀 도와달라는 보험 아줌마에 의해 보험 회사에 발을 들여놓게 되었고. 보험 고객 이상으로는 만나지 말아야 할 남의 남자를 만나게 됐고, 마침내는 전 재산일 수도 있는 큰돈까지 떼일 뻔했다. 그랬던 일을 지금에 와서 후회한들 소용없는 일이지만 생각해보면 이렇게까지는 생과부로 만든 남편 잘못도 없지는 않다. 아니, 더 클 수도 있다.

그러니 내가 할 말은 아닐지 몰라도 젊은 여편네가 남편도 없이 잠들 수 있겠냐는 것이다. 그래서 보험 회사에 발을 들여놓게 됐고, 보험설계사는 실적으로 답해야만 해서 빠지지 말아야 할 시청 과장이라는 수렁에 빠졌고, 수렁에 빠진 것으로 그만이 아니라 나중에 되돌려받기는 했으나 남편이 그동안 고생고생해서 송금해준 2억 원이 넘는 돈까지 없앤 것이다.

아무튼 나는 백씨 집안 작은며느리로서 그런 생각으로 시댁을 장장 5시간을 갔는가 싶고 시댁 가는 시외버스는 벌써인가 싶게 구례 터미널에 도착한다. 버스터미널이라 사람들로 북적인다. 그렇지만 나를 알아볼 사람은 누구도 없는 것 같아 다행이다. 다행이라는 느낌은 도둑 제 발 저리듯 내 잘못을 모두 알고나 있는 듯하다.

시댁 동네까지 가는 버스로 갈아탄다. 시골 버스는 중고 버스는 아닐 텐데도 시외버스와는 너무도 다르다. 많이 안 좋다. 많이 안 좋으나 시댁에 가는데 버스가 좋고 안 좋고가 무엇이 중요하겠는 가. 목적지까지만 태워다주면 되는 게지. 생각해보면 남편이 중동에 간 후로는 처음이지만 시댁 동네는 옛날 그대로인 듯하다.

그대로이기는 해도 눈치가 보이고, 시댁이 초행길이 아님에도 어리둥절해진다. 그동안 못 봤던 중년 여자가 차에서 내리고자 한다. 그래서 조금은 걸어야겠으나 또 세워달라고 하기는 미안도 해서 이남순은 같이 내린다. 저 앞에 보이는 시댁은 맨 끝 집으로 마당도 환하게 보인다고 할까, 어쨌든 시골 분들은 특별한 일 말고는 집에 계시겠지만 시아버지도 시어머니도 집에 계셨는지, 시어머니는 무슨 일로 가시는지 호미 들고 뒤뜰로 가시는 게 아닌가. 반갑지도 않을 작은며느리가 오고 있는 줄도 모르시고. 물론 남편이 돈 벌러 중동으로 가고부터는 처음이라 작은며느리인 내가 오리라 짐작이나 하셨겠는가마는 그동안의 시청 과장과 지저분하게도 놀아났던 일들이 지워지지 않고 어제 일처럼 떠오른다.

시부모님이 아니어도 말도 안 될 잘못의 사실을 말할 수는 없어도, 시청 과장이 너무도 좋아 한번 안아보고 싶은 맘이 간절해 밤잠을 설치기도 했고 소고기 스페셜이란 나같이 젊은 여자 사타구니를 말하는 거라고 야한 설명까지 했다. 그랬던 화냥년의 모습을 시부모님께 보여드리기는 너무도 큰 부담이다. 물론 그렇다는 모습이 얼굴에 쓰여있지는 않아 사실을 말하기 전에는 모르시겠지만 말이다.

아무튼 남편이 내 잘못은 말했을 테니 야단맞을 각오는 돼 있다. 그러나 시부모님은 무슨 말로 묻게 되실지 모르겠다. 바라기는 대답하기 어려운 물음은 안 하실 것으로 믿으나 지난번에 네 남편과 같이 못 온 것은 무슨 일이 있어서냐 물으실 건 짐작이 필요 없다. 그렇다면 무슨 말로 변명할지 문제다. 변명도 사실에 가깝게 해야 할 텐데 야단이다. 야단이나 그동안의 잘못을 빌러 온 게 아닌가.

그렇기는 하나 두려운 건 어쩔 수 없고 후회다. 그래, 지금에 와서 후회한들 무슨 소용이 있겠는가마는 선배 보험설계사 아줌마가 보험 회사로 끌고 간 게 아니라 언니처럼 식당 계산대에서 일하는… 이른바 식당 카운터 같은 일을 했다면 이런 사달이 나지 않았을 것이다. 그동안 만나 즐겼던 시청 과장과 같은 남자를 만날 기회가 없을 테니까. 물론 아닐 수도 있지만 말이다.

그러니까 돈 많고 멋진 남자가 차라도 한잔하자면서 치근대기라도 하면 생과부라는 입장에서 치마나 잠깐 올려줄 수는 있겠으나 남편이 고생해서 열심히 송금해준 돈까지 없애지는 않았을 것이다. 이런 문제에 있어 누구는 아니라고 말할지 몰라도 젊은 여자로서 한창임을 제어할 능력이 있는 사람 있으면 한번 나와보라고 하고 싶은 맘이다. 뿐만이 아니다.

시부모님 뵙고 오겠다고 남편에게 용감하게 말은 해서 남편은 시댁에 무사히 도착했을 것이며, 시부모를 뵙게 되면 무슨 말로 변명하게 될 건지 궁금해할 것은 짐작까지 할 필요도 없다. 아무튼 함석으로 된 시댁 대문짝 칠은 언제 했을지 모르겠으나 페인트칠이 벗겨진 상태로 열려 있다. 그래, 대문이 열려 있는 걸 보니 시부모님은 들에 안 나가시고 집에 계실 테다. 그런데 시부모님을 뵐 일이 두렵다. 두렵기는 너무도 오랜만인 4년 가까이기도 하고 시부모님을 무슨 낯으로 뵐지 하는 마음이다.

내 잘못은 돈까지라서 시부님이 아시기라도 하는 날엔 놀라 넘어질지도 몰라 무덤까지 가지고 가려 했다. 무덤까지는 아닐지라도 숨기고 싶었다.

그러니까 빌려준 돈 되돌려받아야 할 문제만 아니었다면 말이다. 그래서 생각이나 삶의 방법이란 도저히 교과서 같을 수는 없지 않겠는가. 그러니까 삶의 형편과 주어진 상황에 따라 대처를 해가며 살아가게 되는 것이지 시험 치르듯 정답이 따로 있지는 않을 것이다. 그렇기는 해도 그동안 엉터리로 살아온 잘못을 시부모님에게는 도저히 남편에게 고백했듯 할 수는 없는데 어쩌면 좋냐.

"어머니, 저 왔어요!"

무슨 일로 가시는지 뒷마당으로 가시는 시어머니를 보고 작은며느리 이남순은 부른다. 그렇게 부르기는 하나 천하에 몹쓸 화냥년처럼 한 짓으로 시부모로부터 내쫓김을 당해도 할 말이 없다는 건지 이남순은 어색한 부름이다. 이런 문제에 있어 엉뚱한 얘길지 몰라도 며느리로서 가장 당당함은 기다리는 아들 손주를 낳아주었을 때다. 그러니까 일손이 부족한 농사철에 아기 젖 물리고 있다는 핑계로든 낮잠을 퍼질러 자도 말 안 들을 며느리 말이다.

"아이고, 우리 둘째구나! 어서 와라."

"예, 저 왔어요."

"그래, 먼 길 버스 타기도 힘들었을 텐데 오느라 고생했겠다."

오느라 고생했겠다 말은 어른으로서 나름 인사말이다.

"아니어요, 고생 안 했어요."

"아니, 누구 왔어요?"

"누구가 아니라 작은애 왔어요. 그만 나오세요."

"알았어요."

시아버지도 뒷뜰에서 나오시다 며느리를 보고 좀 놀라는 표정을 지으시면서 작은애 왔냐 하신다. 작은며느리가 오리라고 생각지도 못하셨겠지만 두 분 다 반갑게 맞이하신다. 그렇지만 잘못으로 인해 얼어붙은 맘은 어쩔 수 없다. 그런 일이 없었다면 그동안 아프신 데는 없으셨어요 했을 것이지만 말이다. 그동안 말도 안 될 짓을 저질렀기에 그런 당연한 말조차 안 나와 죄송하다.

"이렇게 왔으니 일단은 방으로 들어가자."

시어머니 말씀이다.

"…"

작은며느리 이남순은 아버님 어머님 저 인사부터 올릴게요 하면서도 그동안의 잘못을 알고 계실지도 몰라 눈치까지 본다.

"고맙다."

시아버지 말씀이다.

"그런데 몸은 괜찮고?"

이번엔 시어머니 말씀이다.

"예, 괜찮아요. 어머니."

멀리 떨어져 사는 자식이 오랜만에(1년이 넘어) 찾아왔다면 부모님께 큰절은 당연하다. 그것은 변한 시대 감각이 아니라 가정 위계질서 차원이기도 해서다. 부모님에게 드리는 전통적 인사법을 고수할 필요가 없다 할 사람도 있겠으나 이런 전통적 인사법은 아름다움의 가치다. 이런 아름다움의 가치를 현대인들은 돈이라는 것으로 없애려 하는 것 같아 아쉬운 마음이다.

"저번에 저(남편)랑 같이 왔어야 했는데 그렇지 못했어요. 어머니 죄송해요."

"아니, 지난번에 네 남편과 같이 못 온 건 사돈어른께서 편찮으셔서…."

"친정아버지가 아프다는 말 누가 해요."

친정아버지가 아프다는 말은 남편이 했을 것이나 사실이 아닌 말까지 했나 싶다. 그렇기는 하다. 당연히 같이 왔어야 했는데 그렇지를 못하고 남편 혼자 보내다 보니 변명이라도 해서였을 것이다. 같이 못 오게 된 사실까지 말씀드리는 건 너무나 큰 부담이다.

"누구는 누구야, 네 남편이지."

"친정아버지 건강하셔요."

"친정아버지 안 아프다고?"

"안 아프셔요, 어머니."

"그러면 네 남편은 거짓말까지 한 거잖아."

시어머니는 시아버지를 보면서다.

"오느라 고생했겠구먼. 꼬치꼬치 따져 묻는 건 또 뭐요. 임자는…."

군남이 혼자 보냈던 건 시부모가 싫어서는 결코 아닐 테니 더는 묻지 맙시다 하는 의미의 말씀일 것이다. 그래, 며느리이지만 한집에 같이 안 살면 손님으로 봐야 할 게다. 며느리로의 조심은 당연할 것이나 시부모로서의 조심은 며느리보다 더할지도 모른다. 그러니까 시아버지는 며느리 집에 가지 말아야 한다는 것이다. 시아버지이지만 남녀유별을 무시해서는 안 될 남자라는 이유이기 때문이다.

이웃이 인정하는 사정 말고는 물론 시어머니는 같은 여자이기에 문제될 게 없겠으나 그렇다 해도 급한 일 말고는 안 가는 게 상책이다. 그런 점에서 가족이란 뭔가 한솥밥을 먹는 관계를 두고 하는 말이다. 그렇다면 따로 사는 며느리는 사실상 남인 것이다.

"그러면 말도 못 물어요?"

시어머니는 불만의 말이다.

"그건 아니고, 아무튼 나는 신장범 씨와 만나기로 했으니 얘기는 둘이 해요."

시아버지는 그렇게 말하고 일어선다. 신장범 씨와 만나기로 했다는 말은 여자들끼리 할 얘기가 있을 테니 자리를 비켜주자는 핑계의 말씀인 것을 작은며느리 이남순도 알아차린 듯 예, 하려다 만다. 이는 오늘만이 아니다. 현대에서도 여자끼리 있으라고 자리를 비켜주는 게 남자들이 알아두어야 할 예법 중 하나다. 대신 아이스크림이라도 사주는 것은 남자로서 상식에 속한다는 것도 알아야겠다. 누구든 그렇게 할 것이지만 혹 모른다면 말이다.

"알겠어요. 다녀오기나 하세요."

시어머니는 일어서기만으로 그만이나 이남순은 그럴 수는 없어 문밖까지 따라나가 다녀오시라는 인사까지 한다. 인사로 그만이 아니다. 작은며느리로서 시아버지가 안 보일 때까지 지켜본다. 그것을 보신 시아버지는 그만 들어가라고 손짓이다. 며느리는 알겠습니다 하고 기다리는 시어머니 앞에 무릎을 꿇는다.

"그런데 애야!"

"예, 어머니."

'그런데 애야!'시어머니 말씀은 그동안의 잘못을 물으실 작정인 것 같은데 어쩌면 좋냐. 그렇다고 내 잘못은 시어머니가 아니어도 상상도 못 할 잘못이다. 그런 잘못을 한 사실을 시어머니께 말할 수는 없는데 고민이다. 그렇다고 매 맞을 각오로 달려온 며느리이기에 나 몰라라 하고 도망칠 수도 없고 말이다. 그래서 쥐구멍이라는 말도 나를 두고 한 말은 아닐까 싶기도 하지만 말이다.

"이건 너희들 문제라 물어서는 안 되겠지만 어떠냐?"

며느리이지만 사적인 물음까지는 조심스럽다는 시어머니 눈빛이다.

"무슨 말씀인지 몰라도 말씀하세요."

"그러면 묻겠다만 작은애 너 지난번에도 같이 못 오고 이번에도 너 혼자 온 것은 너희들 사이가 안 좋아서는 아니겠지…?"

'너희들 사이가 안 좋아서는 아니겠지…?' 시어머니 말씀은 설명까지 할 필요도 없이 탈 없이 잘살아도 부모 맘은 늘 조마조마하다. 그래서일 것이다.

"그건 아니에요. 어머니."

"아니라고…?"

"예, 어머니."

"아니면 뭔데? 아니다. 여기는 작은애 너와 이 시어미만의 자리니 무슨 말이든 해라! 네 시아버지는 단둘이 얘기하라고 자리를 비켜주신 것 같다."

말하기 어려워할 네가 아닌데 말하기가 너무도 어려워 네 남편과 같이 못 온 것만은 틀림없다. 물론 짐작이지만 작은애 네 손위 동서와 보조를 맞추려는 작은며느리이기는 해도 말이다. 작은애 너는 다른 건 몰라도 이 시어미가 의지해야 할 며느리다. 그래서 너희들이 잘될 수 있도록 기도하게 되곤 한다.

"사실은, 제가…."

작은며느리 이남순은 시어머니 앞에서 누구인가. 백씨 집안 작은며느리이기는 해도 시어머니 손주까지 두었다면 사실상 자식이 아닌가. 시어머니가 작은애야! 부르심도 그래서다.

"아니, 제가라니…?"

작은애 네가 솔직하게 말 안 해도 이 시어미는 짐작이 간다. 네 남편이 없는 사이 보험 회사에 다닌다더니… 그러니까 말썽을 부려서일 것이다. 그래, 젊디젊은 여편네가 남편도 없이 독수공방을 지킬 수 있겠냐. 당사자라 느낄 수 있는 일이지만 독수공방은 고문 중에서도 극에 달하는 고문일 것이기 때문이다. 네 남편은 돈 벌어 오겠다는 생각으로 중동인가 어딘가 가고 없으나 작은애 너는 과부가 아닌 유부녀. 유부녀로서 네 남편을 위해 정조를 지켜내기는 얼마나 어려웠겠느냐. 말을 들으면 작은애 너 같은 처지인 여자로서 아이가 생길 조짐일 땐 속옷도 거추장스럽다지 않느냐. 그걸 모르고 묻는 게 아니다. 아무튼 작은애 너는 누구도 아닌 내 작은며느리다, 시어머니는 그런 생각인지 며느리를 빤히 쳐다본다.

"어머니 저, 잘못했어요."

작은며느리 이남순은 시어머니 무릎에 얼굴을 파묻고 운다.

"울기는 왜 울어! 잘못했으면 잘못했다고만 하면 될 것이지!"

시어머니는 그렇게만 말하고 며느리 등을 토닥토닥하신다. 그래, 며칠 전 보험설계사가 찾아왔더라. 찾아와서 괜찮은 보험상품이 나왔다면서 설명을 조리 있게 잘도 하더라만 모습을 보니 남자들에겐 위험할 수도 있겠다 싶기는 했으나 내 며느리가 보험설계사가 아니었다면 작은 것이라도 들어주었을지도 모를 일이다. 보험설계사는 남자들에게 말하기가 더 편하다는 말도 들어서다.

남자들은 보험상품이 좋아 가입하는 것만이 아니라 예쁜 여자라는 데 있을 건 짐작이 필요하겠냐. 작은애 너야 영리도 해서 조심은 했겠으나, 핑계라고 말할 수는 없어도 남편도 없는 생과부라 젊은 남자들을 이기지 못해 그런 사달까지일 것이다. 시어미 엉터리 생각일지 몰라도 말이다.

오늘날이야 아닐 테지만 얼마 전까지도 보험설계사는 매달 채워야 할 보험금 때문에 압박감이 이만저만이 아니라서 맘에 없는 치마를 올려주기도 했다는 게 비밀이 아닌 비밀이기도 하다. 그래서 작은애 너도 그랬을 가능성은 차고도 넘친다. 그래서 네 잘못을 모르는 척할 수는 없어도 이해는 해줄 수 있다. 그러니 미안하다 마라. 작은애, 네가 그랬다는 말 네 남편에게까지는 안 했어도 이 시어미는 알 듯했다.

물론 짐작이기는 해도 말이다. 그러니까 장인어른이 병이 나 같이 못 왔다는 네 남편의 변명을 들으면서 혹시나 했는데 사실이었구나. 그래, 네 잘못을 칭찬할 수는 없어도 용서 못 할 이유까지는 아닌 것 같다. 네 시어미로서 말이다. 생각해보면 이 시어미도 늙기는 했으나 나도 멋진 남자가 보이는 건 어쩔 수 없는, 어디까지나 여자다. 그러니 작은애 네가 살림을 거덜낸 것도 아니고, 네 남편도 용서했다면 이 시어미도 용서해주어야지 않겠냐.

"죄송해요."

그런데 이번에 제 얘기는 안 했어요? 작은며느리는 그런 말까지 하려다 죄송해요 말로 그친다.

"죄송해요는 그만두고 네 친정도 아느냐?"

"친정이요?"

"그래 네 친정…."

"그런 얘기는 제 언니에게는 했어요."

내 잘못에 대해 남편이 말 안 했다면 다행이다. 그러니까 시어머니는 돈 문제까지는 모르시는 것 같다. 언젠가는 아시게 되겠지만 말이다. 하마터면 떼일 뻔했던 돈도 그렇다. 보험설계사로서 매월 부담인 보험 실적을 올리기 위해서는 적극 소개자가 필요했고, 돈까지 빌려준 것이다. 그러니까 돈을 빌려줘도 떼이지는 않으리라는 믿음이었던 시청 과장 말이다.

"언니에게 말했으면 네 친정에서도 아시게 될 게 아니냐."

"언니는 말 안 했을 거예요."

"말 안 했을 거예요가 아니다. 네가 저지른 사실을 친정 부모님이 아시는 날엔 우리에게 얼마나 미안해하시겠냐. 잘못 둔 딸 때문에 싹싹 빌어도 모자란다고 하실 텐데 말이다."

"…"

그러게요. 어머니 말씀대로 친정 부모님은 그러실 수도 있겠지요. 그렇지만 어디 만나실 기회나 있겠어요. 이제 초등학생인 우리 정숙이가 커서 시집을 가기라도 하면 또 모를까. 그렇게 보면 멀리 떨어져 사는 것도 그렇게 나쁘지는 않은 것 같네요. 그렇다고 며느리로서는 아니지만.

"아무튼 그동안 잘못한 일 이젠 반성하고 살아라!"

"네, 어머니."

"아니다. 그냥 넘어가자. 그런데 생각이 나서 그런데 작은애 너는 정순이 하나만으로 그만일 거냐?"

"아니어요, 셋은 두겠다고 맘을 먹었는데 어찌 된 일인지 아기가 안 생겨요."

"아기가 안 생기는 걸 네 남편은 말하지 않고?"

"말 안 하는 게 아니라 돈도 없는데 간단하게 살자고 하데요."

"그래서 너는 뭐라고 했고?"

"저야 처음부터 맘먹은 대로 셋은 두자고 했어요. 그런데도 어찌 된 일인지 아직이어요."

"네 몸 상태는 괜찮은데도?"

"이상이 없어요."

"이상이 없다면 네 남편은 정관수술을 해버린 거다."

정관수술이 사실일지라도 하지 말아야 할 말까지 했다는 일그러진 시어머니 표정이다.

"아니, 정관수술이요?"

작은며느리 이남순은 듣지 말았어야 할 남편 정관수술 얘기를 시어머니로부터 듣게 된다. 결혼한 여자로서 정관수술이란 뭔가 설명까지 필요 없이 맘먹은 아기를 펑펑 낳지 못하게 억지가 아닌가. 물론 아내가 동의했다면 또 모르겠지만 그게 아니면 여자의 생명을 짓밟는 살인적 행위일 수도 있는 잔혹한 일일 것이니 남편들은 참고하라!

그런 점에서 현대사회에서야 전설 같은 얘길 수도 있겠으나 얘기를 한다면 김삼수 아내는 가난한 살림이기는 하나 아이도 낳지 못하면서 몸매까지도 예쁘기만 하다. 그래서 이혼도 없는 시대에서 남편은 아내를 내쫓을 수도 없어 아이를 낳을 수 있는 과부로부터 아이를 얻고자 집으로 불러들인다. 그렇지만 문제는 외딴집 단칸방이다. 단칸방이기는 해도 남편을 안아보고 싶은 맘은 넘쳐난다. 남편은 그것을 아는지 모르는지 힘들어하는 아내를 보면서 아랑곳하지도 않고 불러들인 과부에게만 힘을 쏟는다. 그래서 본처는 펑펑 운다. 이것이 아이를 낳을 수 없는 여자로서의 억울함일 것이다.

"그게 아니다. 시어미가 말 잘못했다. 그냥 짐작뿐이니 그리 알거라."

말이야 그냥 짐작뿐이니 그리 알거라 했지만 조심스럽지 못한 말까지 해버려 작은며느리는 실없는 시어미로 볼지도 모르겠다. 아무튼 네 남편이 중동 가고 없는 사이 엉뚱한 짓 했다고 네 남편한테 두들겨 맞기까지는 안 했는지 모르겠다. 내 아들 순한 성미로는 아닐 것 같기는 하다만.

"알겠어요. 어머니, 죄송해요."

"그래, 죄송으로 끝내자. 그리고 오늘 올라갈 거지?"

"예, 저(남편) 밥 때문에…"

밥 때문이라는 말을 시부모님은 핑계의 말로 알아들으셨을 테다. 시부모님이야 그렇지만 사실은 그동안의 잘못이 너무도 커 할 말도 없어 곧 되돌아가고 싶다. 그렇기는 얼굴만 잠깐 뵙고 갈 생각으로 점심 전에 왔었으나 지금까지 있게 됐다. 아무튼 삶에서 잘못 하나도 없이 당당하게 살아가는 며느리들도 있을지 몰라도, 죽는 줄 알았다는 남편의 말이 아니어도 나도 시부모님 앞에서 죽을 맛이다. 그동안 칭찬만 받던 백씨 집안 작은며느리이기는 해도 말이다.

"그래라. 네 남편이랑 같이 왔다면야 자고 가라고 하겠다만 혼자 왔으니 해 지기 전에 가거라."

"어머니 죄송합니다."

어머니 죄송합니다 말은 진심이다. 그렇기는 언제라고 없는 말을 했겠는가마는 삶의 사정이기는 하나 지역적으로 멀리 떨어져 살아가기는 해도 명절 때마다 왔던 시댁 길이었는데 아니게도 3년이 넘어서야 왔기 때문이다.

"아버지!"

의도한 잘못은 아니나 동생이 그동안 잘못에 대해 시부모로부터 위로를 받는 동안 큰딸 이금순은 친정으로 갔다.

"왜?"

"왜가 아니라 내가 왜 또 왔는지 아버지는 궁금하지 않으세요?"

"궁금은 하다. 일 년에 잘해야 한두 번 올까 말까 하던 네가 일주일도 안 되게 찾아와 약주까지 따라주는 걸 보니."

금순이 너도 짝을 지어주었으면 잘살고 있다는 말이나 들려야 할 텐데 그러기보다는 사람들 눈총일 수도 있는 보험 가방이나 들쳐 메고 다니는 건 혹 아냐? 네 엄마 말을 들으면 기가 차서다. 물론 금순이 너야 아닐 줄 믿고 싶지만. 남순이는 아니라서다. 그래, 금순이 너야 똑똑도 하고 나이도 그만큼 됐으니 세상 물정도 파악했을 테니 믿지만 말이다. 이남순 아버지는 그런 생각이신지 맏딸 표정을 슬쩍 보신다.

이런 문제에 있어 생각해볼 수 있기는 부모 입장이라면 누구든 그렇겠지만 아무리 똑똑한 자식이라도 조마조마해질 건 두 말이 필요하겠는가. 그러니까 삶에서 이런 조마조마함도 없이 살아간다면 불행한 삶으로 봐야 하지 않을까 싶어서다.

"그런데 아버지는 내가 딸로 태어났을 때 어땠어요?"

"금순이 너는 어땠을 것 같으냐?"

"그러지 마시고 제 물음부터 대답하세요."

"이런 말 금순이 너에게는 처음 한다만 아버지는 울었단다."

"그러니까 바라던 아들이 아니라서요?"

"그게 아니다."

"아니면은요?"

"자식이라고는 너희들 둘뿐인데 하나가 없어진다는 생각에서다."

"아버지는 그렇게까지요?"

"야, 너도 살아봐라. 살아보면 아버지 맘 알게 될 거다."

"저는 아버지가 아닌데요?"

"그렇기는 하다만 아무튼 그랬다.

"그러면 엄마는요?"

"나야 좋기만 하더라."

"아니, 딸 시집 보내는데 서운한 게 아니라 엄마는 좋았다고?"

"그건 아니야. 그리고 영감은 어디 갈 데 없어요?"

금순이 엄마는 작은딸 흥도 좀 보고 싶은데 영감은 비켜줄 생각도 안 해서다. 누가 말할까 싶은 남순이 요것은 보험 회사에 다니고부터는 멋도 지나칠 정도다. 그러니까 늑대들이 침 삼키게 말이다. 남순이 제 남편은 그런 줄도 모르고 죽어라 돈만 벌 텐데 말이다. 그래서든 영감이 자라만 비켜주면 말썽부리기 직전인 작은딸 얘기를 금순이와 나눌 건데 그래서다. 그러니까 엄마로서 그럴 수는 없겠으나 맘 같아서는 고발 편지도 쓰고 싶은 맘에서다.

"쫓아내지 않아도 나갈 참이니 내몰지는 말어."

"쫓아내기는 누가 쫓아내요, 말도 안 되게. 이렇게 오래 앉아 있기는 처음 같아서지요."

"근데 금순이 너 담에 올 땐 산낙지 알지…?"

"산낙지요?"

"낙지만 아니고 진로도…."

"엄마!"

"왜?"

"왜가 아니라 남순에 대해 말 안 할 수가 없어 하게 되는데 지난번 엄마가 말했던 얘기 있잖아요."

"남순이가 화장을 짙게 해서 이상하게 보이더라고 했던 말?"

"그렇지요."

어렵지 않게 말해도 될 엄마이지만 그동안의 동생 허물을 고자질하는 것 같아 맘 편할 수는 없다.

"남순이 요것이 미쳐도 유분수지, 얼마나 미쳤는지 엄마로서 할 말이고, 별말도 아닌데 '엄마!소리를 꽥 지르는 거야."

"남순이가 그랬다면 엄마는 남순이 상황을 모르는 거네."

"모르지. 금순이 너라도 말해주어야지 알지."

"그러면 엄마는 나중에라도 사과해야겠네."

"뭐? 엄마가 사과…?"

"아니야. 내가 말 잘했어."

"말 잘못했다면 다행이다만 엄마는 서운하다."

"미안해요, 다음부턴 조심할게요. 그런데 엄마가 남순이를 정확히 보신 거요."

"정확히 본 것이라니, 그게 무슨 소리야?"

"그러니까 남순이가 화장을 짙게 한 거 말이요."

"그래서…"

"그래서가 아니라 사실대로 말하면 엄마는 너무도 놀라 넘어지실 것 같은데 넘어지지는 마세요?"

"아니, 너무 놀라 넘어지다니?"

"그러니까 백 서방은 돈 벌어 오겠다고 중동까지 갔잖아요."

"그런데?"

"그러니까 백 서방이 고생하고 있을 때 남순이 요것은 아닌 짓까지 했다는 거요."

"아닌 짓이라니?"

"그런데 백 서방은 이미 귀국했어요."

"뭐?"

"그래요. 귀국했어요."

"그러면 서운하다. 귀국할 거라 소식만이라도 했어야지. 그나저나 언제?"

"보름이 다 돼가요."

"보름이 다 돼간다고?"

"그래요."

"그러면 좀 왔다나 가지 안 오냐."

"안 오는 게 아니라 일 수습 때문에 아직이어요. 일 수습이 끝났으니 곧 오겠지요."

"아니, 일 수습이라니?"

금순이 너 지금 무슨 말을 하고 있는지 도통 모르겠다. 금순이 네 말 더 들어봐야겠지만 잘못된 일인 것만은 사실인 것 같다. 그래, 세상일 순풍만이면 얼마나 좋겠냐마는 그게 아니기에 부처님께 복을 빌기도 하지만 말이다. 암튼 많지도 않은 딸들만이기는 해도 자랑도 하고 싶은 딸들인데 느닷없이 일 수습까지라니 이게 무슨 난리야? 말도 안 되게….

"아까 얘기하려다 아버지가 너무 무서워 얘기를 못 했는데 솔직하게 말씀드리면 남순이가 바람피운 것만이 아니리 제부가 그동안 송금해준 돈까지도 몽땅 없앴어요. 없앤 돈 되찾기는 했어도요."

"그게 사실이야?"

"사실이어요."

"아이고, 요년이…."

없었다는 돈 되찾게 됐다니 다행이기는 하다만 백 서방은 얼마나 허탈했을까 모르겠다. 이제야 생각이나 못된 년을 둔 장모로서 백 서방을 무슨 말로 위로할 건가. 남순이 집에 갔을 때 본 것이지만 남순이 년이 화장을 너무도 지나치게 하고 있음을 보면서 바람기 의심이 되기는 했어도 백 서방이 고생해서 송금해준 돈까지 없앨 줄은 상상도 못 했다.

"그러기는 해도 걱정했던 일이지만 해결이 잘됐으니 엄마는 아버지 화 안 나시게 하셔야 해요. 알겠지요?"

"아버지 화 안 나게 어떻게 하냐. 말도 안 되게, 생각해봐라. 아버지는 그만두더라도 엄마는 부아가 치밀어 남순이가 옆에 있으면 '너 죽고 나 죽자!' 지금은 그럴 판국인데."

"그러시면 안 돼요. 엄마에게마는 말을 안 할 수 없어 하는 건데요."

삶에서 기쁜 일이든 슬픈 일이든 부모님은 아시게 하는 게 자식으로서 도리임을 도덕 공부에서 배워 알고는 있으나 근심되게까지 하라는 말은 안 배운 것 같다. 물론 자식으로서 도리라는 말 속에

근심 안 되게 하라는 말도 포함하고 있겠지만 말이다. 어쨌든 친정에 오면서도 남순이 잘못에 대해 무슨 말로 변명을 할까 고민했다. 고민은 남순이가 저지른 잘못을 모르는 척도 해야 할 언니로서 아니게도 다 까발리게 될 모양새가 될 것 같아서다. 남순아! 비록 엄마 앞이기는 해도 네 잘못 다 까발리는 것 같아 미안하다만 남순이 네 잘못을 언제까지 쉬쉬할 수는 없어 말하게 되니 이해해라. 그리고 남순이 너는 이런 안 좋은 일을 경험으로 해서 한 단계 성숙해져라. 사랑한다. 이남순 언니 이금순은 그런 생각으로 하는 말일 게다.

 "틀린 말은 아니나 네 아버지 화 안 나게까지 엄마는 자신이 없다."
 "자신이 왜 없어요. 이를테면 맛난 거 만들어드리면서 남순이 얘기를 꺼내시면 될 건데요."
 "그러면 술은 말고?"
 "그러면 싫으세요?"
 "싫은 게 아니라 그렇게 해드린다고 화가 풀리시겠냐는 거야. 남순이가 저지른 일이 어떤 일이라고."
 "그래요, 쉽지는 않겠지만 이미 엎질러진 물인데 지금에 와서 어쩌겠어요. 남순이가 저지른 잘못, 아버지가 아직 모르시기는 해도 아버지에게는 엄마가 아니고는 처방약도 없어요."

그래요. 아버지로서는 화내지 않을 수 없는 기막힐 일이지요. 그렇지만 이미 해결까지 된 일이니 참아버리고 맙시다. 소문만 안 나게 말이요.

그래서 생각이지만 어느 시골에서 벌어진 사건을 말한다면 삼십 대 중반인 남편이 느닷없는 병 때문에 시름시름 앓다 반년도 못돼 죽는다. 결코 미울 수 없는 남편의 죽음은 어디만큼인지 당사자가 아니면 모르겠지만 아내는(김미옥) 남편 죽음으로 인해 허허증에 걸리게 된다. 허허증에 걸리기는 했으나 보험설계사가 되기는 어느면으로도 하자가 없어 보험 가방을 둘러메게 된다. 김미옥은 고객으로 얼굴만 알 뿐인 주로 남자를 만나게 된다.

그걸 알게 된 남자들은 김미옥에게 보험 실적을 올려주기 위해 앞다투어 몰려든다. 그러기를 낮이 아닌 밤마다 말이다. 시부모가 계셔도 상관없다. 자식이 있어도 상관치 않는다. 아닌 상황을 지켜보시는 친정 부모도 아랑곳하지 않는다. 무슨 짓이냐고 한마디 했다가는 극단적 행동이라도 취할지 몰라서다. 이것이 젊은 과부라면 이남순은 그나마 한 남자만이라 다행이라면 다행인 것이다.

"영감!"
이남순 엄마 부름이다. 믿었던 작은딸 남순이가 엉뚱한 짓을 저지르고 말았어도 해결이 잘됐으니 아버지에게는 화 안 내게 잘 좀 말씀드리라는 큰딸 금순이 얘기가 아니어도 부부로서 입을 닫고 살겠는가.

"왜요?"

"당신 나 미워하지 않지요?"

"미워하지 않지요라니… 무슨 뜻으로 하는 말이요?"

"아니에요. 그냥 잡시다."

"그냥 잡시다가 아니라 하고 싶은 말 있는가 본데 말해봐요. 나는 임자 말 들을 준비가 돼 있으니."

"아니에요."

"아니기는 뭐가 아니요. 내가 말하기 어려운 사람인 거요?"

그렇지 않아도 모녀가 날 밖으로 내몰다시피 한 건 남편이 들으면 안 될 비밀 얘기를 하려는가 싶어 맘은 편치 않았으나 자리를 비켜주기는 했다.

"그렇지는 않지만…."

"그렇지는 않지만이 아니라 말하기 어려우니까 놔두었다가 다음에 말할 거요?"

"그러면 나 말할게요. 다름이 아니라 금순이가 왔다 갔잖아요."

"그래서요?"

"그래서가 아니라 금순이가 왔다 간 것은 남순이 얘기해주려고 왔다 간 거요."

"남순이 얘기면…?"

"금순이가 말하는데 남순이 요것이 엉뚱한 짓 하고 말았나 봐요."

"엉뚱한 짓이라니요?"

"그러니까… 이랬다는 거요."

"으음… 불 좀 켜요, 그리고 나 물 좀 가져다주오."

"여보 미안해요. 어미인 내가 잘못했어요."

"으음…."

"그렇지만 금순이 하는 말이 우리 집에 안 좋은 일이기는 해도 수습만은 잘됐으니 아버지 화 안 나시게 엄마가 잘 좀 말씀해드려요. 그런 말만 하고 그냥 가버렸어요."

"으음…."

"금순이는 그렇게만 말했어요."

"으음…."

사실일 테지만 다른 집 애도 아닌 내 딸이 그랬다는 건 도저히 믿기지 않는 이남순 아버지가 으흠 할 때 막냇사위 백군남은 처가에 찾아간다.

"어머님, 저 왔습니다."

"아니, 누구야 백 서방 아닌가. 아이고 왔는가."

"예, 접니다. 어머님은 그동안 괜찮으셨어요?"

"나야 나이만 더해가는 것뿐이야. 근데 백 서방 그동안 고생 많았지?"

"고생 안 했어요. 근데 아버님은 집에 안 계세요?"

"아니여. 뒤에 계실 거여. 여보, 뒤에서 뭐 하시는 거요. 백 서방 왔어요."

"누구라고? 백 서방이 왔다고요?"

"그래요, 백 서방 왔어요."

"알았어요, 지금 나가요."

백군남 장인은 곧 나온다.

"아버님, 저 왔습니다."

"그래, 왔는가. 몸은 괜찮고…?"

"예, 괜찮아요. 아버님은 아프신 데는 없으시지요?"

"나야 아플 곳이라도 있어야 아프지. 아무튼 반갑네, 그런데 그동안 고생 얼마나 많았는가."

"아니, 누구는 아플 곳이 있어야 아픈 건가요. 말도 안 되게…"

장모 불만의 말씀이다.

"어허, 가장이 말하는데 썩썩 나서지는 말아요."

"허허, 아버님 어머님은 그래서 저는 좋아요."

그래요, 부부는 티격태격하면서 살아가는 거겠지요. 부부가 어디 도덕군자들처럼 살아가겠어요. 그런 점은 이번 일로 알게 됐고. 이렇게 온 건 그런 얘기도 하려는 거요. 그래요. 아내의 실수 사실은 처형이 말했을 테니 이미 알고 계시지만 말이요. 사위 백군남은 그런 건지 장인 장모를 번갈아 보며 빙긋 웃으면서 말한다.

"그런데 귀국은 언제 했을까?"

귀국 날짜까지 말은 하지 말 걸 했다는 듯 백군남 장모는 남편의 표정을 본다.

"예, 귀국은 얼마 전에 했는데 생각지도 못한 일이 터지게 된 바람에 좀 늦었습니다. 죄송합니다."

"죄송은 무슨 죄송이야, 좀 늦을 수도 있는 게지. 암튼 백 서방 얼굴이 전만 못한 것 같다. 그리도 훤하던 얼굴도 좀 가무잡잡한 걸 보니 고생이 많았는가 보다."

오랜만인 막냇사위라 반갑기도 하지만 말하기 좋아하는 장모 말이다.

"아니어요, 얼굴이 가무잡잡한 건 뙤약볕 때문이어요."

"그러면 모를까."

백 서방이 말 안 해도 자네 처형이 말해서 알고 있어. 남순이를 네발 달린 짐승처럼 허튼짓 못 하게 목줄 채워놓지 않은 이상 어쩔 수 없기는 해도 끝까지 지켜주지 못해 미안하다는 장모 표정이다.

"그건 그렇고, 백 서방은 고향 어르신들은 뵀을까?"

"예, 어제 다녀왔어요."

"그래? 어르신들 몸은 괜찮으시던가?"

이번엔 장인 물음이다.

"예, 그냥 괜찮으십디다."

"그냥 괜찮으시다면 조금은 아프시다 그런 말 아닌가?"

장모 말이다.

"아니에요, 그러니까 연세가 있으셔서 전날처럼은 아니게 보이더라는 거지요."

"말을 임자만 할 게 아니라 나도 좀 합시다."

"미안해요."

"미안은 무슨 미안까지요. 그런데 자네 댁이랑 같이 안 오고…?"

돈 벌어 오겠다고 중동으로 나가 있었기는 하나 멀쩡한 남편이 있는 년이 다른 놈과 놀아났다면 무슨 낯으로 고개 들고 오겠는가. 내가 그걸 모르고 묻는 말이 아니야. 백 서방이 너무도 미안해서 하는 말이야.

"같이 못 온 건 할 일이 좀 있나 봐요."

막냇사위인 백군남은 아내의 잘못을 처형이 말했으면 모를까, 장인어른 장모는 까마득히 모르고 계실 텐데 그걸 사실대로 말할 수도 없어 할 일이 좀 있나 봐요 에둘러 말하는 것이다. 장인어른, 장모님, 아내의 불륜은 아내의 잘못만 아닙니다. 따지고 보면 제 잘못이 더 클 수도 있습니다. 세상을 살아가려면 돈도 있어야겠지만 남편인 제가 아내 곁에 없으면 잠 못 들 수 있다는 걸 이번에서야 깨달았다고 할까요. 아무튼 그래서 아내를 달랠 생각으로 있으니 그런 줄로 아세요.

아내가 잘못이기까지는 4년 가까이 동안을 생과부로 놔둔 게 잘못의 원인이어요. 그래서 아내에게 사과도 할 겁니다. 생각해보면 돈은 좀 벌었으나 후회도 되는 일이지만 아내와 앞으로 잘살려면 돈을 벌어야만 한다는 생각에 빠져 아내가 일탈할 줄 미처 몰랐을 뿐이어요. 어떻든 문제는 해결됐으니 곧 올 거예요. 그러니 부아가 나시더라도 좀 참아주십시오. 사위 백군남은 그런 생각인지 장인 장모를 본다.

"백 서방 자네 처가 엉뚱한 짓을 하고 말았다는 얘기 들어 알고 있네. 그래서 백 서방은 할 일이 좀 있나 봐요 했는데 자네 처를 감싸려고 하지도 말어. 무슨 말인지 알겠는가. 아무튼 내가 남순이를 잘못 가르쳤나 싶네. 미안하네."

장인어른 말이다.

"아신다니까 하는 말이지만 그건 아니에요. 그리고 일은 잘됐으니 그동안 염려 이젠 다 내려놓으세요."

"알겠네. 그런 얘기는 밥 먹으면서 하기로 하고, 임자, 우선 밥상부터요."

"알았어요."

밥상은 곧 차려진다.

"백 서방이 이렇게 올 줄 미리 알았으면 시장이라도 볼 건데 미안한데 그런 줄 알고 먹게나."

백군남 장모 말이다.

"아니에요. 반찬이 많은데요."

사위 백군남은 숟가락을 감사합니다 하는 태도로 든다.

"반찬 말이 나와선데 백 서방은 된장 고추장 김치는 먹었을까?"

이번엔 장인 물음이다.

"당연히 먹었지요. 중장비 기술자들에게는 잘 먹여주었다고나 할까 회사는 그랬어요. 그러니까 지역만 우리나라가 아닐 뿐이어요."

"그러면 술도 마시고?"

"술은 작업시간 끝나고 나름 한잔씩들 하는데 저는 안 했어요."

"마시고는 싶었고?"

"마실 생각도 못 했어요."

"그렇구먼, 아무튼 술은 가져온 걸로 따라요."

장인어른 말씀이다.

"예."

술은 가져온 걸로 따라요 말은 아내에게 한 말이나 사위에게 한 말인 것을 알아차리고 사위 백군남은 예 한 것이다. 어떻든 장인어른께 술 따르기는 처음인가 싶다. 그렇기도 하지만 술을 좋아하지 않은 탓이기는 하나 잔에다 가득 채운다. 물론 작은 잔이기는 해도.

"술 많이 하지도 않으신데 너무 많이 따른 것 같다."

장모 말씀이다.

"아니어요. 오늘만큼은 마셔도 돼요."

"좋은 술은 못 됩니다."

술은 양주 '발렌타인'으로 귀국하면서 사 온 건데 한 병은 구례 아버지 몫으로 이미 드렸고 한 병은 장인어른 몫으로, 한 병은 아내와 같이 마실 술이다. 이젠 아내의 기분상 처음 생각과는 아닐 수 있기는 해도.

"이 술이 어느 나라 양주지?"

장인어른은 맛나다 하시면서다.

"어디 양주인지까지는 못 보고 공항 면세점에서 사 온 건데 캘리포니아라고 적혀 있네요. 그런데 양주이기는 해도 고급은 못 됩니다."

"고급은 무슨 고급이야. 사위한테 대접이 중요하지."

"어머님께도 한잔 따를게요."

"나는 아니야. 장인과 사위만 마셔."

"아니기는 뭐가 아니요. 양주라 독할 줄 알았는데 여간 순한 게 아니네."

여자가 술 마시는 건 보는 눈에 따라 흉일 수는 있겠으나 지금 상이 무슨 상이오. 우리가 사위한테 사과해야 할 상이 아니요. 사정을 모르는 사람이 보면 아니다 할지는 몰라도요.

"나는 아닌데…"

"아니기는 뭐가 아니요. 다른 술도 아니고 백 서방이 따르는 술인데."

"아이고…."

"아이고는 아이고요, 백 서방 앞에서 이런 말까지 해도 될지 몰라도 내게는 아들이 없잖아. 그래서 말이지만 우리 부부는 백 서방을 아들처럼 할 수밖에 없어서야."

"아, 예."

막냇사위 백군남은 술을 따르려 술병을 든다.

"술을 따를 거면 반의 반만 따라."

"아니, 취할까 봐서요?"

"아니요."

"취해도 나 흉 안 볼 테니 많이 따르게나."

장인어른 말씀이다.

"취하면 어떻게 해요."

"취하면 혹 주태 부릴까 봐서요?"

"주태 부리기까지는 아니지만…."

백군남 장모는 술 따르려는 사위를 보면서 하는 말씀이다.

"마셔보니까 술 한 잔에 취할 정도로 독한 술은 아니네. 입이 개운하네."

그래, 술 마시는 것도 혹 타고난 체질은 아닐까 싶기는 하나 술 마실 자리면 분위기 망치지 않을 정에서 한 잔 정도다. 백 서방은 세상 경험이 아직일 테니 그런 사정까지는 모르겠지만 남자들 세계에서의 술은 당연하다 말해도 될 것이다. 그래서들 말(술통) 술 말은 자랑처럼들 하지 않는가. 그것도 아들이 없는 남자들은 당당함이 위축돼 그럴 것으로 내가 바로 그런 사람이 아닐까 한다. 그러니까 아들 손주는 곧 남자들 힘의 과신데 나는 아들 손주는 그만두더라도 딸만 둘뿐이기 때문이다. 그래서 아들 손주를 둔 가정들을 보면 너무도 부럽다. 남순이가 저지른 얘기를 자네 장모와 나눈 얘기도 있으나 안 좋은 얘기라 여기서는 그만두겠으나 너무도 속상했네.

"그래도 많이 따르지는 말어."

"중동이라고 하면 사막을 생각하게 되는데 그렇던가?"

중동 얘기는 장인어른 말씀으로부터 시작된다.

"예, 저는 여러 나라를 다녀보지를 못해 모르겠지만 리비아는 물이 거의 없다시피 해요."

"그러니까 일을 리비아에서만 했다는 거네?"

돈 벌러 중동에 갔다는 말만 들었지 어느 나라에서 무슨 일을 하고 있다는 말은 해주지 않아서다.

"그렇지요."

"그러면 백 서방은 무슨 일을 했을까?"

"예, 저는 중장비운전만 했어요. 그러니까 우리나라 삽질처럼 이 아니고요."

"삽질이 아니고 중장비운전만 했다 해도 중동은 엄청 덥다면서…?"

"덥기는 해도 일은 중장비 일이라 할 만해요. 덥지 않게 에어컨 바람 쐬면서요."

"그렇다 해도 백 서방 애 많이 썼는데 공사는 무슨 공살까?"

"공사는 물을 끌어오는 대수로 공사요."

"구체적으로는?"

"구체적으로는 물이 귀한 나라라 멀리서 물을 끌어오는 공사예요. 그러니까 강물이 아니라 땅에 묻혀 있는 석유처럼 지하수를 퍼 올리는 공사예요."

"그런 공사까지 한다는 건 비가 내리지 않는다는 거 아녀?"

"비가 내리기는 해도 농사를 지을 수는 없을 정도여요."

"그렇구먼, 그러면 공사 규모는 얼마나 되고?"

"규모는 사하라 사막이 본래는 초원 지대였지만 시간이 지남에 따라 환경적 요인 때문에 사람이 살기는 매우 어려운 사막이 되어 버렸는데 그것을 살리자는 공사예요."

"그게 리비아라고?"

"예, 리비아의 이런 사막을 비옥한 지대로 변화시키기 위해 공사를 했는데 제가 그런 일을 했어요."

"그러니까 간척지 만들기 공사나 댐 공사보다 크다는 거 아녀."

"그렇지요. 댐, 공사와 성격도 다르기도 하지만 리비아 대수로 공사는 그 규모가 어마어마해요."

"그렇구먼."

"리비아 대수로 공사는 세계 8대 불가사의라는 평가도 하는가 봐요."

"세계 8대 불가사의나 될 정도의 공사라고?"

"그러니까 송수관은 직경이 4m, 길이가 7.5m이어요. 무게는 자그마치 75톤이나 돼요."

"송수관이 그렇게 크고 무게만도 75톤이나 되면 화물차로 해서는 10대 정도 무겐데 그런 무게를 들어올리는 장비도 있다는 거잖어."

"그렇지요. 제가 그런 중장비로 일을 했어요."

"백 서방 자네 그런 일까지 했다면 대단도 하지만 고생 많이 했네."

백 서방은 그런 고생도 했구먼, 남순이 요것은 제 남편이 그렇게 고생해서 번 돈 송금해주었으면 고마워서라도 단돈 얼마도 못 쓰겠구먼, 말도 안 될 엉뚱한 짓이라니 백 서방, 나는 자네 장인으로서 단속도 못 한 게 미안하네. 그렇게 된 것을 자네 처형인 금순이가 말해주어 알게 됐지만 말일세. 어떻든 그런 일로 백 서방 자네 장모와 나눈 얘기를 여기서 말할 수는 없어도 남순이가 저지른 엉뚱한 짓이 소문이라도 나는 날엔 집안 꼴이 말이 아닐 텐데 이걸 어떻게 해야 하나 고민하고 있는데 백 서방이 찾아온 걸세. 그러니까 리비아 대수로 공사 얘기를 듣고자 만 아닐세. 백 서방, 장인으로서 정말 미안하네.

"리비아 대수로 공사 얘기 더 할까요?"

"잠깐… 임자, 나 술 한잔 더 할게요."

"그동안 안 마시던 술이라 취하실 텐데요."

"그래, 취할 수도 있으니 조금만이요."

백군남 장인어른은 마시고 싶어 마시는 술은 아니나 술을 마신다.

"술 좋아도 않으시면서 오늘은 웬일이요?"

남편은 두고 온 고향 생각 때문인지 그동안 보면 술은 멀리한다. 그래서 생각이나 포로병들 술 좋아하는 사람 못 본 것 같다. 물론 나야 여자이기에 술은 관심조차 없기는 해도 말이다. 여기서 술에 관한 얘기를 더 하자면 술 취하기는 토착민들일 것이다. 뜨내기들은 그 누구도 없을 테고. 그렇기는 토착민들은 현재 머물러 있는 곳이, 그러니까 내가 태어난 고향이라는 안정감 때문은 아닐까.

"아이고, 오늘 술맛은 여간 맛나지 않다. 그래, 하다 만 얘기 계속해봐."

"그러니까 1차 공사 총길이는 1,872㎞라네요. 그래서 단일 공사로는 세계 최대 토목 공사라네요. 물론 보도이기는 하지만."

"그러면 서울서 부산까지 고속도로 길이보다 더 길다는 거 아녀?"

"그렇지요. 더 길지요."

"그러면 몇 배인 거여?"

"2차 공사 길이가 1,670㎞니까 합치면 3,542㎞나 되는데 길이로만 봐도 경부고속도로 길이보다 아홉 배나 길어요. 그러니까 최원석 회장은 토목 공사는 단순 돈만 벌자는 게 아니었을 것입니다."

"누구한테 들은 얘기지만 리비아는 북한과 친교도 맺은 나라라고 하는 것 같은데 우리 한국 기업을 선택했을까."

"리비아는 북한과 관계를 맺고 있으나 혈맹도 아닐뿐더러 토목 공사는 현대화된 한국 기업과 할 수밖에 없어서일 겁니다."

"그러면 모를까."

"그런 일은 제가 말씀 안 드려도 아버님은 잘 아시겠지만, 북한은 정상 국가가 아니잖아요."

"그거야 알지."

"그러니까 북한은 정상 국가가 아니라고 리비아 사람들도 말해요."

"그건 그렇고 최원석 회장 배포는 어디서 나왔을까?"

"배포요?"

"물론 쥐뿔도 없는 사람이 배포만 대단해서는 곤란하겠지만 말이여."

"…"

장인어른 지금의 말씀은 이 백군남에게 하고 싶으신 말씀은 혹 아닐까. 그래, 아들 같은 사위가 되겠다고 맘까지 먹었다면 비뚤어진 생각은 말아야겠지만 말이다.

어쨌든 리비아 대수로 공사를 따내기 위해 세계 유수 건설사 들이 덤벼들었지만 결국은 동아그룹 최원석 회장이 가진 초능력을 발휘해 따내게 되었고, 대수로 공사 연인원 1,100만여 명, 550만 대의 중장비를 총동원하여 엄청난 규모의 공사를 시작한다. 그 넓은 사막, 4m짜리 수로관을 묻는 것도 힘들었지만 가장 힘들었던 건 공사에 한 치의 실수도 있어서는 안 되기에 그게 가장 큰 문제였다. 자칫 오차가 생기게 될 경우 물이 전혀 다른 방향들로 흘러가거나 수압으로 인해 관이 터질 수도 있어서다. 그러기에 고도의 기술력과 장비들, 그리고 장기적인 계획이 필요한 사업이었다. 그렇지만 8년 후 1991년 1차 통수식을 통해 초 국가적 프로젝트는 실현되고 만다. 동아건설 최원석 회장은 1차 통수식을 하기 2년 전 1989년에 이미 2차 공사 수주를 역시 따낸 것이다. 리비아가 필요로 하는 물 하루 200만 톤의 물을 공급받을 수 있는데다 2단계 공사에서도 1,670㎞라는 엄청난 거리를 연결하고, 5년간의 공사를 성공적으로 마치게 된다는 내용이다.

"대단하네. 백 서방은 그런 공사를 하느라 애를 쓰고 있을 때 자네 처는 엉뚱한 짓을 했다니 장인으로서 무슨 말로 백 서방을 위로해야 할지 생각이 잘 떠오르지 않네. 미안하네."

"그걸 어떻게 아시고요?"

"어떻게가 아니라 자네 처형이 말해주었네. 엊그제. 그것도 좀 일찍이라도 알았어야 했는데 잘하고 살겠거니 방심했다는 게 부끄럽기까지 하네."

"그게 아니야. 내가 말해서 아시게 된 거여."

백군남 장모 말이다.

"어쨌든 안 좋은 일이기는 하나 해결이 되었으니 앞으로 잘하고 살겠습니다. 그래서 말씀을 드리는데 아내는 구례에도 다녀왔어요. 물론 잘못을 빌러요."

"잘못을 빌러고 말은 백 서방이 하는 말이겠지."

"짐작이기는 하나 잘못한 일이 들통이 날 것은 분명한데요."

"그랬을까 모르겠지만 자네 댁 머리가 멍청하지는 않지."

"집사람 머리는 저도 인정하니 아버님 어머님은 신경 안 쓰셔도 돼요."

"신경 안 쓰게 말은 고맙기는 하나 요것이 말도 안 될 짓을 했는데 부모로서 신경을 어떻게 안 쓰겠는가."

"말씀드리지만 아버님 어머님이 신경을 안 쓰셔야 제 맘도 편할 것 같아요."

"백 서방 말대로 그래야겠지. 나 술 한잔 더 해야겠네. 술 따르게."

"안 좋은 일이라 생각만도 힘드시겠으나 해결이 잘되었는데 그걸 가지고 아내를 힘들게 해서는 제가 힘들지 않겠어요. 저는 그런 생각으로 살 겁니다."

"백 서방. 고맙네, 정말 고마워."

백군남 장모는 사위 손을 붙들면서 감격까지 한다.

"그러실 필요도 없어요. 잘못은 다 지나갔고, 이젠 잘살 일만 남았어요. 그러니 지켜봐주십시오. 어머님."

아내 이남순 일로 미안해하시는 장인 앞에서 밝은 표정이라도 지어야 하지 않겠는가. 그래, 아내가 다른 놈과 놀았다 해도 그걸 문제 삼지 않을 테다. 그것은 없었던 일로 하기는 어렵다 해도 혼자 두게 한 내 잘못도 크기 때문이다. 생각해보면 남편인 내 손 붙들고 잠들곤 했다가 돈 벌러 중동까지 가버렸으니 어떻게 되겠는가. 사실상 생과부이지 않은가. 그런 생과부 상황에서 수절을 강요하는 건 말도 안 된다. 그렇기는 해도 다른 놈이 그동안 오만 가지 방법으로 만지작거린 몸뚱이라는 생각 때문에 맘은 편치 못하다. 이를테면 청소년들이 봐서는 안 될 야동을 어렵지 않게 볼 수도 있는 현대사회에서 말이다.

"이것이…."

장모로서의 맘은 미안하고 속이 너무도 아픈지 약간의 눈물까지 흘린다.

"어머님, 우시는 거요?"

"나 안 울어. 백 서방이 고마워서 그러는 거지."

진짜다. 살다 보면 기막힐 일도 있을 테지만 남순이 네가 저지른 나쁜 짓 그만두더라도 돈까지 몽땅이냐 말이다. 백 서방이 어떻게 번 돈이라고. 말만 듣고 있지만 백 서방이 근무했다는 나라는 덥기가 일 년 내내라는데 말이다.

"고맙기는요. 제가 잘해드린 것도 없는데요."

"아니어, 다른 사위 같으면 이혼이니 뭐니 할 건데, 백 서방은 그런 말 대신 잘살게요 하는데 장모로서 이보다 더 고마울 수는 없어."

백 서방이 돈 벌러 중동에 갔다는 말을 큰딸이 해주어 알기는 했으나 남순이 요것이 미쳐도 유분수지 제 몸뚱이도 모자라 돈까지 바치다니…. 백 서방이 송금해준 돈이 어떤 돈이라고. 그래, 내가 낳은 딸이기는 해도 딸 집에 가는 것도 어떻게 생각할지 몰라 조심스러워 자주는 아니나 작은딸 집에 가보기는 했다. 그런데 화장을 안 해도 될 예쁜 얼굴에다 짙은 화장까지 한 게 아닌가. 화장하고 싶으면 얼굴 피부 상하지나 않게 파운데이션이나 바르면 될 걸 가지고 말이다.

그러면 요것이 어떤 놈과 바람도 피우고 그러는 거 혹 아냐? 네가 내 딸이지만 네 언니보다 더 똑똑해서 이상한 놈과 바람까지는 아닐 것으로 믿었던 것이 아무래도 아닌 것 같다. 누가 말해주어 알게 된 게 아니라 여자의 눈썰미로 말이다.

"엄마 나 왔어. 근데 엄마는 지금 뭐 해?"

백 서방으로부터 이혼당할 만큼 말썽부린 이남순은 친정엄마에게 갔다.

"뭐 하기는… 보면서도 묻냐."

"그래도."

"무슨 그래도냐. 그건 그렇고 남순이 너는 안 와도 될 건데 왜 왔냐?"

친정엄마는 남순이 너를 보면 분통이 터질 것 같다는 표정까지 짓는다. 그러니까 친정엄마로서 한마디 했을 뿐인데 그걸 가지고 무엇이 그리도 못마땅했음인지 엄마에게 소리를 꽥 지르기까지 해서 미움이 더해서다. 남의 딸들은 시집가면 곱게도 사는가 본데 엄마는 딸 복이 없다는 거냐, 뭐냐. 남순이 너 시집보내고서는 이제 남순이 너마저 엄마 곁을 떠나게 돼 엄마는 허전해서 울기도 했단다 이것아. 남순이 너는 그것도 모르고 말썽을 부려 엄마는 너무도 속상해서 네 아버지에게 분풀이처럼 화도 냈다, 이것아.

"근데 아버지가 안 보이는데. 아버지 어디 가셨어?"

"마실 가신 것 같다. 안 와도 될 건데 왔냐. 기왕에 왔으니 일단은 방에 들어나 가자."

"아니어. 아버지 오시면."

"아버지는 조금 전에 나가서서 언제 오실지 모르는데 여러 말 말고 들어와. 네 아버지 오시기 전에 물어볼 말도 있으니."

"그러면 아버지 멀리 가신 거여?"

"아니야. 금산 양반 만나러 가신다고 가셨다."

"그래요? 근데 엄마는 어디 아픈 곳 없어?"

엄마는 아버지 오시기 전에 물어볼 게 있다고 하시지만 칭찬의 말씀이 아닐 것은 불을 보듯 하다. 그러니까 네가 저지른 잘못이 얼마나 큰 줄이나 아느냐 하실 건 짐작까지는 필요 없어 우울해 보이기보다는 너스레라도 떠는 게 나을 것 같아서다. 남순이 네 시댁 어른들 뵙기도 미안해 무슨 얼굴로 뵐 것인가. 그런 내용들 말이다. 사위도 자식이라지만 고생고생하고 귀국한 백 서방은 어떻게 볼 것인가. 그런 말도 하실 것이고.

"임자, 누구 왔어요? 못 보던 신발이 있네."

못 보던 신발이 있네 아버지 말을 들은 이남순은 곧바로 나가 '아버지!'한다.

그렇지만 아버지는 '으흠'하신다. 그러니까 친정아버지는 너를 보고 싶지도 않다. 그런데 왔냐는 불편한 심기 표정 말이다.

"그렇게 서 계시지만 말고 들어오기나 하세요."

이남순 엄마 말씀이다.

"그래, 남순이 너 올 줄은 알고 있었다. 그런데 네 남편이 가라고 해서 온 거냐?"

"아니어요. 아버지."

이남순은 무릎도 확실하게 꿇고 하는 말이다.

"그러면 친정에만은 가봐야겠다는 생각 때문에 온 거냐?"

"그것도 아니어요."

"네 엄마는 남순이 너 때문에 얼마나 울었는지 아냐. 이것아."

남순이 네가 못된 짓을 하고 말았다는 말 네 언니가 고자질처럼 하기는 했다만 나는 아비로서 얼마나 창피했는지 모른다. 내 딸이 몹쓸 짓 하고 다녔다는 소문이라도 났을까 봐 동네도 쉽게 나가지 못했다. 동네 사람들 손가락질이 무서워서 말이다. 자식 잘못에 대한 어려움이 어디 딸들만이겠냐마는 이것이 부모인지도 모르겠다만 그렇다. 남들도 그런 맘일지 몰라도 남순이 네 언니도 남순이 너도 예쁘기도 하지만 똑똑도 해서 아들 많은 집 그동안은 부럽지 않았다.

아비는 그런 생각으로 살아가고 있는데 웬 날벼락 같은 소식이냐 말이다. 말도 안 되게…. 그래, 남순이 너를 낳은 아비로서 네 탓만 할 수는 없을 것 같다. 그렇기는 아버지로서 남순이 너를 잘못 키운 일말의 책임이 있어서다. 그러니까 엄마는 건강 밥상으로든 남순이 네 건강을 챙겨주어야 했다면 아버지는 네가 시집가서 탈 없이 잘살 수 있도록 정신 무장까지 시켜주었어야 했음에도 그렇지를 못해서다. 물론 그렇게까지 할 부모가 있을지 몰라도.

"그런 얘기 그만합시다."

친정엄마 말씀이다.

"그래요, 알았어요. 그게 무슨 좋은 말이라고 두고두고 말하겠 냐마는 네 남편 같은 사람 세상에는 없을 것이다."

"엄마도 그렇게 생각한다."

"봐라. 네 엄마도 인정하지 않느냐 말이다. 그래서 말이지만 네 남편은 되레 아비를 위로하면서 앞으로 잘하고 살게요 하더라."

"…"

그래요. 백 서방은 더없는 사람이어요. 그걸 모르고 엉뚱한 짓한 건 아니어요. 아버지는 말도 안 될 핑계라고 하실지 몰라도 보험설계사는 젊은 남자가 고객일 수밖에 없다는 생각으로 다가가게 됐고, 생과부 상황임을 극복하지 못한 게 결국은 이렇게까지 된 거예요. 말씀은 아직 안 드렸지만 그제는 구례에 계시는 시어른도 뵙고 왔어요. 물론 제 잘못을 빌러요. 그래서든 그동안 잘못된 짓이 얼마나 무서운 일인지 이제 깨달았으니 앞으로는 말썽 안 부리고 잘하고 살게요. 용서해주세요. 남순이는 말까지는 못 하고 후회의 눈물만 흘린다.

"눈물까지 흘릴 필요는 없어. 잘못했다는 생각이면 돼."

"백 서방이 가져온 술 남았는데 가져올까요?"

이남순 친정엄마 말씀이다.

"그래요."

간단한 술상이 차려진다.

"술은 남순이 네가 따라라!"

이남순은 술을 따른다.

"너무 많이 따르지는 말고…."

남순이 네가 부어주는 술은 기분이 좋아서도 슬퍼서도 아니다. 남순이 네가 저지른 일은 창피하기 그지없기도 하지만 되돌려받아야 할 돈 문제는 해결이 됐고, 남순이 너는 사랑하는 내 딸이기 때문이다. 그래서든 남순이 너 이제부터 전날처럼 아버지는 생각할 테니 아무 걱정도 하지 마라. 친정아버지는 그러시는 건지 모녀를 번갈아 본다.

그렇게는 어디 이남순 친정아버지만이겠는가. 생각해보면 아무리 좋게 생각을 봐도 용서 못 할 상황에서 내 자식 잘못을 감싸줄 사람이 있다면 누구겠는가. 말할 필요도 없이 부모일 수밖에 더 있겠는가. 그것은 자식이 아프면 부모도 아플 것이기 때문이다. 그래서든 나는 이남순 친정아버지로서 지금까지의 잘못을 거울로 해서 살아라. 아버지 단속 말씀을 들은 막내딸 이남순은 남편으로부터 편지를 받았다.

아내에게

여보, 그딴 일 가지고 힘들어하지 말어. 힘들어해서야 되겠어.
그래서 말인데 과거는 과거라는 생각으로 살자고. 그러니까 웃
어버리라는 거여. 빌려준 돈 돌려받지 못할 뻔했던 돈도 되돌려
받았으니 말이여. 그동안의 일들은 현대사회에서 있을 수 있는
일로 치고 없었던 일로 하고 넘어가자고. 그러니까 내게 미안해
하지도 말라는 거여. 나는 없었던 일로 할 거니 말이여. 그렇게
는 남편인 내가 당신을 그렇게 만든 거여. 당신이야 아니라고 하
겠지만 말이여. 그렇다고 당신은 좋은 남편으로 볼 필요도 없어.
나도 다 생각이 있어서여.

생각이란 게 뭐겠어. 그런 일로 헤어진다고 해도 나를 위로해
줄 사람 누구도 없겠지만 당신이 저지른 일을 어떻게 해야 할지
를 두고 밤새 고민도 했어. 솔직히 말하면 말이여. 고민이란 우울
해 있는 당신을 전날처럼 웃게 하는 거여. 세상이 뒤집힌다 해도
그럴 수는 없겠지만 만약 당신과 헤어지고 새장가든다고 하자.
그러면 당신 같은 예쁘고 똑똑한 여자 만날 수 있겠어. 누가 들
으면 팔불출이라고 말할지 몰라도 당신이 내 아내인 것이 늘 행
복했어. 지금도 같은 맘이지만 말이여. 그렇기도 하지만 아직 초
등학생인 정숙이도 보고 있잖아.

삶에서 가장 어려운 게 무어냐고 누가 묻기라도 한다면 배우
자와 헤어지는 것이라고 나는 대답할 거여. 당신이 실수한 일로

잠시 힘은 들었지만 말이여. 아무튼 당신과 헤어진다는 건 말도 안 되지만 삶에서 고문일 수밖에 없다는 거여. 이혼은 상상도 못 할 일이지만 누구처럼 만약 당신과 헤어지고 다른 여자를 만난다 해도 완전한 부부로까지는 시간이 얼마나 걸릴지 모를 일이여.

그렇기도 하지만 전처와 헤어진 창피 이력은 평생 따라다닐 게 아니겠어. 그런 생각도 바보 같은 생각일지는 몰라도 우리가 여기까지 온 것은 당신 때문이라고 나는 생각해. 그렇기도 하지만 우리 정숙이 학교를 보내고서부터인가 싶어. 완전한 내 아내라는 생각. 그렇게 보면 누구 말대로 부부로까지는 십여 년을 기다려야 할 거라는 말도 하더라고. 그러니까 당신 같은 아내일 경우라도 말이여. 그래서인지 앞으로는 모르겠지만 내가 선택한 지금까지의 것들 가운데 당신을 선택한 거라고 나는 생각해. 열사의 나라 중동에서 돈을 번 것도 그렇고 말이여. 당신이 보기에 고생은 좀 했으나 내일을 위해서는 그런 정도 고생은 아무것도 아니라는 생각도 했어. 그러나 그게 다가 아님을 이제야 깨달았어.

우리 얘기에서 벗어난 다른 얘기이기는 하나 같이 일했던 동료 중에 한참 늦게 입사를 해서 언제 귀국할지 모르는 문팔봉이라는 친구가 있어. 그 친구도 나처럼 작은아들인데 얘기를 들으면 장가도 못 갔는지 귀국해서 좋은 여자 있으면 소개해달라고 하더라고. 그래서 말이라도 그러겠다고 했어. 그러니 당신이 혹 아는 괜찮은 신붓감이 있는지 한번 찾아봐. 그러겠다고 했던 말 빈말이 안 되게 말이여.

말만으로 어떻게 알겠는가. 당신은 그러겠지만 문팔봉 그 친구는 참 좋은 친구여. 아무튼 그동안 힘들었던 일들은 생각에서 다 지워버리고 앞으로 보란 듯이 살아가자고. 그래야 우리를 부부로 만들어준 당신 언니가 고맙다고 할 게 아니겠어. 생각하기도 싫지만 그런 일들은 돈을 주고도 못 얻을 삶의 경험 아닌가 말이여. 사실을 늦게 알기는 했어도 그런 일로 헤어지기라도 하면 어쩌나 장모님은 걱정하셨을 것은 짐작이 필요하겠어. 물론 사위인 내가 할 말은 못 돼도 말이여. 그래. 힘든 일을 겪은 당신도 알고 있겠지만 윤리적으로 아닌 일이 얼마든지일 거여. 다만 본인만 알고 쉬쉬할 뿐이지. 그러니까 순간을 참지 못하고 헤어지는 바람에 고생하는 사람도 있을 거잖아. 듣는 소문이나 여차하면 버려도 되는 일회용품 같은 부부가 아님에도 착각들 하고 살아가는가 싶기도 해. 그래서 하는 말이지만 결혼이란 무엇인가를 생각해보면 상대를 위해 자신을 내주는 것이 아닌가 말이여. 그러니까 일단 자신이 살아 있어야 하지 않겠어. 그렇다고 당신에게 하는 말은 아니니 오해는 말어.

그래, 사실까지는 몰라도 평생을 같이해서는 안 될 배우자도 없지는 않겠지. 그래서들 헤어지기도 하겠지만 말도 안 되는 헤어짐도 있어 하는 말이여. 이혼이라는 게 어떤 것인지 생각을 해보면 아버님 어머님, 장인어른 장모님. 이런저런 관계들을 어떻게 할 거여. 그렇게 보면 사람으로서는 못 할 짓이 부부 헤어짐 아니겠어. 돈 벌러 중동에 가기 전에 당신과 나눈 장사 얘기는 한번 해본 장사 얘기가 아니어. 꿈이 있어서야. 그러니까 앞으로 잘살아보겠다는 각오. 장사로 돈을 벌게 될지는 장사를 해봐야 알겠지만 나는 성공하리라는 믿음이여. 그래서 다음 주부터 괜찮은 가게 자리 알아볼 거여.

그동안 고생은 했으니 좀 쉬자는 생각으로 느긋하게 있다가는 아무것도 아닐 수 있어. 그러니 당신도 협조 좀 해야겠어. 그러니까 중동에 가기 전 당신과 나눈 과일 가게 이야기. 그런 문제에 있어 다시 말한다면 서민들이 사 먹기는 좀 부담스러운 과일만 취급할까 해. 그것은 싸구려 찾는 시대는 이미 지났다고 보기에 하는 말이어. 당신도 알고 있을 테지만 생각할 필요도 없이 소득수준은 소비수준과 연결된 절대 관계잖아.

그래서 싸구려 장사로 돈 벌었다는 사람은 아무도 없어. 그래서 전자제품으로 돈을 좀 벌었다는 사람의 얘기를 들으면 어느 전자제품 가게도 없는 노점상 같은 가게에다 고급제품을 수입해 진열해놨더니 소문은 어느새 퍼져 또 가져올 수 없는가 묻더래. 그런 말을 듣고 나도 바로 그거야 한 거여. 아무튼 더는 몰라도 부모님, 친인척 걱정 안 되게는 우리가 살아야 할 거니 동지

섣달 눈보라가 휘몰아치고 나무가 뽑힐 만큼의 태풍이 불어와
도 열심히 살아보자고.

그래서 말이지만 이 백군남은 당신이 웃어야만 해. 그러니 내
가 웃게 해줄 방법도 가르쳐주고 말이여. 그래 당신이 잘못했어.
그렇기는 하나 생각을 곰곰이 해보니 내가 더 잘못했어. 미안해.
미안하다고 말하긴 남편인 내가 없어서는 안 될 당신은 젊은 여
자인 거야. 나는 그것도 모르고 중동으로 가버린 거여.

남편에게

당신이 준 편지 내용을 보고 나는 얼마나 미안했는지 몰라요.
우리도 한번 잘살아보겠다는 야무진 맘도 모르고 딱 믿었던 마
누라가 말도 안 되게 엉뚱한 짓을 했는데 말이요. 여보 정말 미
안해요. 그리고 고마워요. 다른 남자를 넘본 화냥년이라고 당신
한테 버림받아도 할 말이 없을 나의 잘못을 없었던 일로 해주겠
다니요. 잘못을 저지른 내가 생각해봐도 말도 안 되는데. 말도
안 될 나쁜 짓을 저지른 아내를 어느 남편인들 없었던 일로 하겠
어요. 최소한 두들겨 맞기라도 하겠지요.

그렇지만 당신은 잘못한 내게 대해 눈 부라림도 없었어요. 해
결해야 할 일을 성질부린다고 해결될 수는 없겠지만 말이요. 마

누라 믿고 돈 벌러 중동으로까지 간 사이 말도 안 되는 짓은 누군들 상상이나 했겠는가마는 상상도 못 한 얘기를 처음 듣고 많이 놀라기도 했을 테고, 당신은 고민도 많이 했겠지요. 편지 내용에 고민했다고 해서요. 편지 내용만 보고는 당신의 생각을 다 읽을 수는 없지만 말이요.

그래요, 놀라지 않고 고민하지 않은 것이 이상하지요. 여보, 앞으로 나 당신한테 잘할게요. 변명 같으나 당신이 싫어서 그런 짓을 저지른 건 결코 아니었어요. 당신은 내 남편이 되려고 고향과 멀리 떨어진 태안까지 오게 되었을까 모르겠지만 말이요. 아무튼 당신을 만나 결혼까지는 언니가 주선해주어 오늘이지만 나는 당신을 보자마자 이 남자는 내 남자다, 그런 맘은 처음부터요. 당신의 생각도 나처럼이었는지는 모르겠지만 말이요.

당신도 기억하겠지만 약속 시간에 백만 송이 다방에 언니와 미리 나가 있었지요. 그런데 당신은 많은 시간은 아니나, 기다린 지 이십여 분만에 들어와 "아이고… 많이 기다리셨지요? 핑계 같지만 기다리게 해서 죄송합니다." 당신은 그랬어요. 차림이야 깔끔하지는 못했어도 예절 바르고 멋진 남자다 호감이 갔고, 그렇게 해서 결혼까지 했고. 어제 같은 일이라 그런 얘기 하려면 토씨 하나 틀리지 않게 할 수도 있겠으나 당신도 아는 얘기까지 할 필요는 없겠고, 아버님 어머님 뵈러 간 얘기나 할게요.

그러니까 구례를 가기 위해 시외버스 터미널에 나가니 아는 아줌마가 다가와 어디 멀리 가는가 보다 하데요. 그래서 예, 어디 좀 다녀오려고요, 그렇게만 대답했어요. 전날 같으면야 구례 말도 했겠지만 말이요. 아무튼 구례행 버스를 타기는 했으나 죽어도 쌀 죄인이 부모님을 무슨 낯으로 뵐 건지 고민만 하다 집에 도착하니 아버님 어머님 두 분은 나를 기다리고 계시기라도 하셨는지 집에 계시데요. 그래서 반갑기도 하지만 아니게도 두려운 생각이 확 밀려와 겁부터 덜컥 났어요.

아무튼 아버님은 여자들끼리 얘기하라고 자리를 비켜주셔서 그동안의 얘기가 어머님과 시작되는데 "지난번 네 남편과 같이 못 온 건 사돈어른께서 편찮아서냐?" 어머님이 그리 물으시기에 나는 그게 아니어요 하니 어머님은 알아차린 것 같아 어머님 무릎에다 얼굴을 파묻고 우니 어머님은 내 등을 토닥거리시며 결과적으로 돈이 작은애 너를 힘들게 했구나 하시데요.

그렇게까지 얘기를 늘어놓자면 당신이 없이는 잠을 이룰 수 없음을 알고 찾아왔는지 보험설계사가 찾아와 아저씨도 없이 혼자 지내려면 심심도 할 텐데 바람도 쐴 겸 나 좀 도와주면 안 될까 하는 거요. 그래서 따라나서게 된 게 보험설계사까지 하게 된 거요. 그런데 보험 회사 사무장은 나를 예쁘게 봤을까 모르겠는데 보험 성격에 관한 얘기를 멋들어지게 늘어놓는 거요.

그러니까 "오늘은 우리 보험 회사에 아주 귀한 설계사님이 오신 것 같습니다. 그래서 보험 회사 사무장으로서 반갑고 고맙습니다. 꼭 그래서만은 아니나 오늘 점심은 제가 대접해드리겠으니 그리 아십시오. 그러나 점심시간은 아직이니 보험설계사란 어떤 직인지 처음이신 분들에게 우선 말씀부터 드려야 할 것 같습니다. 그렇습니다. 보험이 무엇인지 설명부터 드리자면 모두가 아시는 대로 오늘의 사회는 불안 요소가 여기저기에 널려 있습니다. 그렇지만 보험설계사님들이 소개하지 않고는 관심조차 없이들 살아가는 게 사실입니다. 그것을 바라보는 보험 회사 사무장으로서 답답하기도 합니다. 그런 점에서 해결 방법이 없어 보험이라는 제도가 만들어진 것임을 우리는 우선 알아둘 필요가 있습니다. 그러니까 운전보험이 바로 그것으로 보험제도가 만들어지기 전까지는 자동차 사고는 곧 삶 자체가 회복되기 불가능할 만큼 큰 것이었습니다. 이 때문에 보험제도가 있게 된 것이고, 보험제도 생기고, 여기엔 봉사자인 보험설계사님들이 계시는 겁니다. 그렇다고 봉사만이 아님을 비디오를 통해 말씀드릴 건데, 관심 있게 보십시오" 하면서 보험설계사로서 직원까지 두었을뿐더러 고급 아파트까지 소개하는 거요.

"비디오를 보셨겠지만 소개된 내용을 보시고 어떤 느낌이었습니까. 비디오를 보신 대로입니다. 그러니까 보험설계사로 노력을 얼마나에 열심히 했느냐에 따라 보험 회사의 대접도 다릅니다. 그래서 생각되기는 기업들마다는 보험은 필수이면서도 개인보험에 대한 부정적 태도는 이해가 안 된다는 것입니다. 보험에 대해 다시 말씀드리면 설계사님들은 그런 점에 착안 적극 홍보 하시라는 겁니다. 제가 그렇게 말하는 건 보험 회사가 잘 되기만 을 바라서가 결코 아닙니다. 보험으로 해서 밝은 사회가 되기를 바라기 때문입니다. 느끼고 계실지 몰라도 보험을 많이 든 분들 을 보면 자신감이 느껴집니다. 그런 자신감은 어디서 나오겠습 니까. 설명까지 필요 없이 안정감이기 때문일 겁니다. 그러니까 보험이란 박정희 대통령 통치 스타일이기도 했던 유비무환 말입 니다. 그래서 더욱 보험설계사직은 날로 고급인력들로 채워지게 될 것은 분명합니다. 그래서 말이지만 여러분들은 사회불안 요 소들을 해소시켜야 할 전사들이라는 것입니다. 그러기에 보험설 계사라는 자부심도 가질 필요가 있습니다. 그러나 사회는 아직 도 보험 인식이 턱없이 부족해서 장점을 설명해도 먹혀들지 않 을 수 있습니다. 그렇다고 고객을 불안하게까지 하기에는 조심 할 필요가 있다는 점은 분명히 하십시오. 그리고 처음이신 설계 사님은 아직이시겠으나 보험설계사는 대접도 받으면서 그만한 돈도 벌 수 있다는 게 매력적인 직업임을 설계사님들은 인식하 십시오. 그것도 그렇고 설계사님들끼리 여행도 즐길 수 있는 고 급 직업입니다. 틀에 매인 직업이 아님을 참고로 우리 크루즈 여 행도 한번 해봅시다." 사무장은 그러더니 맛난 것도 사주는 거 요. 물론 혼자가 아니기는 해도요.

아무튼 그래서 보험설계사가 되기는 했으나 보험 실적이 말해주기에 접근하기는 그렇게 어렵지 않을 남자에게 간 게 결과적으로는 그리된 거요. 결과적이라는 말도 핑계의 말이라 미안하지만 나를 버리지 않겠다는 말만으로도 고마워요. 남편 바람은 용서가 되겠지만 아내 바람은 용서가 안 될 건데, 당신은 아니네요.

그래요, 우리는 딸 정숙이도 두었네요. 당신이 혹 아들이기를 바랐다가 딸이라 서운해하면 어쩌나 했는데 딸을 낳자마자 당신은 얼마나 좋아했소. 장인 장모에게 감사 인사도 드렸어요. 그렇게는 당신만 아니라 다른 사람도 그러리라 싶기는 하지만 말이요. 자기 핏줄이 태어났다는 건 신기하기도 하지만 세상에 태어난 보람을 갖게 된다는 말 듣기는 했어도 말이요.

아무튼 그렇게 해서 당신은 더 행복하자는 맘으로 중동에 갔고 송금도 매월 꼬박꼬박 해주고 그랬는데… 그랬는데… 나는 천벌을 맞아도 될 몹쓸 짓을 다 저지른 거요. 그것도 장장 4년 가까이 말이요. 지금에 와서 숨길 것도 없이 솔직히 말하면 샤워하면 그만일 몸뚱이 다 줄 테니 임신이나 되지 않게만 해라, 그런 말까지는 안 했으나 아기가 생기지 않았어요. 그게 다행이라면 다행인 거요. 만약 그렇지도 않고 시청 과장 아기가 생기기라도 했다면 어쩔 뻔했소. 우리의 신세는 말할 것도 없지만 우리 친정은 물론 아버님 어머님, 더 나아가 친인척까지도 죄인일 게 아니요. 당신은 그런 점도 감안했으리라 싶기는 하지만 말이요.

남자들은 잘 모르겠지만 여자로서 임신 주기는 비둘기 한 쌍이 내는 소리가 몸을 불타오르게 해서 속옷도 없이 밖으로 뛰쳐나가는가 하면 기둥 붙들고 몸부림하기도 한다지 않소. 사실까지는 내가 경험한 바요. 그래서 당신이 너무도 미웠어요. 오늘날은 아닐지 몰라도 젊어서 담배 피우는 것도 그런 이유이기도 할 거요.

꼭 그래서는 아니나 일이 잘못되려고 멋지게 생긴 시청 과장은 낚시 중이었고, 귀하다면 귀한 인진쑥이 눈에 띄었고, 그런 인진쑥으로 떡을 만들어 시청 과장과 나눠 먹게 되었고, 세상을 요리할 나이인 남녀로서 달콤한 얘기가 오갔고, 서로의 눈이 마주쳤고, 모텔에도 들락거렸고, 당신이 송금해준 돈도 주고 말았어요.

물론 빌려준 돈 되돌려받으리라는 생각으로 빌려주기는 했지만 말이요. 어떻든 생명일 수도 있는 돈 언니의 지혜로 되돌려받아 다행이나 그 돈이 어떤 돈이요. 당신은 그 돈을 벌기 위해 펄펄 끓는 열사의 나라까지 가서 번 돈 아니요. 그런 돈을 빌려준 사람의 심리는 못 받을 수도 있는데 말이요. 그랬던 것이 지금에 와서 후회나 그 시청 과장만은 믿어졌고, 시청 과장은 어떤 남자보다 좋게만 보여 말도 안 되는 엉뚱한 짓을 죄책감도 없이 하고 말았어요.

그래요, 시청 과장이 좋게 안 보였다면 처음부터 만나지 않았

을 테고, 아무 남자나 안아보고 싶었다면 만남이 한두 번으로
그만이었겠지만 말이요. 어떻든 치마만 올려주고 말걸… 그런
생각도 솔직히 들어요. 이미 지나간 일이지만 그랬어요. 남편들
마다는 아니겠지만 자기 마누라 불륜을 문제 삼지 않겠다는 남
편은 누구도 없을 건데 당신은 참 별나네요.

당신이 돈 벌러 중동에 가게 될 때 했던 말 생각인데 당분간
고생 좀 하자고 당신은 그리 말했고, 나 또한 그러자고 했소. 말
까지는 안 했지만 말이요. 당신은 그렇게 해서 돈 벌러 열사의
나라 리비아로까지 가서 돈을 벌었고, 가족을 위해 번 돈이라 쉽
게 쓸 수도 없어 그랬겠으나 송금도 많이 해주었어요. 그런 돈을
되돌려받아 다행이기는 하나 당신의 피땀이 포함된 돈을 아내
로서 잘 간수해야 함은 당연함에도 그렇지를 못했어요. 당신이
번 돈이지만 내 맘대로 써도 된다는 그런 생각은 아니었지만 말
이요. 라디오로 들은 얘기지만 남편이 돈 벌러 나가는 건 아내
를 믿기 때문이라고 하데요. 라디오에서 들은 얘기가 아니어도
그것은 남편으로서는 당연했겠지만 말이요.

그래서 당신은 아내인 나를 믿고 돈 벌러 열사의 나라로까지
갔고, 우리 형편으로는 많은 돈도 벌어 송금해주었어요. 당신 말
대로 과일 가게 얻을 밑천은 되게 말이요. 얼마나 비싼 가게를
얻느냐가 남아 있기는 하지만 말이요. 어쨌든 늦기는 했어도 이
제라도 당신 생각하는 일 전적으로 돕는 아내로 살 거요.. 그러

니 믿어도 돼요. 앞일 예측할 수는 없어도 당신 아내로만 살 거예요. 고마워요. 여보.

처형에게

이모님, 고맙습니다. 제 아내가 세상 물정도 모르고 저지른 일이라 생각하기도 싫기는 하나 제 형편으로는 생명과 같은 돈을 이모님은 찾게 해주셨습니다. 물론 남이 아닌 동생이기에 그러셨겠지만 말이요. 제 생각이 맞을지 몰라도 믿었던 동생이 상상도 못 할 잘못을 저질러 돈까지 날리게 됐다는 말을 듣고 이모님은 잠도 제대로 이룰 수가 없었을 겁니다. 그 일이 해결될 때까지 잠 못 이루기는 저도 그랬지만 말이요.

그래요, 아내의 잘못은 말도 안 될 일이기는 하나 생각을 해보면 이보다 더한 일도 있지 않겠어요. 저는 그렇게 생각해요. 그러나 아내의 잘못은 충격이었습니다. 평생 잊을 수 없는 기억이지만, "제부, 내 동생 사랑은 하지요?" "이렇게 된 상황에서 사랑까지는 모르겠으나 미워할 수는 없지요." "그래요. 이렇게 된 상황에서 어느 남편인들 사랑하겠어요, 이해해요. 그렇지만 내 동생을 버리지는 말았으면 해요. 무슨 말인지 제부는 알겠지요?" "아내를 버리다니요. 그건 말도 안 돼요. 이 같은 일에 이혼하기도 한다는 말 듣기는 했어도 버리겠다는 생각 단 한 번도

해본 적이 없어요." "그래요? 그러면 됐어요. 고마워요." 이모님
은 그러셨습니다. 그래서 저는 "어디까지나 만약이기는 하나 아
내가 딴 남자와 불륜을 저질렀다는 이유로 이혼을 한다 칩시다.
그러면 다음 일은 어떻게 감당할 것인지 상상하기도 싫어요."
"그렇기는 해도 없었던 일처럼 살아가기는 어려울 텐데 언니로
서 잘살아달라고 말하기는 미안하네요." "미안해하실 것까지
는 없어요." 저는 그랬잖아요. 아닌 일 생각할 필요가 없기는 하
나 이모님이 아니었으면 그동안의 희망이 한꺼번에 무너지는 무
서운 일이 되고 말 뻔했어요.

  십여 년 전 기억이지만 이모님은 태안에서 중앙식당 카운터
일 책임지고 계시고 저는 대동 고깃배 선원일 때입니다. 대동 고
깃배 사장은 카운터 이모님이 곱게 보였음인지 중앙식당에 자
주 데리고 갔어요. 그러는 바람에 저는 이모님을 알게 되었고,
이모님은 저를 어떻게 보셨는지 "내 여동생이 있는데 말해볼까
요?" 그렇게 해서 아내와 결혼이라는 이름으로 이모님과도 연
을 맺게까지 된 겁니다. 이렇게 곱게 맺어진 인연은 우연이 아니
라 신의 뜻은 아닐까 저는 그렇게 생각도 해봅니다.

  착각이기는 하나 기대에 어긋나 아쉽지만 서산 간척지에 비행
기 공장이 들어설 거라는 소문이 들려 그래, 비행기 만드는 공
장에 취직하게 되면 돈도 많이 벌지 않겠나 싶은 생각으로 태안
주민이 된 것입니다. 그것은 태안 주민으로 3년 이상 거주했다

는 증거면 취직은 당연하다 나름 그런 생각이었습니다.

그러니까 태안으로 오게 된 건 뱃사람이 되고자가 아니었습니다. 정주영 회장이 막았다는 서산 간척지에 비행기 공장이 들어서게 될 거라는 소문이 돌데요. 그런 소문은 사실일 것으로 믿고, 제 주소지를 태안으로 옮긴 거요. 비행기 공장이 돌아가려면 수천 명, 아니 수만 명의 근로자가 필요할 게 아니요. 그래서 입사하고자 할 사람들이 몰려올 것이 분명하다는 생각으로 이른바 알박기 식으로 주소지를 옮긴 거요.

그렇게까지 한 것을 이모님도 알고 계실지 몰라도 주소지에서만 3년을 거주했다는 증명서만 있으면 입사 우선권이 주어지게 될 거라데요. 그러니까 아산에 세워진 현대자동차 공장 입사가 바로 그런 경우인데, 그래서 저는 다른 곳으로 옮길 생각도 못하고 눌러만 있는데 그게 아님이 알게 된 거요. 그래서 이모님이 말한 허씨 고깃배를 타게 된 거요. 그랬던 것이 결과적으로 아내를 만나게 된 거지만 말이요.

어쨌든 이모님이 한번 만나보라고 해서 만났는데 아내는 가족관계 등을 꼬치꼬치 묻더니 혼자는 외롭기도 할 텐데 같이 지낼 생각은 없냐고 묻는 거요. 그래서 저는 우선 누울 거처도 없다고 했더니 현재의 자리는 거처가 아닌가요? 아내는 그러면서 나를 와락 끌어안는 거요. 생각지도 못하고 당해서 좀 당황은 했으나 이것이 누구도 못 막을 청춘남녀가 아니겠는가, 그런 맘으로 나도 끌어안고 만 거예요. 그러니까 만들어낸 작품이랄까, 아무튼 아내는 무슨 일이든 적극적이라 저는 아내가 여간 좋은 게 아니에요. 아내의 성미는 이모님이 더 잘 아시겠지만 삶을 당차게 살아가려면 남편 말은 참고로만 해야 한다는 게 저의 지론이기도 합니다. 그러나 아내는 그동안의 실수 때문에 지금은 풀이 죽어 있기는 하나 아무튼 그래요.

그래요, 계속 이어야 할 얘기 본론으로 돌아와 말한다면 고깃배 타기 이력이야 길지는 않지만 그래도 자신감이 생겨 고깃배만 있으면 좋겠다는 생각 얘기를 아내에게 했고, 아내는 장인어른께 얘기했을 테지만 3천만 원이라는 적잖은 거금을 지원받았습니다. 그렇게 해서 꿈을 키워나가던 어느 날 느닷없는 태안 앞바다 기름 유출 사고가 벌어진 거요. 그래서 고깃배로 잘살아보겠다는 내일의 꿈을 접지 않을 수 없었습니다. 고깃배로 해서 잘살아보겠다는 꿈이 사라졌으니 어떻게 하겠습니까. 고깃배는 치워버리고 다른 방법으로 살아가야지요. 그래서 돈 벌러 아내에게 양해를 구하고 중동으로 달려갔고, 큰돈은 아니어도 괜찮은 가게 하나쯤은 구할 만한 돈을 벌었고, 그런 돈을 아내 통장으로 열심히 송금했습니다.

그렇게 송금한 돈을 아니게도 시청 과장에게 사실상 빼앗겼으니 앞이 보이지 않더군요. 그래서 저는 엄두조차 낼 수 없었는데 이모님은 기발한… 기발하다는 말까지는 조심이나 능력을 발휘해 그런 돈을 찾게 해주신 겁니다. 이모님이 애써 찾아주신 것이지만 참 다행이다 생각하고 편한 맘으로 아내와 여행도 다녀왔습니다.

그러기까지는 "제부, 그런 일로 얼어붙은 내 동생 맘 달래줄 수 있으면 좋겠네요." "그래야지요." "그러려면 한 주 정도로 해서 여행 한번 다녀오면 어떨까 싶은데 생각을 한번 해보시오." 이모님은 그러셨어요. "멀쩡했던 아내가 남편인 나를 골탕 먹이려고 한 일이 아닌데 달래야지요. 그러면 어떻게 해주면 될까요."

저는 그랬는데 이모님은 "동생이 저지른 일 밤새 생각을 해봤어요." 이모님이 그러셔서 "저도 고민했어요." 그랬더니 이모님은 "없었던 일로 하기는 너무도 잘못한 일이라 삶을 전날처럼 되찾기는 쉽지 않겠지만 둘이서 여행이라도 한번 다녀오면 해요." 이모님이 그래서 저는 "거기까지는 생각 못 했는데 그렇게 하면 좋을 것 같네요." 저는 그랬어요. 이모님은 또 "정숙이 학교 문제는 며칠 후면 여름방학이니 내가 데리고 있을 테니 한 일주일 정도 다녀와요. 해외까지는 비용이 크다면 제주도라도 말이요." 이모님은 그리 말씀하셔서 이모님의 말씀대로 일주일은 너무 길다는 생각에 3박 4일로 제주도에 다녀왔습니다.

저로서는 제주도 여행이 처음이기도 하지만 여행을 목적으로 간 게 아닙니다. 잘못을 저질렀다는 이유로 얼어붙은 아내의 맘을 달래주기 위해 간 겁니다. 그래서 지나간 일은 지나간 것이니 모두 잊어버리고 앞으로 잘살기나 하자는 의미로 아내를 품었습니다. 이모님 앞에서 이런 말까지 해도 될지 모르겠지만 말이요. 아무튼 아내에게 그러기는 했으나 아내의 태도는 전과 같지 않고 마지못해 몸만 빌려주는 태도였습니다. 그렇게 보면 부부로서의 회복은 아직인가 싶습니다. 그러니까 여행만으로는 삶의 회복이 쉽지 않을 것 같다는 생각입니다.

여기서 엉뚱한 말일지 몰라도 아내가 바람을 피우지도 않고 얌전하게만 기다렸다면 인생의 참맛이 무엇인지 모를 수도 있다는 겁니다. 그래서 생각이지만 아내들 이탈은 남성들 이탈과는 전혀 다르다는 게 이제야 알 듯합니다. 그래요, 생각지도 못한 일이지만 그와 같은 일은 다시는 없을 거라는 생각만 하면 될 것 같은데 아내는 그게 아닌가 봅니다. 남편의 맘을 알았으니 그러지 말아야지… 아내는 그럴 것이지만 몸은 생각처럼 따라주지 않을 겁니다. 그것은 일말의 죄책감이랄까, 아무튼 한 가정을 지키기란 이렇게 어려울 수도 있을 거라는 교육을 아내도 받지 못했을 테지만 그렇습니다. 그래요, 학교 교육과정에서 그런 교육을 받았다 해도 남녀의 불륜이 교육으로 치유될 수는 없겠지만 말이요.

어쨌든 그렇게 여행을 다녀오기는 했으나 그것만으로 얼어붙은 아내의 맘을 달래기는 제 노력이 더 필요할 거 같네요. 그러기에 아내에게 물어봐 괜찮다면 다른 동네로 이사를 하든지 그럴까 봐요. 사는 곳이 변하게 되면 생각도 변한다는 말도 있어서요. 그러나 이사까지는 쉽지 않은 문제라 생각을 더 해봐야겠지만 말이요.

전혀 예상치 못한 일이기는 하나 돈도 되돌려받고 아내도 멀쩡하다면 그것으로 그만이라는 생각인데 바보짓은 아닐지 모르겠습니다. 아무튼 이모님 고맙습니다.

제부에게

제부의 생각 내용은 그동안의 불안이 순간 없어지는 것 같습니다. 이혼까지는 말아야 할 텐데… 그랬는데 말이요. 어떻든 되돌려받지 못할 수도 있었던 돈을 되찾게 되어 다행이기는 하나 이혼하겠다고 하면 어쩌나 했는데 그런 내색은커녕 사랑해주며 살겠다니요. 그래서 저는 남순이 언니로서 제부가 얼마나 고마운지 모르겠네요. 그래요, 설명까지 필요 없겠지만 이혼이란 게 친구들과 재밌게 놀다 해가 저물어 헤어지면 그만인, 그런 어린이 소꿉장난 같은 일이 아니기 때문입니다.

내 인생까지 망가지는 일일 수도 있는 문제이기 때문입니다. 그래서 이혼은 생각할 수도 없다는 게 제부의 생각으로 여겨집니다. 그래요, 보내준 글 내용만으로 제부의 생각을 다 알 수는

없겠으나 지금까지 보아온 제부는 내 동생을 행복하게 해줄 것
이라는 믿음입니다. 싫으면 그만인 현대적 생각으로 살아가지
않으리라는 그런 믿음 말입니다. 누구라고 잘못도 없이 행복만
하겠습니까. 주어진 인생, 제부처럼 그만한 노력으로 살아가는
게 행복이 되는 거겠지요.

물론 그럴 겁니다. 상대와 비교해서 행불행을 말할 수도 없을
뿐더러 그것을 잘못이라고 말하기는 어렵겠으나 행복이란 그 성
질상 청개구리 같아서 내 행복보다는 상대를 행복하게 해주려
고 애쓰는 사람에게만 찾아간다는 것입니다. 그것도 계산적인
지를 따져서 말입니다. 그렇다는 점에서 말이지만 행복이란 게
생각에 따라 객관적일 수도 있고, 주관적일 수도 있겠지요. 그래
서 나온 말이 행복해지고 싶으면 위를 보지 말고 아래를 보라는
거 아니요.

제부도 보고 있지만 나는 교회를 다니고 있기에 현대문명과
는 거리가 좀 있는 나라로 선교사로 갈 겁니다. 물로 영구 선교
사가 아니라 단기 선교인 일주일뿐이기는 하나 그렇습니다. 아
직은 초등학생이기는 하나 조카 정숙이도 그런 나라에 다녀오
게 하면 어떨까 생각합니다. 가난한 나라 실정을 보는 것도 앞으
로 살아가는 데 큰 보탬이 되지 않을까 해서입니다. 물론 판단력
이 아직인 초등학생이기는 해도 그렇습니다. 지금까지의 얘기가
제부가 겪고 있는 사실과는 빗나간 얘기나 생각을 해보면 후손

을 위해 사과나무를 심겠다는 맘으로 살면 합니다.

제부가 그런 의도로 동생을 품어주자는 것은 아닐지 몰라도 내가 보기에는 참 잘하고 있습니다. 제부는 고깃배 운영자 허씨 얘기도 했는데 제부를 보는 순간 내 동생이 생각났어요. 그래서 총각이면 좋겠다 그런 생각까지 말이요. 제부는 다행으로 총각 이었고, 소개했고, 내가 말한 대로 응해주었고, 내 동생도 좋다 고 해서 결혼까지 성사가 된 것입니다.

신랑감은 멋지기도 해야겠지만 돈 걱정 없이 살 만큼이어야 하고 신붓감은 얼굴만 예쁘면 된다고 사람들은 그럽니다. 언니 로서 동생 신랑감도 그런 생각으로 있던 차에 경제적 형편은 몰 라도 잘도 생긴데다 장래가 있어 보이는 제부가 근무 중인 중앙 식당으로 와주었어요. 물론 선주를 따라오기는 했지만 말이요. 어쨌든 제부가 되기는 내가 주선해서 된 것으로 말해도 틀리지 는 않을 거요. 이렇게 된 것을 제부도 동생도 좋아했습니다.

그래서 그동안 했던 일들 중 제 동생과 제부 결혼까지 하게 해 준 게 제일 잘한 일로 생각하고 있었는데 말도 안 되는 일이 벌 어지고 말다니요. 좋은 일은 아니나 평생 잊지 못할 기억이지 만 "제부, 내 동생을 사랑하지요?" 내가 그렇게 말하니 제부는 "이렇게 된 상황에서 사랑까지는 모르겠으나 미워할 수는 없지 요." 제부는 그랬고 나는 "그래요. 이렇게 된 상황에서 어느 남 편인들 사랑하겠어요, 이해해요." 저는 그랬어요. "아내의 실수가 앞으로 살아가는 데 보약이 될 겁니다." 제부는 그랬고 "그렇지만 내 동생을 버리지는 말았으면 해요. 무슨 말인지 알겠지요?" 말하니 제부는 "버리다니요. 그것은 아니에요. 부정한 아내와 함께할 수는 없어 이혼하기도 한다는 말 듣기는 했어도 버리겠다는 생각 단 한 번도 해본 적이 없어요." "그래요? 그러면 됐어요." 저는 그랬네요. 말썽을 부린 동생이기는 해도 감싸주어야만 할 저는 어디까지나 언니입니다.

어렸을 적 기억으로 초등학교에 갔다 오면 동생은 항상 내 차지였어요. 업어주기 말이요. 남순이는 동생이라 그랬지만 언니 말이면 아니라는 말도 안 했던 것 같습니다. 언니로서 동생을 지켜주는 것은 당연한 일이지만 유별나게 사랑했던 것 같아요. 제부가 외국으로 가 있는 동안 자주 찾아갔더라면 그런 일이 일어나지 않았을지도 모르는데 후회도 됩니다. 지금에 와서 후회는 하나마나한 후회지만 그렇습니다.

아니, 자주 찾아간다고 해서 제부가 없는 동생의 맘을 어떻게 할 수는 없겠지만 말이요. 잘못을 저지른 동생을 제부는 남편으로서 감싸줄 것은 내가 말 안 해도 잘할 것이지만 부탁 한마디 한다면 전보다 더 따뜻하게 품어주시오. 얼어붙은 맘을 풀어주려면 그 이상은 없을 것이기에 그렇습니다.

밖에 나가보면 똑똑한 척들 하지만 인간은 구조적으로 좀 모자라게 창조되었나 싶습니다. 그렇게 말하는 것은, 여자는 남자의 가슴에서 잠들기를 바라는 것 같아서입니다. 물론 육적 얘기이기는 해도 그렇게 사는 것이 부부만의 윤리는 아닐까 싶습니다. 사회질서를 지키라는 가르침이 아니라.

동생에게

남순아! 걱정했던 일이 해결 잘되어 다행이다. 그렇지만 너만 지옥문까지 갔다 온 게 아니다. 이 언니도 지옥문까지 갔다 왔다. 그래, 그렇게는 네 남편만 위하겠다는 의지가 굳다 해도 너를 유혹하는 세력의 힘은 상상을 초월했을 것이다. 그것은 너는 남자들이 좋아할 젊고 예쁜 여자이기 때문이다. 그래서든 내 남편이 곁에 있어야 할 그런 여자가 베개만 끌어안고 잠들기는 견딜 수 없고 사랑하고픈 대상이 없다는 것이다. 언니이기는 해도 같은 여자로서 그것을 어찌 모르겠느냐. 안다. 알지만 그러려니 하기만 했다는 게 후회가 된다. 미안하다.

그래, 끌어안아줄 네 남편은 돈 벌어 오겠다고 가버리고 없어 영 힘들 땐 임신 주기 따져 바람도 피울 수 있다는 것이 언니 생각이다. 언니지만 같은 여자로서 솔직히 말해 가진 성을 남편만으로 하기는 무리였을 것 같아서다.

결혼이 뭐냐. 결혼은 말할 것도 없이 늘 붙어살라는 사회인들 인정과 부모님 허락이다. 그래서 말이지만 늘 지켜주어야 할 네 남편은 돈을 벌어 오겠다고 중동으로 달려가고 없어 네 맘은 허전했을 것은 짐작이 필요 없다. 그것을 언니지만 같은 여자로서 그걸 어찌 모르겠느냐. 알고도 남지. 그렇지만 허전했던 맘이 결과적으로는 네 남편이 송금해준 돈까지 날려버린 사달이 난 것이다. 대놓고 말은 못 했으나 네 남편은 보기 드물게 참 좋은 사람이다. 가까이하고 싶은 인상부터 말이다. 사람을 평가할 때 그 사람이 누구냐는 말할 것도 없이 첫인상부터다.

네 남편은 처음부터 좋게만 보이더라. 그래서 내 동생과 연결해주면 해서 눈여겨봤고, 너도 좋게 생각해서 결혼까지 하게 됐다. 그것이 언니로서 할 일을 했다는 뿌듯한 맘으로 네 생활을 지켜봤고, 그만하면 됐다는 믿음이었다. 그렇게 믿기만 했던 게 언니의 잘못이라면 잘못이지만 그런 일로 아내인 너를 탓하기보다는 네 남편 자신을 탓했으니 말이다. 그것을 누구는 바보로 봤을지 모르겠으나 나는 그렇게 생각지 않는다. 그렇게 말하기는 백 서방은 화를 내기보다는 해결하자는 데 있었기 때문이고, 다행으로 해결도 잘되었다는 게 처형으로서 칭찬이다. 물론 너도 고마워하겠지만 말이다. 생각하기도 싫겠지만 적잖은 돈을 차용증서도 없이 빌려준 것이다. 그래서 영영 잃어버릴 수도 있었던 돈을 되찾게 돼 다행이다.

그래, 사귀는 상대를 못 믿어서야 안 되겠지만 환경은 믿지 못할 쪽으로 끌고 갈 수도 있음을 이번 일로 해서 알게 됐다고 할까. 시청 과장이 네 돈을 떼먹고자 한 것은 아니었을 것이다. 노름을 했다면 노름에서 잃어버린 본전이 생각나 도박을 계속했고, 그러다 보니 본전은커녕 더 잃게 되고, 너는 빌려준 돈 때문에 만남을 끊지 못하게 된 것으로 언니는 보고 싶다.

그것이 맞는지는 몰라도 말이다. 이 언니가 본 네 성격은 다른 남자에게 정신이 팔릴 정도로 바보 여자가 아니다. 어려서 기억이지만 동네 애들을 몰고 다니기도 한 야무진 아이였다. 남순이 너는 그랬기에 얌전치 못하다고 아버지로부터 심한 꾸지람을 듣기도 했지만 말이다. 어렸을 적 기억으로는 학교에 들어가기 전 죽고 말았지만 네 다음이 아들로 태어난 후로부터는 좀 덜했다지만 아버지는 칭찬보다는 늘 야단을 치신 것 같다. 아버지가 그러시는 것을 보고 엄마는 잘 노는 아이를 왜 야단을 치느냐고 하기도 했지만 말이다. 지금 생각이지만 다른 집 아버지들은 그렇지 않았을 것 같은데 우리 아버지는 왜 야단을 그리도 치셨을까 싶기도 하지만 말이다.

야단치는 달인이 되고자 한 것은 아니었겠지만 바라던 아들만 낳지 않고 딸만 낳아서 그랬을까? 말도 안 되는 엉뚱한 생각이 다 든다. 세월이 그만큼 흘러 한 가정을 지키는 아줌마가 되어버렸는데도 말이다.

어쨌거나 이 언니는 이번 일로 나도 삶을 배운 것 같다. 그 같은 일은 다시는 없겠지만 돈이라는 것은 좋기도 하지만 행복을 무너뜨리는 위험한 물질이기도 하다는 것이 그것이다. 돈 관리 잘못으로 자기 인생을 망가뜨리기는 하루아침일 수도 있다.

불효자보다 못한 자식이 어떤 자식인 줄 아는 사람 별로 없을 것이지만 말을 들으면 사업하는 자식이라고 말하지 않느냐. 물론 다 그렇지는 않겠지만 생각을 해보면 사기로든 돈을 가져가 버리기는 전혀 모르는 사람이 아니라 아주 가까운 사람인 것 같아서다. 그러니까 보증을 서주었다가 낭패를 당했다는 얘기는 흔하게 듣는다. 그렇다고 가까운 관계를 의심의 시각으로 봐서는 안 되겠지만 좋은 관계일수록 돈거래 말라는 것이다. 언니도 그렇지만 가정마다 돈 관리는 아내가 하게 되는 경우가 대부분이기 때문이다. 그래서인지 남편이 생각하는 최고의 아내는 어느 것보다 돈 관리 잘하는 아내일 것이다. 그런 생각을 너를 통해 느꼈기 때문이다.

그렇게 보면 말이 안 될지도 모르겠으나 남순이 너는 내 동생이지만 스승이기도 한 셈이다. 그래서 말인데 이번 일을 참고로 친할수록 부담 없는 작은 것만 주고받아라. 남자들 얘기지만 다정한 친구끼리는 장기나 바둑을 멀리한다고도 해서다. 그것은 승부 세계에서 이긴 쪽은 미안하고, 진 쪽은 속상할 수도 있어 그럴 것이지만 말이다.

그런 비교 말은 남순이 네가 겪고 있는 문제와 어울리지 않는 얘기일 것이나 네 남편을 달래라. 네 남편을 달래라는 건 다른 게 아니다. 백 서방을 웃게 하는 것이다. 그러니까 백 서방 품에 파고드는 거야. 남자라는 심리는 아내가 가까이해주려는 데서 평온을 찾으려 할 것이기 때문이야. 아무튼 아니게 된 일이 풀리지 않을까 봐 걱정도 했는데 다행으로 해결이 됐으니 이제부터는 웃어버려라. 그것도 화통하게 말이다.

언니에게

언니는 저 때문에 맘고생이 너무도 컸을 거요. 정말 죄송해요. 그래요. 말도 안 되는 변명 같지만 아무리 생각을 해봐도 그때는 내가 귀신에게 홀렸거나 미쳤었나 봐요. 귀신에게 홀리거나 미치지 않고는 그럴 수가 없는데 말이요. 해결하기 너무도 어려운 문제를 언니가 해결해주어 다행이나 생각을 해보면 자식까지 둔 여편네가 철없는 짓까지 하다니요. 그러나 언니 말대로 나도 지옥문까지 갔다 온 거요.

그러기까지의 사연을 조금만 말한다면 백 서방이 돈 벌어 오겠다고 중동에 가고 없을 때 일인데 언니는 한 동네가 아니라 말해도 잘 모르겠지만 삼성생명 보험 회사에 다니던 성기창 엄마가 있어요. 나이로는 언니보다 높거나 아마 연배일 거요. 그래서 언니 대접을 해주기도 해요. 고맙게도 대해주기도 하지만 말이요. 그런데 백 서방이 중동에 가고 나서 3일 후인가에 찾아와

"정순이 엄마 혼자 있으니 심심하지? 심심하면 나 좀 도와줄 수 있겠어?" 그래서 "나 사람이 필요한 식당이 있나 알아보는 중이에요." 물론 핑계의 말이지만 그랬더니 "그러면 식당 일 구할 때까지만이라도 도와주면 하는데 그럴 수는 있을까?" 그렇게 말하더라고요. "그러면 도와드릴 일은 뭔데요?" 물으니 "다름이 아니라 보험 회사에 다니다 보니 사람을 데리고 오라는 거야. 그래서 말인데 한 번만 따라와주면 좋겠는데 시간은 될까?" "그런 일 정도야 못 도와드리겠어요. 도와드릴 수 있지요." 그렇게 해서 따라갔더니 보험 회사 부장인지 사무장인지 남자가 귀한 손님을 모시듯 하더니 "기왕에 왔으니 싫지 않다면 시험이나 한 번 봐주고 가면 좋겠는데…." 그래서 시험을 치르는데 초등학교 실력이면 되는 문제들이더라고요. 그러니까 시험을 치르는 건 보험설계사가 될 만한 실력인지를 보는 게 아니라 보험설계사로 만들기 위한 요식행위였어요.

아무튼 그렇게 해서 삼성생명 보험설계사가 됐고. 삼성생명 보험 회사 사무장은 "이남순 씨는 오늘부로 삼성생명 보험설계사로 임명이 되는 겁니다. 이남순 씨는 삼성생명 보험설계사로 임명됨을 사무장으로서 축하부터 드리고 오늘 점심은 비싼 것은 못 되나 축하드리는 의미로 제가 쏘겠습니다."

사무장이라는 사람은 그러고 나서 하는 말이 "보험 모집도 장사 같은 직업으로 보험 성격의 가치를 잘 알려야 합니다. 그렇게 알리다 보면 보험 모집은 잘될 것이고, 거기에 따른 보수도 여느 직장인들 보수보다 결코 적다고 볼 수 없는 돈도 만져볼 수 있습니다. 그래서 말인데 옷차림은 누가 봐도 단정한 차림은 반드시입니다. 돈 얘기는 성급하나 돈을 만져본 설계사 사례를 든다면 우리 삼성생명 보험 회사에 강명순 설계사가 있는데 강명순 설계사는 보험 성격을 잘 설명한 탓으로 보험 모집을 하러 다닐 필요도 없이 전화로만 가입시킵니다. 그렇기도 하지만 보험에 가입하겠다고 많이들 찾아온답니다. 그러기에 보험설계사 일 처리를 혼자는 다 감당할 수가 없어 아예 직원까지 두고 있는 실정이랍니다." 삼성생명 보험 사무장의 말을 들으니 나라고 못할 이유 없겠다 싶어 나서려니 여자들은 따지기만 할 것 같아 주로 남자들을 고객으로 했어요.

그게 결국은 잘못된 길로 빠진 거요. 그래요, 수습이라도 잘 돼 하게 되는 말이나, 아니게 되어버린 마당에서 생각하기도 싫으나 말한다면 일반 쑥처럼 흔할 수 없는 인진쑥이 집 앞에 있었어요. 그래서 저수지 둑에도 있을 것이라는 생각으로 가봤지요. 가봤는데 생각지도 못한 낚시꾼이 있는 거요. 헌 모자 같은 밀짚모자를 쓰고요. 그래서 궁금하기도 해서 다가가게 됐고. 결국은 이렇게 되기까지예요.

그리된 사실까지 말한다면 백 서방이 없으니 남자가 너무도 그리운 거요. 그래서 밤이면 이불도 돌돌 말아 백 서방처럼 만들어 꺼안아보기도 했으나 아무것도 아닌 거요. 그러니까 백 서방이 너무도 그리웠다는 거요. 그러니까 쉽게 말할 수 없는 섹스만이 아니었다는 거요. 나를 품어줄 남자가 그리운 거요. 이런 얘기는 좋은 얘기일 수가 없어 혼자만 알고 무덤까지 가지고 가야 할 텐데 언니한테는 말하게 되네요.

그래요, 결혼했으면 한 남편만 섬겨야 할 여자로서, 아이의 엄마로서 말도 안 되는 짓이라 후회는 되나 그 같은 잘못된 일이 또다시 없을 테니 언니는 믿어도 돼요. 이런 엉터리 일만 아니면 언니는 늘 내 편이었던 기억이에요. 야단을 잘 치시는 아버지에게 "아빠, 남순이에게 칭찬 좀 해주시면 안 돼요? 야단치지만 마시고요." "너희들이 화 안 내게 해야 야단을 안 치지." "남순이가 어른이면 그러겠어요. 아직 어리니까 그렇지요." "아니, 금순이 네가 이 아비를 가르치려 드는 거냐?" "그게 아니라, 칭찬을 받을 만한 일에는 조용히 계시다가 그래서요." "아이고… 금순이 너에게는 내가 손발을 다 들겠다. 앞으로는 조심할게…." 언니와 아버지는 그랬던 기억이어요.

내가 결혼하고서부터이기는 해도 언니는 그런 화해를 잘 시키는 성격이었기에 해결하기가 너무도 어렵던 일도 잘 해결됐지만 말이오. 불가능할 수도 있는 일 언니 지혜로 해서 해결이 됐고 이미 지난 일이라 생각하기도 싫지만 다시는 그런 일이 없을 거예요. 삶을 대접받으며 살아갈지 장담까지는 못 해도 언니가 보기에 '그래, 그 정도면 됐다.' 남순은 그렇게 살게요.

생각할 필요도 없이 엉터리로만 살아온 마누라가 해도 될 말일지 몰라도 백 서방은 바보가 아니면서도 바보처럼 살아요. 그러니까 내 뜻을 다 받아준다는 거지요. 그래서 고맙기는 하니 아닌 면도 솔직히 있어요. 그건 어떤 태풍에도 흔들리지 말아야 할 남자의 줏대 말이요. 언니도 보다시피 백 서방은 돈만 부족할 뿐 잘생기기는 세상 여자들 다 휘어잡을 만큼이잖아요. 그래서 언니는 백 서방을 제부로 삼았지만 말이요.

어쨌든 이제부터라도 언니 걱정 안 되게 살 거요. 믿어도 돼요. 부부로서 맞는지는 몰라도 아니라고 생각될 때만 브레이크 걸 거요. 그래서 생각이지만 백 서방이 신이 나야 마누라인 나도 신이 날 게 아니요.

여기서 좀 다른 얘기를 하자면 언니도 잘 알 정임순 올케 얘긴데, 자기 남편 바람기는 유전적인지 선천적인지 바람기는 못 말릴 정도라 이혼을 해버릴까 생각도 했나 봐요. 그렇지만 남매까지 둔 상태에서 그렇게까지는 아니라는 생각이 들어 생각을 고쳐먹으니 다른 남자라고 아니겠는가, 그런 순한 생각이 들어 이혼 생각은 안 하기로 했나 봐요. 물론 그랬는지 얻어듣기만 해서 모르나 생각을 고쳐먹으니 남편이 나쁘게만 보이지 않더라는 거지요.

그러니까 남편 바람기 원인은 누구도 아닌 본인임을 깨닫게 된 거지요. 그러니까 남편들은 큰소리쳐도 어리석은 데가 있을 거요. 그런 문제에 있어는 언니야 더 잘 알겠지만 내 얘기로 돌아와 백 서방이 중동에 가고 없는 동안 천벌을 맞아도 쌀 짓을 하고 말았지만 백 서방이 그동안 적잖은 돈을 송금해준 건 마누라를 못 믿고는 아니었겠지요. 그런 말은 이런 얘기에서 하나 마나 한 말이기는 해도 결혼했으면 탈 없이 사는 게 당연함에도 다른 사람도 아닌 바로 나였다는 게 창피도 해요. 말이 좀 이상은 하나 남편을 마누라 앞으로 끌어당기기는 아주 쉬울 수도 있어요. 쉬울 수도 있다는 게 뭐냐면 마누라 생각에 맞춰 살게 길들이는 거요. 그러니까 남편 바람기는 누가 뭐래도 마누라 잘못 때문이라는 거지요.

그래서인지 백 서방 성격으로 봐 그럴 리는 없을 것이나 백 서방이 잘못하면 다시는 그러지 못하게 그만한 대접의 방법으로 막을 거요. 그러니까 내가 만들어 먹이곤 했던 그동안의 음식은 물론이고. 언니 앞서 야한 말일지 몰라도 수년 동안 먹고 싶었던 마누라 맛도 말이요. 그것은 백 서방을 위해서가 아니라 내가 사는 길일 것 같아서요. 언니 말대로 백 서방을 끌어안아줄 거요. 무슨 일이 있기라도 하면 언니한테 달려갈 거요.

사위에게

내가 백 서방에게 편지를 쓰게 될 줄 상상이나 했겠는가마
는 편지를 쓰게 되네. 편지도 일상적 궁금한 것 묻고 싶은 편지
가 아니라 나이가 더해짐에 따라 쓰게 되는 편지라고 할까 그렇
고. 솔직히 말해 남순이가 저지른 일은 그러니까 남순이 아비로
서 너무도 창피해 생각하기도 싫은 내용이지만 말일세. 그래, 부
모라면 어디 나만이겠는가마는 다 큰 자식을 통제하기는 가능
치 않을뿐더러 통제할 필요도 없어 시집가서 잘살기나 해라 그
랬나 싶은데 전혀 엉뚱한 짓을 저지르고 말았다는 자네 장모의
말을 듣고는 놀랐네. 놀란 나머지 창피도 해서 한동안은 동네도
나가지 못했네. 남순이가 잘못한 사실을 소문을 내지 않는 이상
누구도 모를 테지만 말일세. 아무튼 그래서 한동안은 그랬지만
이젠 생각을 바꾸었네. 그러니까 남순이 잘못을 용서해줄 사람
이 있다면 누구겠는가 싶어서네.

그러니까 나는 백 서방이 절대 필요해서네. 그런 얘기를 조금
하자면 백 서방이 다녀간 며칠 후에 남순이가 찾아와 그동안의
잘못을 감추려는 척하려고 그동안 없던 애교까지 부리더라고.
그러나 남순이 잘못을 자네 처형으로부터 들어 이미 알고 있어
서 오지 말고 되돌아가라고 말할까 했다가 그렇게까지는 아니
다 싶어 앉혀놓고 말하길 "남순이 너는 누가 뭐래도 아비의 딸
이다. 내 딸이기에 네 잘못이 밉기는 하다만 용서까지 못 할 이

유는 없다. 그러니 앞으로는 네 발랄한 생각대로만 살지 말고 지혜 있는 사람으로 살아가거라." 그리 말했네. 그러니까 훈계 회초리를 들어도 모자랄 아비로서 바보같이 말일세.

이 부분에서 다른 얘기를 좀 하자면 우리 집 호칭은 평양댁인데 평양댁이기까지는 얼마든지 있을 수 있는 우연인지는 몰라도 우리 부부는 평양 사람끼리 만난 가정인 거야. 나는 독자라 군대 안 가도 될 건데 느닷없이 소집 영장이 떨어져 포로병까지 되었네. 부부가 되기까지의 구체적 얘기는 살아가면서 하겠지만 백 서방 장모를 소개받는데 출신지가 남한이 아닌 평양이라는 거야. 그래서 삶을 살아가다 보면 이런 인연도 있는 건가 싶어 조금은 놀란 거야. 놀라기는 포로병이라 친인척도 없어 너무도 외롭다는 생각일 때 백 서방 장모가 나타났기 때문이야. 그래서 너무도 반갑다는 생각이라 미모 따위는 따질 필요도 없이 결혼할 맘이 생겼고, 금순이와 남순이 두 딸뿐이기는 해도 자식을 두게 된 걸세. 자식을 두기는 했으나 누구든 있을 아들은 없고. 서운하게도 딸만 둘인 거야.

그런 처지에서 백 서방이 내 사위가 된 거네. 백 서방은 그러잖아도 아들처럼 우리 부부를 지켜주어 고마운 맘이나 남순이 시집보내고 한참 동안은 밤잠조차 이룰 수가 없었네. 그러기는 누구든 다 있는 아들도 없이 두 딸만인 처지에서 아무도 없게 됐다는 허전함이랄까 아무튼 그랬네. 이런 말까지는 백 서방에게는 부담일 수도 있어 안 할까 하다 하게 되는데 부탁을 한다면 백 서방은 막냇사위이지만 아들처럼 삼으면 좋겠다는 생각이네. 그렇게 말하는 것은 자식을 두는 게 어디 맘대로이겠는가마는 딸만 둘인 처지에서 백 서방은 나의 막냇사위네.

그래서 말이지만 장인으로서 기댈 곳이라고는 백 서방밖에 없다는 걸세. 물론 백 서방 위 동서인 염 서방이 있기는 해도 말일세. 여기서 그동안의 생각을 다 말할 수는 없겠으나 남순이는 시집보내지 말고 데릴사위도 생각해봤었네. 그것은 시집을 둘째까지 보내버리고 나면 내 곁엔 아무도 없게 돼 너무도 쓸쓸해 못 살 것 같아서였네. 그런 점에서 넋두리 같은 말을 한다면 백 서방은 짐작할지 몰라도 아들도 없는 처지에서 남순이까지 보내버리면 앞에서 말한 대로 너무도 허전할 것 같다는 생각이 들더라고. 그러니까 나는 두고 온 고향이 너무도 그리워 혹 남하한 친인척이라도 있을까 싶어 이산가족을 찾는 방송국 마당에 가보기도 했어. 그렇기는 내가 비록 독자이기는 해도 친인척은 많아서야. 그러나 친인척 누구도 찾지는 못하고 빈 걸음으로 터덜터덜 돌아오고 말았어. 만약 그렇지 않고 친인척을 만나기라도 했다면 아들은 없고 딸만 둘뿐인 외로운 내 사정을 친인척들 앞에서 서운했다는 말이라도 할 건데 지금의 상황은 그럴 수도 없잖아. 백 서방도 보고 있다시피 어떻든 백 서방이 장인인 내 맘을 소상히 말하지 않는 이상 어떻게 알겠는가마는 아들 노래를 부르던 어른들 맘을 이제야 알 듯해. 그래서 남순이가 만약 딸이 아니고 아들이었다면 나를 지켜줄 자식이라는데 든든한 맘이지 않겠는가 해서야. 이런 얘기에서 다른 말로 하자면 제사라는, 족보라는 전날 풍습을 아직들도 지키고 있는데 그렇다는 점에서 생각해보면 아들이 있는 사람들에게나 해당이 되는 일 아닌가 말이여. 그래서 그동안의 생각이나 아들이 없어 힘들어하는 내 처지를 말하고 있는가 싶네. 물론 늙어가는 사람의 넋두리일지 몰라도 그런 생각이 드는 건 어쩔 수 없네. 아무튼 백 서방은 우리 남순이 남편이니까 잘 알 테지만 남순이는 타고난 기질이라고 할까, 성격상 누구에게도 이겨야만 직성이 풀릴 그런 남순이를 휘어잡을 만한 사윗감을 찾아야겠지만 그렇게는 어림이나 있겠는가 싶어. 생각만이었음을 백 서방은 이해하게나.

　장인어른께

　아버님이 주신 편지 내용 잘 봤습니다. 그래요. 아버님은 독자이시면서도 평양 양반이지요. 평양 양반이기까지 아버님 삶은 독자이시기에 포로병이 될 필요가 없었음에도 인민군이 됐다는데 억울한 면도 있으실 겁니다. 저는 그런 점을 참고로 해야 할 막냇사위이기도 하고요. 그러니까 막냇사위이지만 아들 노릇도 해야겠다는 다짐 말입니다. 그렇게 하면 아내도 좋아할 것 같아서요. 들으면 누구는 바보짓이라고 말할지 몰라도 행복은 아내의 맘을 평온하게 해주는 것이라고 저는 보기 때문입니다. 아무튼 생각하기도 싫은 일이지만 중동에 나가 있는 동안 아내는 정말 아닌 짓을 하고 말았습니다.

그러나 그것이 앞으로의 삶에 걸림돌이 될 수는 없다고 저는 생각합니다. 지금의 아내를 보면 건강은 물론이고 씩씩하고 밝았던 본래대로 살아가려고 노력 중인가 싶어 다행으로 생각하면서 씩씩한 본래대로의 모습을 되찾아주기 위해 나름 머리도 굴려보는데 효과가 조금씩은 나타나는가 싶습니다. 그러니까 아닌 일로 그동안 닫혀 있던 말문이 열리기 시작해서요. 그리고 말씀하신 대로 아들 노릇까지는 못 해도 저는 누구 편도 아닌 아버님 어머님의 편입니다. 그러니까 아버님 어머님이 옆에 계시는 게 여러모로 편할 것이기 때문입니다. 물론 물어는 봐야겠지만 아내만 좋다고 하면 데릴사위처럼 살겠다는 생각입니다. 그런 점에서 먼 얘기가 될지 몰라도 조금 하자면 선원일 때로, 처형은 무슨 생각으로 그랬는지 나중에 알게 됐지만 다가와 사귀는 여자 있느냐고 묻는 겁니다.

그러나 저는 엉뚱한 말 같아서 여자라고는 엄마만 알고 있어 무슨 말을 하려는 거냐고 했지요. 처형은 또 묻기를 장가는 안 가고 총각으로만 살 거냐고 하는 거요. 그래서 저는 장가는 생각도 못 한 느닷없는 얘기라 장가는 아직이라고 했더니 다른 여성도 아닌 친동생이 있는데 한번 만나보라고 말하는 거요. 그래서 총각인 입장에서 싫다만 할 수 없어 만나보게 된 건데 남순이는 기대 이상 예쁜 거요. 그렇기도 하지만 은행 통장을 통째로 맡겨도 되겠다 싶을 만큼 똑똑한 거요. 아무튼 뜨내기나 다름 아닌 저를 아버님은 사윗감은 될지 시험 치르듯 따져 물으시는 게 아니라 대답하기 어렵지 않은 것들만 물으시고 앞으로 잘 살라고만 하셨습니다.

　물론 처형의 얘기를 절대 신뢰로 이루어진 결혼이지만 아버님은 삶의 터전인 고깃배도 운영토록 물질적 도움도 주셨습니다. 아버님은 그렇게까지 저에게 도움을 주셨음에도 결과는 고깃배 운영 실패를 하고 말았다는 게 죄송하기 그지없습니다. 그래요, 변명일 수도 있겠으나 그렇게는 운영 잘못보다는 외부요인이라 아니할 수 없는, 고기잡이 밭인 태안 앞바다 기름 유출 때문이기는 하지요. 아무튼 저는 아버님 어머님과 한 상에 둘러앉아 맛있는 반찬은 물론 귀한 말씀을 들으며 사는 게 좋겠다는 생각입니다. 그렇다고 한솥밥 먹는 식구처럼까지는 쉽지 않을 것이나 보고 싶으면 언제든지 볼 수 있는 가까운 곳에서 살아갈 생각입니다. 그러니까 아버님이 생각하시는 데릴사위처럼이요.

"당신 우는 거야?"

남편 백군남 말이다.

"안 울어."

안 운다고는 했지만 울어지는 걸 어쩌랴. 그동안의 잘못을 생각하면 버림을 받아도 할 말이 없는데 말이다. 시청 과장과 놀아남은 덮어둔다 해도 남편은 잘살아보겠다고 몸 부서지도록 번 돈도 날릴 뻔했는데 어찌 미안하지 않겠는가. 물론 일부러 잘못한 게 아니기는 해도 말이다.

"아니구먼. 우는구먼."

우리가 세상 풍파를 경험해보지 못한 탓이지, 당신 잘못이 아니야. 따지고 보면 내 잘못이 더 커. 젊디젊은 당신을 홀로 두게 한건 내 불찰이야. 그러니까 부부로서만이 아니라 인간으로서도 죄인이야. 내가 사과할게, 울지 마. 당신이 울면 당신을 안아보기도 어렵잖아. 보란 듯 드러내놓고 행동까지는 못 해도 엎어지고 뒤집어지는 게 부부인데 나는 이게 뭐야. 아직도 우울해 있는 당신 눈치에 따라 행동해야만 하니 말이야.

"나 안 울어."

알았어. 우리는 부부이면서도 제주도 여행에서야 몸만 빌려주는 태도였지만 오늘부터는 그러지 않겠다는 것인지 이남순은 남편 목을 꼭 끌어안는다.

"그런데 장인어른은 편지를 주셨어."

"편지 내용은 뭐라 하셨고?"

"뭐라고 하기는, 당신 어릴 적 자랑이지."

"단순히 그것만은 아닐 텐데."

"그것만은 아니지. 장인어른은 평양 양반이기까지도 설명하시더라고. 그러니까 장모님 고향도 평양이라 우연치고는 장인어른을 위한 길은 혹 아닌가 해서 놀라기도 했다는 거여."

"아버지가 그런 얘기까지 하셨다면 자기를 많이도 좋아하신 거네."

"그러실까 몰라도 백 서방만 믿겠다고도 하셨어."

"백 서방만 믿겠다 말씀은 어떤 의미의 말씀일지 생각은 해봤어?"

"염 형님이 들으면 서운하다 하겠지만 정은 어쩐지 막냇사위에게 가게 된다고 하시더라고."

"그래서 자기 기분은 좋았어?"

"기분이 좋은 게 아니라 책임감이 무겁게 느껴지더라고."

그동안 열심히 벌어서 다 갚아드리기는 했으나 장인어른이 고깃배 운영자금도 선뜻 마련해주신 일, 귀국 인사를 드릴 때 정이 담긴 술잔도 따라주시던 감사함. 이런 일이 아니어도 장인과 사위라는 인연은 영원토록 간직해야 한다.

"그렇게까지?"

"그런데 장인어른 학교는 어디까지야?"

"우리 아버지 학교는 고등 중퇴여. 그건 왜?"

"문장력이 좋으셔서."

남순이 너는 누가 뭐래도 내 딸이다. 내 딸이기에 네 잘못이 밉기는 하나 용서 못 할 수는 없다. 그러니 앞으로는 네 생각대로 살지 말고 지혜 있게 살라고만 했네. 훈계해도 모자랄 아비로서 바보같이 말일세. 그렇지 않아도 백 서방은 아들처럼 지켜주어 맘이 놓이나 남순이 시집보내고는 잠조차 이룰 수가 없어 힘들었네. 힘들기는 누구든 다 있는 아들도 없이 두 딸만인 처지에서 아무도 없게 됐다는 허전함이 몰려와서라고 해야 할까 아무튼 그랬네. 이런 말까지는 백 서방에게는 부담일 수도 있는 한 가지 부탁을 한다면 백 서방은 사위이지만 아들처럼 삼으면 좋겠다 싶네.

"그러면 답장도 쓴 거여."

"그거야 당근이지."

"당근이면 자기는 뭐라고 썼고?"

"그거야 '남순이는 걱정 안 하셔도 돼요. 똑똑했던 옛날처럼 돌아왔으니'그렇게 썼지."

"그건 만든 말이다. 아버지 편지를 보면 알겠지만."

"아니야, 사실이야. 그건 그렇고, 우리 이사 갈까?"

"이사? 그러면 나 때문에?"

"따지고 보면 당신 때문이기도 하지. 그러니까 장모님 반찬도 얻어먹게 말이야."

"우리 엄마 음식 솜씨 좋기는 하지."

"장인어른 편지 내용을 보면 내가 아들 노릇 해주길 바라서. 나도 그럴 맘이고. 그러니까 당신 맘 결정만 남은 거야."

장인 편지 내용을 보여줄 생각이지만 백 서방은 '장인인 내 맘을 말하지 않는 이상 어떻게 알겠는가마는 아들 노래를 부르던 어른들 맘을 이제야 알 듯하네. 남순이가 만약 딸이 아니고 아들이었다면 나를 지켜줄 자식이라는데 든든한 맘이지 않겠는가 해서야. 제사라는, 족보라는 전날 풍습을 아직도 지키고 있어 이젠 아니라는 그동안 생각이었으나 아들이 없어 힘들어하는 내 처지를 말하고 있지 않나 싶네. 물론 늙어만 가는 사람의 넋두리이지만 딱한 생각이 드는 건 어쩔 수 없네.' 그리 말씀하셨기 때문이기도 해서다.

"나야 좋지. 우리 엄마 생각은 몰라도."

"그래, 장모님 생각을 모르기는 해도 장모님도 좋아하시겠지. 그러니 이부터는 장사라는 이유로 밖에 나갈 기회도 없을 테니 일주일 정도로 해외여행도 한번 하자고."

"해외여행이면 어디로?"

"생각을 해봤는데 내가 근무했던 곳으로."

"그러니까 리비아?"

"그렇지, 리비아."

"리비아는 많이도 덥다면서."

"덥기는 해도 관광 못 할 정도는 아니야. 그것도 있지만 내가 그동안 근무했던 곳 물맛 보는 것도 의미가 있지 않겠어."

"그러면 언제쯤?"

"그거야 계획한 장사가 아직이니 아무 때고 되겠지만 우리 정순이 방학 시점이라야지 않겠어."

"그렇기는 해도 여러 날이라 돈이 많이 들 거잖아."

아내 이남순 말이다.

"돈? 돈 생각하면 여행은 그만두더라도 먹고 싶은 것도 못 사먹어."

"아이고, 말이 너무 길다. 일단은 알았어."

"그런데 패키지 여행도 생각을 해봤는데 패키지 여행은 내가 근무했던 곳은 못 갈 거잖아. 그런 점도 참고로 알아봐."

"우리 남편 근무했던 곳?"

"우리 남편이 뭐야. 내 남편이라고 하든지 그래야지. 안 그래?"

남편 백군남은 아내 본인 잘못으로 그동안 힘들어했던 맘을 어루만져주기 위해 애를 쓴다.

"알았어, 내 남편."

"아이고, 이 백군남 이제 살았다! 만세다!"

"그런 말 가지고 무슨 만세까지야."

"그동안 죽는 줄 알았잖아. 그래서이지. 당신이 무서워 말은 안 했지만 말이야."

"그러니까 내가 웃지 않아서?"

말이야 웃지 않아서 그랬지만 밤이면 남편 구실 잘하라고 해야 할 허물없는 아내다. 그런 아내가 남편 앞에서 웃지 않아서야 어디 아내라 하겠는가. 그걸 잘 알면서도 안 되는 걸 어쩌랴. 물론 그동안 저지른 잘못이기는 해도 말이다. 그래, 잘못을 저지른 일 생각해서도 안 될 일이지만 몸뚱이를 시청 과장과 놀아난 것도 모자라 남편이 고생고생해서 송금한 돈까지도 없앴으니 남편의 맘은 어떻겠는가. 그러나 다행히도 언니의 용감성과 지혜로 되찾기는 했지만 말이다. 그런 내 잘못은 그 어디서도 누구로부터도 들어본 기억조차 없다.

자기야 나 진짜 미안해. 그동안 저지른 잘못을 생각하면 미안으로 그만일 일이 아님에도 자기는 야단도 없었어. 그러면 자기는 바본 거야? 당신은 바보가 아니잖아. 그래서 칭찬이 아니라 자기는 더없는 내 남편이야. 딴 남편 같으면 시청 과장과 놀아난 일만으로도 내쫓김을 당할 여편네임에도 자기는 나를 끌어안으려 하고 있어. 그것도 뜨겁게 말이야. 그래, 자기가 지저분하달 수도 있는 이 여편네를 끌어안으려는 건 그만두더라도 밖으로 빙빙 나돌기라도 할 건데, 자기는 나를 웃게 하려고 무던히도 애를 쓰고 있어. 그걸 나는 알아. 그렇지만 딸까지 둔 유부녀가 말도 안 되는 짓을 하고 말았는데 아무 일도 없었던 때로 돌아가기는 사실상 어려울 것 같아. 그렇다고 노력 포기까지는 안 할 거지만 말이여. 아무튼 자기를 사랑해.

"그걸 말이라고 해."

"이제부턴 웃을 거야."

"이제부턴 웃을 거야가 아니라 당신은 이 백군남 마누라가 맞는 거지?"

"왜, 아직도 몸이 덜 풀려서?"

"아니야. 나를 꼭 안아나 줘."

부부는 언어가 아니라 몸뚱이로 말한다. 그러니까 남편은 아내의 머리카락에서 풍기는 사랑의 냄새, 아내는 남편 목덜미에서 풍기는 고마움의 냄새 말이다. 그래서인지 백군남과 이남순이가 주고받는 얘기는 지나는 사람이 듣기라도 하면 뭐라고 할지 몰라도 지금의 사실을 문 활짝 열어놓아도 흉이 아닐 부부만의 대화다.

그렇기도 하지만 나는 당신 입술이라야 해. 그러니까 세상 떠나는 날까지. 세상 떠나는 날까지 변치 말고 웃으며 살라고 부모가 부부로 맺어준 게 아닌가. 우리의 사랑은 서로의 몸뚱이로 말해야 한다면 틀린 말인 건가. 아니잖아. 그러니까 설명이 필요 없이 '당신은 딴 남자와 놀아난 죄인'이라는 트라우마에 갇혀 있어서 더라는 말도 하게 된 거여. 그러니 이 백군남을 변태자로 보지 말라는 거여. 당신을 떼놓고 중동으로 가는 변태자가 아니기에 가능한 거여.

"자기, 나 안 미워할 거지?"

아내 이남순은 그동안 말도 안 되는 짓을 하게 된 일로 미안해서 하는 말이다.

"내가 당신을 왜 미워해. 말도 안 되게?"

그래, 해결하기 어려운 문제였지만 이젠 다 해결된 문제라 생각할 필요도 없겠으나 아내가 불륜까지 저지른 건 인진쑥 떡으로부터 시작이 된 듯하다. 편지 속에 인진쑥 떡을 등장시켰음을 보면 말이다. 어쨌든 인진쑥 떡이 얼마나 귀한 떡인지에 대해 궁금증이 발동해 이름난 떡집에 가보기도 했으나 인진쑥 떡 만들어 팔기는커녕 구경도 못 했단다. 그렇게 보면 아내는 다른 아내들과는 유별나다. 나는 그런 유별난 여자와 살아가는 남편이다. 그런 얘기는 살아가면서 하게 될지는 몰라도 아내는 첫 만남부터 막무가내로 덮치기까지 만만찮은 여자임을 모르지는 않지만 말이다.

"알았어."

"알기는 뭘 알아. 그리고, 당신 이젠 자동차 운전면허증도 따야겠다."

"자동차 운전면허증 따면 차 뽑아주려고?"

"그걸 말이라고 해. 근데 기왕이면 1종을 따버려. 1종이 좀 어려울지는 몰라도."

"그러니까 그동안 말했던 과일 장사 때문에?"

"아니라고 할 수는 없어도 급하면 모르지."

"여보, 고마워."

"당신 지금 여보라고 한 거야?"

"여보라는 말 듣고 싶다면 이제부턴 자기라고 안 부를게."

"여보든 자기든 아무렇게나 불러도 상관없어. 우리가 살아가는데 호칭이 중요하겠어, 맘이 중요하지. 안 그래?"

"그래, 맘이 중요하지. 아무튼 고마워."

고맙다는 진심이다. 딴 남자와 놀아난 죄만도 씻을 수 없는 내 잘못을 어느 남편인들 없었던 일처럼 하겠는가. 물론 그동안 보여 주었던 부드러운 심성이기는 해도 말이다. 그래, 남편이 되기까지의 얘기를 하자면 언니가 한번 만나보라고 해서 만나본 때다. 백군남 씨는 내 맘대로 살고자 해도 말 안 할 거냐고 묻기도 했다. 남편의 대답은 밤에만 찾아오지 말라고 했다. 그러나 나는 대뜸 당돌하게 백군남 씨는 남자가 아니냐면서 부부로 만들기까지였다. 남편은 그때를 추억으로 생각할지 몰라도 나는 불량한 아내다. 미안하다. 미안하기는 남편은 돈 벌러 중동에 나가 있는 동안 소박맞을 짓으로 시청 과장과 즐겼기 때문이다. 내 남편이 아닌 시청 과장과 즐겼던 게 지금에 와서는 후회나, 변명하자면 남편 없이는 잠 못 들 생과부였기 때문이라고 해야겠다.

"고마워 말은 당신이 할 말이 아니라 내가 해야 할 말인 것 같다."

"그건 아니야."

"아니기는 뭐가 아니야. 젊디젊은 당신을 떼놓은 게 내 잘못이지."

"…"

젊디젊은 당신을 떼놓은 게 잘못이지 말은 나를 위로해주기 위한 말일 것이나 사실이 아닐 수 없다. 그것은 남편 없이는 잠 못 들생과부였기 때문이다. 지금에 와서 후회이기는 하나.

"또 말이지만 당당했던 전날로 돌아가."

당당했던 전날로 돌아가라고는 당당했던 전날로 돌아가라고 했으나 그럴 가능성은 희망뿐이라는 게 큰 고민이다. 그러니까 우연한 기회에 들은 강의이지만 여성들 약점이기도 한 심리적 압박감은 좌절을 넘어 치매까지라는 데 있다.

"여보 미안해."

"당신은 미안하다는 말이 입에 달라붙어 있는데 나는 그게 싫다는 거여."

"그러면 어떻게 해."

"어떻게 해가 아니라, 그리 오랜 기억이지만 백군남 씨가 고자는 아닌지 바지를 벗어보라면서 덮치기도 했잖아. 그런 당당함 말이야."

"내가 그렇게까지?"

"아이고, 잊을 걸 잊어라. 아무튼 그때 그랬던 게 이남순이가 내 마누라까지 됐지만 말이여. 그리고 자동차 얘기도 잘 나간다는 여성들 앞에서 나는 이런 사람이라는 자부심도 가질 수 있게 말이여. 아직은 아니나 마이카 시대가 오고 있잖아."

"마이카 시대?"

"그래, 마이카 시대. 생각을 해봐. 우리라고 마이카 시대에서 못 살 이유도 없잖아."

"그렇기는 하지."

"그래서 말인데 당신이 운전을 배워 마누라를 조수석에 태우고 내달리는 차가 있다면 앞지르기도 해보자는 거여."

"그렇게까지?"

"그렇게까지가 뭐야. 우리가 돈만 버는 삶을 사는 게 아니라 멋도 좀 부리며 살자는 게지."

"그건 나쁘지 않으나 우리가 멋 부리며 살아도 될까?"

"멋 부리는 게 아니라 장모님을 자동차로 모시기도 하고 말이야."

"그러면 장사는 언제 하고?"

"장사? 말하지만 삶을 장사만 하고 살 건가야."

"그렇기는 해도 보란 듯 살려면 돈을 벌어야지. 그러니까 부모님 효 차원이기도 하고."

"부모님 효는 돈만이 아니잖아. 웃고 사는 거지. 그리고 말이야. 벌써 생각인데 우리가 따로 살기보다는 장인어른과 함께 살면 싶은 데 당신은 어때?"

"나야 괜찮지. 그렇지만 아버지도 그러자고 하셔야 할 거잖아."

"모르기는 하나 장인어른은 싫다 할 이유 있겠어. 데릴사위 생각도 했다고 하셨는데."

"뭐, 데릴사위?"

"그래, 데릴사위. 그러니까 아들도 없이 딸만 둘인 형편에서 당신까지 보내버리고 나면 장인어른에게는 아무도 없게 된다는 고독감 때문이지 않겠어."

"그래서 자기 생각은 아들 노릇도 하겠다는 건가?"

"이건 아버지 말씀이지만 아들이 없는 집안 막냇사위라면 아들 노릇도 생각해봐라 그러시더라고."

"아버님이?"

"말이 나와서 하는 말인데 우리 따로 살 게 아니라 아예 합치면 어떨까?"

"친정과 합치자고?"

"그렇지, 합치는 문제를 생각해봤는데 현재의 집을 크게 넓혀 당신이 그동안 쓰던 방은 잘 꾸며 정순이 주고 말이여."

"그건 새집을 짓다시피일 건데 그만한 돈은?"

"그만한 돈이야 우리 집 팔면 될 거잖아."

"우리 집 내놓으면 팔리기는 할까?"

"무슨 소리야, 우리 집이 크지는 않아도 부부가 살기는 괜찮은 집이야."

"내가 말하는 건 그게 아니야."

"그게 아니면."

"학생 수가 날로 줄어들고 있어서 하는 말이지."

"학생 수가 날로 줄어드는 문제와 우리 집 파는 문제와 무슨 상관이야."

"상관이 왜 없어. 사람들이 떠나고 있는데."

"그렇기는 해도 우리 집은 새집 같아 오래지 않아 팔릴 거야."

"진짜 그럴까?"

"진짜 그럴까가 아니라. 우리 집 팔릴 문제는 걱정 안 해도 돼. 물론 학생 수가 날로 줄어들어 제값 못 받고 팔릴지는 몰라도."

"아닐 수도 있는데."

"아닐 수도 있다니… 아니야, 다른 생각은 할 필요도 없어. 장모님과 합치기는 당신 생각만 남은 거니 그런 줄 알아. 이건 협박이 아니야. 그래서 말인데 합칠 맘이라고 친정에다 말씀드려. 그러면 장인어른은 너무도 좋아하실 거야. 그러잖아도 주신 편지 내용에서 하신 말씀이지만 데릴사위 생각도 하셨다잖아. 그러니까 좋아하시는 걸로 그만이 아니라는 거야. 당신도 보다시피 장인 장모님은 해마다 더한 노인이시잖아. 부모님 늙는 길을 막지는 못해도 자식으로서 모시기는 해야잖아. 모시기가 생각처럼은 아닐 수 있겠으나 모시기는 막내딸인 당신밖에 누구도 없어. 물론 당신 언니가 있기는 해도 합칠 사정이 못 될 거잖아. 그래서 떠오른 생각이지만 우리는 장인 장모님으로부터 삶을 배우고, 정숙이는 할아버지 할머니 사랑 속에서 성장하고 말이야."

"괜찮은 생각이기는 하나 말이 연설문 같다."

"내 말이 당신이 듣기에는 연설문같이 들렸을지 몰라도 사실이 잖아."

"그런 생각 자기는 언제부터였어?"

"자기란 말 그만 써먹고 고쳐."

"고치기는 해야지. 그렇지만 습관이 문제네."

"습관 고치기 급할 건 없어. 생각이 중요하지."

"알았어."

"그리고, 이런 말까지 할 필요는 없겠으나 나는 장인어른이 좋아하시는 막냇사위야."